DER KOFFER

MIX
Papier aus verantwortungsvollen Quellen
FSC® C014496

www.koenigskinder-verlag.de

Alle deutschen Rechte bei KÖNIGSKINDER VERLAG in der
CARLSEN Verlag GmbH, Hamburg 2017

Originalverlag: Hyperion, an imprint of Disney Book Group,
125 West End Avenue, New York, New York 10023
Originaltitel: A List of Cages
Umschlaggestaltung und -typografie: Suse Kopp
Umschlagfotografie (Jungen): © plainpicture/Virginie Plauchut
Umschlagfotografie (Sternenhimmel): © eso.org
Aus dem Englischen von Sonja Finck
Lektorat: Maya Geis
Herstellung: Björn Liebchen
Satz: Pinkuin Satz und Datentechnik in der Prinzessinnenstraße 8, Berlin
Druck: GGP Media GmbH, Pößneck
ISBN: 978-3-551-56029-2
Printed in Germany

ROBIN ROE

DER KOFFER

Aus dem Englischen von Sonja Finck

Für meine Mutter, die mich gelehrt hat, von ganzem Herzen zu geben und zu lieben,

und

in Erinnerung an Jamie, diesen wunderbaren Jungen, der mir beigebracht hat, dass wir mehr sind, als man sehen kann.

ERSTER TEIL

Eins // Julian

In der Schule gibt es einen Raum, von dem niemand weiß außer mir. Am liebsten würde ich mich da jetzt hinbeamen. Vielleicht, wenn ich mich ganz stark konzentriere …

»Julian!« Die Stimme von Mr Pearce klingt scharf, und ich zucke zusammen. »Du bist mittlerweile seit einem knappen Monat auf unserer Highschool und hast schon sechs Mal im Englischunterricht gefehlt.«

Ich bin mir sicher, dass ich öfter gefehlt habe, aber anscheinend hat es niemand gemerkt.

Der Direktor beugt sich vor und umklammert den Knauf seines Gehstocks. Der Knauf ist aus Holz geschnitzt und hat die Form einer bizarren Kreatur. Ich habe gehört, wie andere Schüler sich darüber unterhalten haben, ob der Knauf ein Gnom oder ein Troll ist oder das Ebenbild von Mr Pearce. Jetzt, wo ich vor ihm sitze, ist die Ähnlichkeit tatsächlich verblüffend.

»Sieh mich an«, brüllt er.

Ich habe keine Ahnung, warum die Leute immer wollen,

dass man sie ansieht, wenn sie wütend auf einen sind. Denn genau dann möchte man doch wegschauen. Als ich ihm ins Gesicht sehe, scheint das fensterlose Büro zu schrumpfen und ich mit ihm. Unter Mr Pearce' stechendem Blick werde ich zu einem mikroskopisch kleinen Jungen.

»Vielleicht könntest du mich besser sehen, wenn du mal zum Friseur gehen würdest.« Er starrt mich an, während ich mir das Haar aus dem Gesicht streiche. »Warum bleibst du dem Unterricht fern?«

»Weil …« Ich räuspere mich. »Weil ich nicht gern hingehe.«

»Wie bitte?«

Ich werde oft gebeten, meine Worte zu wiederholen oder lauter zu sprechen. Ich gehe vor allem deshalb nicht gern in den Englischunterricht, weil Ms Cross uns reihum vorlesen lässt, und wenn ich dran bin, verhasple ich mich immer, und sie sagt, ich würde zu leise sprechen.

Deshalb spreche ich jetzt etwas lauter. »Weil ich nicht gern hingehe.«

Mr Pearce zieht seine buschigen grauen Augenbrauen hoch und funkelt mich an. »Findest du wirklich, das ist ein guter Grund, dem Unterricht fernzubleiben?«

»Ich …« Für alle anderen scheint Sprechen das Natürlichste von der Welt zu sein. Wenn jemand etwas zu ihnen sagt, wissen sie sofort, was sie antworten sollen. Bei mir muss irgendeine Verbindung zwischen dem Gehirn und dem Mund kaputt sein. Vielleicht habe ich eine rätselhafte Krankheit. Ich bringe kein einziges Wort hervor und spiele stattdessen mit der Plastikspitze meines Schnürsenkels.

»Beantworte meine Frage! Denkst du, das ist ein Grund, dem Unterricht fernzubleiben?«

Ich weiß natürlich, was ich denke, aber die Leute wollen nicht hören, was du denkst. Sie wollen hören, was sie selbst denken. Nur leider kann ich ihnen nicht in den Kopf gucken, um herauszufinden, was das ist.

Der Direktor rollt mit den Augen. »Sieh mich an, junger Mann.«

Ich hebe den Blick. Sein Gesicht ist ganz rot vor Wut. Er zieht eine Grimasse, und ich frage mich, ob ihm der Rücken oder das Knie wehtun. Er wirkt oft so, als hätte er Schmerzen.

»Entschuldigung«, murmele ich, und sein Gesicht wird weicher.

Dann runzelt er plötzlich die Stirn, so dass die buschigen Brauen eine schnurgerade Linie bilden. Er schlägt eine Akte auf, auf der vorne mein Name steht.

»Vielleicht sollte ich bei dir zu Hause anrufen.«

Der Schnürsenkel gleitet mir aus den erstarrten Fingern.

Mr Pearce verzieht das Gesicht zu einem Grinsen. »Weißt du, welcher Anblick mir große Freude macht?«

Ich schaffe es, den Kopf zu schütteln.

»Die Angst auf dem Gesicht eines Schülers, wenn ich sage, dass ich bei ihm zu Hause anrufen werde.«

Er hebt den Hörer ab und führt ihn ans Ohr. Dann mustern er und sein hölzernes Monster mich schweigend. Endlose Sekunden vergehen. Schließlich lässt er die Hand sinken und legt den Hörer wieder auf.

»Vielleicht rufe ich doch nicht bei dir zu Hause an. Wenn du mir versprichst, dich zu bessern. Ich will dich nie wieder in meinem Büro sehen.«

»Ich verspreche es.«

»Dann ab mit dir. Zurück in den Unterricht.«

Im Flur versuche ich zu atmen, aber ich bin immer noch ganz zittrig. Wie jemand, der fast von einem Auto überfahren worden wäre und in der allerletzten Sekunde zurückgesprungen ist.

Als ich den Klassenraum betrete, in dem der Wahlpflichtkurs »Pädagogik« stattfindet, heben die Mädchen den Kopf wie ein Rudel Rehe. Bei meinem Anblick senken sie den Blick wieder, so als wäre ich unsichtbar.

Weil ich zu spät komme, muss ich vor der Klasse stehen bleiben, während Ms Carlisle den gelben Zettel des Direktors studiert. Obwohl mich niemand ansieht, kann ich an nichts anderes denken als daran, dass mein Haar zu lang ist, meine Jeans zu kurz, mein T-Shirt zu klein und dass meine Kleider hässlich und abgetragen sind.

»Ich habe dich schon als fehlend eingetragen«, sagt Ms Carlisle mit einem Seufzer. Sie sieht noch älter aus als Mr Pearce.

Ihre Haare müssen früher blond gewesen sein und ihre Augen blau, bevor sie wie ein altes Foto verblassten. »Was soll ich denn jetzt machen?«

Sie kommt nicht mit den neuen elektronischen Anwesenheitslisten im Intranet der Schule zurecht. Das weiß ich, weil sie sich fast jede Stunde darüber beschwert. »Tut mir leid«, murmele ich.

»Schon gut.« Sie lässt die Schultern fallen und wirkt unendlich erschöpft. »Ich kümmere mich später drum.«

Als ich nach hinten zu meinem Platz gehe, winkt mir Jared zu, der einzige andere Junge in diesem Kurs. »Wir sehen uns nachher im Bus!«, flüstert er.

Ich antworte nicht.

Ms Carlisle kündigt Gruppenarbeit an. Alle rufen die Namen derjenigen, mit denen sie zusammenarbeiten wollen, und beginnen ihre Tische zu verrücken.

Ich bin bestimmt der Einzige an der ganzen Schule, der es hasst, wenn wir die Gruppen selbst wählen dürfen. Meine Stirn sinkt auf den Tisch und ich schließe die Augen. Früher dachte ich immer, wenn ich mich nur stark genug konzentriere, könnte ich mich unsichtbar machen. Das glaube ich mittlerweile nicht mehr, aber manchmal probiere ich es trotzdem noch mal.

»Julian«, sagt Ms Carlisle, »das ist meine letzte Warnung. Such dir eine Gruppe.«

Ich sehe mich um. Vor Angst zieht sich mir der Magen zusammen.

»Schließ dich einfach der Gruppe neben dir an.«

Neben mir sitzt Kristin. Mit ihrem orangefarbenen Haar und den hervorstehenden Augen sieht sie aus wie ein Goldfisch. Sie wirft mir einen hasserfüllten Blick zu, und ich habe mal wieder das Gefühl, einen defekten Tarnumhang zu tragen, der ausgerechnet dann seine Wirkung verliert, wenn ich irgendetwas falsch mache.

Kristin habe ich zu Beginn des neuen Schuljahrs kennengelernt. Es war kurz vor der ersten Stunde. Sie tippte mir auf die Schulter und fragte, ob das ein *Elian Mariner*-Buch sei, das ich da lese. Ich nickte vorsichtig. Sonst sprach mich nie jemand an. Doch als sie mich fragte, worum es in dem Buch ging, sprudelten die Worte nur so aus mir heraus. Ja, das war ein *Elian Mariner*-Buch, und es war mein Lieblingsbuch aus der Serie. Kristin nickte, stellte weitere Fragen und erzählte mir, dass ihre Schwester die Bücher auch liebe. Dann fügte sie hinzu: »Meine Schwester ist *sieben.*«

Alle um uns herum lachten, und ich schob das Buch hastig in meinen Rucksack. Vor der nächsten Unterrichtsstunde merkte ich dann, dass es verschwunden war. Und als ich in der sechsten Stunde vom Bleistiftspitzen zurück an meinen Platz kam, lag es wieder auf meinem Stuhl.

Ich schlug es auf und entdeckte entsetzt, dass alle Bilder mit schwarzem Edding vollgekrakelt waren. Aus Elians Hosen ragten Penisse, und auch vor seinem Mund schwebten welche. Tränen schossen mir in die Augen. Als ich aufsah, merkte ich, dass mich die ganze Klasse anstarrte. Kristin glotzte mich aus ihren Fischaugen an. Dann warf sie sich prustend über ihren Tisch.

»Julian!«, ruft Ms Carlisle in diesem Moment. »Beweg dich!«

Eilig rücke ich meinen Tisch neben die Tische der Mädchen.

»Also, Violet und Jen«, sagt Kristin, »wer übernimmt was?« Ich tue so, als würde ich nicht mitkriegen, dass sie mich ausschließt, und schlage mein Schulbuch auf.

»Mal sehen«, sagt Violet. »Julian, möchtest du –«

»Ich will eine gute Note«, fällt Kristin ihr ins Wort. »Lasst uns die Arbeit einfach unter uns dreien aufteilen.«

Violet antwortet nicht, und ich tue weiter so, als würde ich nicht hören, was die drei sagen.

Mit dem letzten Klingeln bricht die Hölle los. Die Schule wimmelt wie ein Bienenstock. Aus allen Richtungen strömen Schüler – sie reden durcheinander und schalten ihre Handys ein, die zu piepsen und zu klingeln beginnen. Nur ich stehe wie erstarrt oben auf der Treppe vor dem Haupteingang.

Auf der anderen Straßenseite lehnt mein Vater an einem Baum.

Als ich klein war, kam mich meistens meine Mutter abholen, aber ab und zu machte Dad eher Feierabend, um mich zu überraschen. Statt sich mit dem Auto in die Abholschlange einzureihen, kam er zu Fuß. Seine Hände waren mit Tinte verschmiert wie die eines Kindes, das mit Fingerfarben gespielt hat, und jedes Mal sagte er zur Begrüßung: »Bei so schönem Wetter ist ein Spaziergang genau das Richtige.« Das sagte er auch bei Regen.

Aber natürlich ist der Mann auf der anderen Straßenseite nicht mein Vater. Es ist ein Jogger im Gegenlicht, der kurz angehalten hat, um Atem zu holen.

Ich stehe da und fühle mich unendlich schwer.

So schwer, dass mir jede Treppenstufe wie ein Abgrund vorkommt. So schwer, dass es eine Weile dauert, bis ich die Kraft aufbringe, den Nachhauseweg anzutreten.

Nach ein paar Kilometern beginne ich zu frieren. Der Herbst ist in diesem Jahr früh dran. Ich fühle mich, als hätte ich den Sommer übersprungen. Weil zum Sommer eigentlich bestimmte Dinge gehören.

Im Sommer gehe ich eigentlich mit meinen Eltern zum Strand. Wir gucken uns ein Feuerwerk an, kaufen Wunderkerzen und sammeln Muscheln. Im Sommer bleibe ich eigentlich lange auf, sitze auf der Veranda und esse Wassereis, während meine Mutter Gitarre spielt und mein Vater zeichnet. Und wenn er mich dann ins Bett bringt, fragt er: »Wie viele Sterne?«

Wenn es ein schöner Tag war, sage ich »neun« oder »zehn«. Aber wenn es ein sehr schöner Tag war, vielleicht sogar der schönste Tag meines Lebens, darf ich übertreiben und irgendwas Verrücktes sagen wie »zehntausend Sterne«.

In diesem Jahr haben wir kein Feuerwerk gesehen, kein Wassereis gegessen und nichts von all den Sachen gemacht, die man eigentlich im Sommer macht. Ich spüre ein Ziehen in der Brust. Es fühlt sich an, als hätte ich Weihnachten verschlafen.

Die Schwere, die ich nach der Schule empfunden habe, überfällt mich in dem Moment von neuem, als ich das leere Haus mit seinen gedeckten Farben, seiner peniblen Ordnung und seinen geschmackvollen Möbeln betrete. Ein Innenarchitekt hat alles perfekt aufeinander abgestimmt. In so einem Haus hatte ich immer wohnen wollen – bis ich hier einzog.

Ich gehe in mein Zimmer mit dem glänzenden Holzboden, den ockerfarbenen Wänden und den schweren dunklen Möbeln. Meine Augen wandern zu dem einzigen Gegenstand, der heraussticht: der große Schrankkoffer aus Metall am Fußende des Bettes. Meine Eltern haben ihn mir zu meinem neunten Geburtstag geschenkt. In dem Sommer fuhr ich ins Ferienlager. Meine Eltern wiederholten immer wieder, wie tapfer ich sei, dass ich ganz allein dorthin fuhr, aber ich bekam schon in der ersten Nacht Heimweh und sie mussten mich abholen.

Ich lasse meinen Rucksack auf den Boden fallen und hebe den schweren Deckel des Koffers an. Beim Anblick all der Dinge, die mir im Leben wichtig sind, zieht sich mein Herz zusammen: die Fotoalben und *Elian Mariner*-Bücher und das grüne Notizheft mit der Spiralbindung, das meiner Mutter gehört hat. Heute lasse ich es, wo es ist, und hole mein eigenes heraus. Ich lege mich aufs Bett und blättere zu der Stelle, wo ich aufgehört habe.

Stunden später höre ich ein Auto in die Garage fahren und lasse den Stift fallen. Es ist schon nach acht, aber mein Onkel kommt oft noch viel später heim. Manchmal, wenn er einen Kunden in einer anderen Stadt treffen muss, kommt er sogar überhaupt nicht nach Hause.

Ich starre auf das Licht, das durch den Spalt unter meiner Tür fällt, als wäre sie ein Tor zu einer anderen Welt. Ich horche auf die Schritte meines Onkels und ob er die Treppe zu seinem Arbeitszimmer im ersten Stock nimmt. Meistens arbeitet er zu Hause noch weiter.

Stattdessen verdunkelt ein Schatten den Lichtspalt unter meiner Tür.

Ich schließe die Augen, aber ich kann mich nicht wegbeamen und auch nicht unsichtbar machen.

Einmal hat mir Onkel Russell erzählt, er sei früher so dünn gewesen, dass er bei der Schulaufführung von Charles Dickens' *Weihnachtsgeschichte* den dritten Geist gespielt hat. Ich habe versucht, ihn mir als gertenschlanken Jugendlichen vorzustellen, aber das überstieg meine Vorstellungskraft.

Russell sagt nichts. Er nimmt die Muschel von meiner Kommode und dreht sie in den Händen. Seine Finger sind seltsam, lang und dünn wie Dichtungsmasse.

»Hausaufgaben gemacht?«, fragt er schließlich.

»Ja«, antworte ich mit einem schlechten Gewissen. Es ist schon spät, und er kommt gerade erst von der Arbeit, in Anzug und Krawatte, während ich noch nicht mal meinen Rucksack ausgepackt habe.

Er legt die Muschel zurück an ihren Platz und nimmt mir das Notizheft aus den Händen. Er kneift die Augen zusammen, stellt es auf den Kopf, dreht es nach rechts, nach links, und schließlich wieder richtig herum. Das tut er manchmal, wenn er sich über meine unleserliche Handschrift lustig machen will.

»Was ist das?«, fragt er.

»Ein Aufsatz über ein Buch, das ich für die Schule lese.« Er mustert mich stirnrunzelnd, und ich habe Angst, dass er mir die Lüge ansieht. Ich beobachte die Furchen auf seiner Stirn und unter den Augen und versuche, seinen Gesichtsausdruck zu entziffern. An manchen Abenden, meist dann, wenn er ein paar Tage am Stück weg war, ist er schläfrig, fast entspannt, wenn er nach Hause kommt. So wie jemand, der ein schweres Essen verdauen muss.

An anderen Abenden hingegen wirkt er, als würde irgendetwas unter seiner Haut herumkriechen und unbedingt nach draußen wollen. An solchen Abenden wünsche ich mir nichts lieber, als die Tür zu seinem Arbeitszimmer zuschlagen zu hören. Auch wenn ich mich dann einsam und ausgesperrt fühle, ist das immer noch besser als alles andere.

Sein Mund verzieht sich zu einer Art Lächeln. »Du hast ›düster‹ mit h geschrieben.« Er wirft mein Notizheft auf den Boden. »Komm mit.«

Ich folge ihm in die Küche. Er öffnet einen Styroporbehälter, offenbar hat er sich auf dem Nachhauseweg etwas zu essen gekauft. Er steht an der schwarzen Granitarbeitsfläche, schneidet mit einem scharfen Messer blutige Scheiben von seinem Steak und schiebt sie sich in den Mund. Im Haus ist es still bis auf das entfernte Klopfen des Boilers, der klingt wie ein Wäschetrockner, in dem ein paar vergessene Geldmünzen herumwirbeln.

»Dein Direktor hat mich heute angerufen.« Russells tiefe Stimme ist ruhig. Trotzdem spüre ich bei seinen Worten ein jähes Stechen in der Brust. Mr Pearce hat gesagt, er würde nicht anrufen, wenn ich verspreche, mich zu bessern.

Für einen Augenblick flackert das Bild meines Vaters, der nach der Schule auf mich wartet, vor meinen Augen auf.

»Hörst du mir überhaupt zu?«

Ich nicke beschämt.

Ich strenge mich einfach nicht genug an. Russell hingegen arbeitet härter als jeder, den ich kenne. Ihm blieb nichts anderes übrig, denn sein Vater starb, als er siebzehn war. Erneut versuche ich, mir Russell als schlanken Jugendlichen vorzustellen. Vergeblich.

Er schneidet ein weiteres blutiges Stück von seinem Steak und schiebt es sich in den Mund. »Wie lange wohnst du jetzt schon bei mir?«

In meinem Magen breitet sich eisige Kälte aus, so als hätte ich den Winter verschluckt. Er wird mich rausschmeißen. Ich habe es zu weit getrieben, er will nichts mehr von mir wissen.

»Es tut mir leid.«

»Das ist keine Antwort.«

»Vier Jahre.«

»Und was ist das Einzige, worum ich dich in all der Zeit gebeten habe? Wie lautet unsere Abmachung?«

»Dass du mir vertrauen kannst.«

»Und?« Er verschlingt einen weiteren Bissen.

»Dass ich mich benehme.«

»Und?«

»Dass du dich nicht einmischen musst. Es sei denn, du bekommst einen Anruf. Es sei denn, ich lasse dir keine Wahl.«

»Ist das vielleicht zu viel verlangt?« All die Gefühle, die in seiner Stimme fehlen, pulsieren in der Ader an seinem Hals.

»Nein.«

»Ich weiß ja, dass du nicht gerade der Hellste bist. Ich erwarte auch nicht, dass du Einsen schreibst. Nicht mal Zweien. Aber zum Unterricht gehen kann doch nicht so schwer sein, oder?«

»Nein.«

»Ich möchte keine Anrufe von deiner Schule bekommen. Ich möchte dir vertrauen können.«

»Es tut mir leid.« Das ist nicht einmal gelogen.

Er legt das Messer neben den blanken Steakknochen. »Los, geh sie holen.«

Zwei // Julian

Etwas Schlimmes wird passieren.

Mit diesem Gefühl in der Brust wache ich eigentlich jeden Morgen auf. Es fühlt sich an, als wäre ich blind und direkt neben mir lauerte eine Gefahr, vor der ich fliehen könnte, wenn ich denn nur sehen könnte. Es ist ein flüchtiger, aber hartnäckiger Gedanke, der mich bis in die vierte Stunde begleitet. Wenn ich versuche, ihn beiseitezuschieben, drängt er sich mir bloß umso mehr auf, also schenke ich ihm möglichst wenig Beachtung.

Mir wird klar, dass ich mal wieder im Unterricht geträumt habe, als sich Ms Hooper, meine Kunstlehrerin, vor mir aufbaut und mir einen gelben Zettel hinhält, auf dem »Der Schüler/Die Schülerin ist auf dem Weg in Dr. Whitlocks Büro« steht.

Ich seufze.

Ich hatte mich vor allem auf die Highschool gefreut, weil das bedeutete, dass ich nicht mehr zu der Psychologin an meiner alten Schule musste. Dann erfuhr ich, dass sie zu Beginn des Schuljahrs hierhergewechselt war.

»Nimm deine Sachen mit«, sagt Ms Hooper. Ich schnappe mir meinen Rucksack und gehe raus auf den Flur.

»Julian?«

Ich fahre herum.

Der Moment läuft wie in Zeitlupe ab.

Als würde ich stillstehen und die Welt würde auf mich zurasen wie ein Auto in einer dunklen Straße. Für den Bruchteil einer Sekunde stehe ich im grellen Scheinwerferlicht. So fühlt es sich an. Erst bin ich geblendet, aber dann sehe ich ihn. Adam Blake. Er lehnt an der Backsteinwand und schafft es, gleichzeitig zappelig und völlig entspannt zu wirken.

Für den Bruchteil einer Sekunde überkommt mich pures Glück. Ich habe mich immer gefragt, wie es sein würde, ihn wiederzusehen. Dann fällt mir ein, dass ich nicht weiß, was ich zu ihm sagen soll, außer vielleicht, dass es mir leidtut, und das Glücksgefühl ist wie weggeblasen.

Adam grinst über beide Ohren. Ich sehe mich um und frage mich, wen er anlächelt, aber da ist niemand.

»Ich bin's«, sagt er. »Adam.«

Ich weiß nicht, warum er seinen Namen sagt. Selbst wenn ich Adam nicht persönlich kennen würde, wüsste ich seinen Namen. Ich bin zwar erst seit Kurzem auf dieser Schule, aber seinen Namen habe ich schon hundertmal gehört, vor allem aus dem Mund von Mädchen, die in ihn verliebt sind. Ihre Faszination für ihn ist verwirrend. Wenn mir Mom früher das Haar kämmte, sagte sie immer, dass ein Junge ordentlich aussehen müsse. Adam sieht alles andere als ordentlich aus. Sein braunes Haar ist strubbelig, als hätte er es am Morgen erst zur einen Seite gekämmt, danach zur anderen und sich dann noch fünfmal umentschieden.

Er ist zwar größer als ich, aber weder besonders groß noch besonders kräftig – kein Vergleich zu dem blonden Jungen, mit dem er immer zusammen ist. Ich dachte, Mädchen würden auf große, starke Jungs stehen. Außerdem verhält er sich ganz anders als andere Jungen. Die Jungs aus meiner Stufe bewegen sich auf eine ganz bestimmte Art: Sie stapfen durch die Gegend, als wären sie wütend auf die ganze Welt. Adam hingegen flitzt den Flur entlang wie jemand, der spät dran ist. Ich habe ihn schon oft über seine eigenen Füße stolpern sehen. Doch er lächelt nur und läuft einfach weiter.

Das kommt noch hinzu. Jungs lächeln für gewöhnlich nicht. Ich weiß nicht, ob sie wirklich unglücklich sind oder nur so tun. Adam hingegen wirkt immer … freundlich. Wer freundlich und tollpatschig ist, ist eigentlich nicht cool. An dieser Schule aber anscheinend schon.

Adam sieht mich erwartungsvoll an, und mein Magen zieht sich zusammen. Nicht zu wissen, was ich sagen soll, ist nichts Neues für mich, aber nicht zu wissen, was ich zu *ihm* sagen soll, fühlt sich tausendmal schlimmer an.

»Wie schön, dich wiederzusehen.«

Er springt auf mich zu, und ich schrecke zurück. Er bleibt stehen und macht ein verwirrtes Gesicht. Ich wäre am liebsten im Boden versunken. Schließlich ist das hier Adam. Wenn er mit ausgebreiteten Armen auf dich zuspringt, will er dich wahrscheinlich nur umarmen. Ich ertrage die Peinlichkeit der Situation nicht länger.

Abrupt drehe ich um und sehe aus den Augenwinkeln sein überraschtes Gesicht. Dann renne ich den Flur entlang, in die entgegengesetzte Richtung von Dr. Whitlocks Büro.

Sobald Adam mich nicht mehr sehen kann, verlangsame ich meine Schritte, damit ich keinen Ärger bekomme, falls ich einem Lehrer begegne. Ich atme tief durch und starre auf den zerknüllten gelben Zettel in meiner Hand. Bald wird Dr. Whitlock merken, dass ich nicht zu meinem Termin komme. Wenn sie Mr Pearce Bescheid sagt, greift er zum Telefon und ruft Russell an. Dann wird Russell wissen wollen, was ich angestellt habe. Schließlich schicken einen die Lehrer nicht grundlos zur Psychologin.

Aber wenn ich hingehe, wird Dr. Whitlock mich anstarren und mir peinliche Fragen stellen, auf die ich keine Antwort weiß und von denen ich Bauchschmerzen bekomme. Und hinterher ruft sie vielleicht trotzdem Russell an, um ihm zu erzählen, dass ich wieder bei ihr in Behandlung bin.

Ich bleibe stehen. Vor lauter Unschlüssigkeit ist mir schlecht. Egal, wie ich mich entscheide, es wird unangenehm.

Ich sollte umdrehen, doch meine Füße wollen mir nicht gehorchen. In diesem Moment ist die Aussicht, Dr. Whitlock gegenüberzusitzen, schlimmer als die Aussicht, dass Russell möglicherweise von der Sache erfährt. Allerdings weiß ich genau, dass ich das anders sehen werde, wenn er tatsächlich davon erfährt. Ich werde es bereuen, dass ich so dumm war, das Risiko einzugehen. Aber ich muss wohl dumm sein, denn meine Entscheidung ist gefallen.

Ich lasse den Englisch-Trakt links liegen, weil die Lehrer dort immer an den Türen stehen und den Flur überwachen wie Mitglieder einer Bürgerwehr. Stattdessen biege ich in den Naturwissenschafts-Trakt ab. Hier stinkt es nach irgendeiner Chemikalie und nach den Tierkadavern, die wir manchmal im Biounterricht sezieren. Am Ende des Flurs gehe ich um die Ecke und bleibe wie angewurzelt stehen. Ein Stück weiter vorn steht Mr Pearce. Er krümmt sich über seinem Gehstock zusammen. Keine Ahnung, ob er einfach nur Rückenschmerzen hat oder mal wieder wütend ist.

Ich verstecke mich in der Nische mit dem Wasserspender und warte. Lautlos zähle ich bis sechzig und spähe dann um die Ecke. Er hebt den Kopf und starrt genau in meine Richtung.

Ich zucke zurück. Jetzt höre ich das Klacken seines Stocks. Ich presse mich an die Wand und unterdrücke ein Wimmern. Mr Pearce und sein Kobold kommen näher. Klack. Klack. KLACK.

Er humpelt an mir vorbei, ohne mich zu sehen. Sein Tunnelblick ist beeindruckend.

Ich warte, bis er außer Sicht ist, und laufe an der Turnhalle vorbei ins Foyer. Dort schiebe ich die schwere Tür zur Aula auf und schlüpfe hindurch.

Ich stehe im Dunkeln.

Jetzt kommt der gefährlichste Teil. Sollte mich jemand in der Aula erwischen, bekomme ich richtig Ärger. Wie sollte ich meine Anwesenheit hier erklären? Bei diesem Gedanken sprinte ich los, bis ich mit dem Fuß gegen die Bühne stoße.

Ich husche die Treppe hoch und schlüpfe durch den Vorhang. Hinter der Bühne ist es noch dunkler, und es riecht nach Staub und Kerzenwachs. Plötzlich habe ich das beklemmende Gefühl, mir würde jemand in der Dunkelheit auflauern.

Ich halte die Luft an und strecke den Arm aus wie ein Blinder. Dann taste ich mich voran, bis ich mit den Fingerspitzen auf Metall stoße. Meine Hände schließen sich um die Eisenleiter, die hinter der Bühne in die Höhe führt. Ich klettere die Sprossen hoch auf die schmutzige Dachluke zu, durch die schwaches Licht fällt.

Auf dem weitläufigen Dachboden stehen überall Kisten und Kartons mit Hüten und Plastikschwertern herum. In einer Ecke hockt ein großer Pappmachédrache mit einem funkelnden roten Auge. Als ich zum ersten Mal eine Schulstunde schwänzte und mich hier oben verkroch, hatte ich so große Angst davor, entdeckt zu werden, dass ich die ganze Zeit unruhig hin und her lief. So bin ich auf den Geheimgang gestoßen.

Hinter dem alten Schrank, der an einer Wand steht, hängen zwei Latten lose an ihren Nägeln. Ich schiebe sie zur Seite und steige durch das Loch. Dann balanciere ich über ein paar Bretter, die kreuz und quer auf den Dachbalken liegen. Am Ende klafft eine Lücke von etwa einem Meter. Jetzt muss ich springen.

Endlich stehe in meinem Geheimzimmer. Hier ist das Holz dunkler und riecht älter als auf dem Dachboden. Der Raum ist leer und gerade so lang, dass ich mich ausgestreckt auf den Boden legen kann. Es gibt ein Fenster, rund wie ein Bullauge auf Elians Schiff. Ich kann auf den Schulhof hinuntersehen, aber da unten ist nie jemand.

Wenn ich in meinem Geheimzimmer bin, verschwindet das merkwürdige Gefühl in meiner Brust fast ganz. Ich kann alle vier Ecken des Raums sehen, und niemand außer mir weiß von dem Ort.

Als die Klingel zum Mittagessen läutet, setze ich mich auf und hole mein Erdnussbutter-Marmeladen-Brot und ein *Elian Mariner*-Buch aus dem Rucksack. Es ist eine meiner Lieblingsgeschichten. Manchmal erlebt Elian einfach nur irgendwelche Abenteuer, aber manchmal rettet er anderen Menschen das Leben. In diesem Band rettet er einen ganzen Planeten.

Drei // Adam

Als ich in der zehnten Klasse war, las unser Direktor eine Studie über die umgekehrte Korrelation von Temperatur und Leistungsfähigkeit. Seitdem stellt er die Klimaanlage immer so ein, dass wir uns selbst bei sengenden Außentemperaturen für den sibirischen Winter anziehen müssen. Die Mensa ist der einzige Ort in der Schule, der von seiner Tiefkühlpolitik verschont geblieben ist. Sobald ich die Mensa betrete, beginne ich mir die Kleider vom Leib zu reißen.

Gleichzeitig schiebe ich mich seitwärts durch den total überfüllten Raum. Meine Freunde und ich quetschen uns an einen Tisch, der eigentlich nur für zehn Leute gedacht ist. Um einen freien Stuhl zu finden, machen wir die absurdesten Verrenkungen, und aufgrund der plötzlichen Hitze, des daraus folgenden spontanen Striptease und unserer verknoteten Gliedmaßen gerät das Mittagessen regelmäßig zu einer Art Softporno.

Ich zwänge mich neben Emerald, und unsere Oberschenkel pressen sich aneinander. Ihr rötlich braun-blondes Haar ist wie immer zu einer komplizierten Frisur hochgesteckt, die sich die meisten Mädchen für den Abschlussball aufheben würden. Sie sieht mich aus strahlend blauen Augen an, und wenn ich sie nicht seit der fünften Klasse kennen würde, würde ich denken, dass sie farbige Kontaktlinsen trägt.

»Hallo.« Ich grinse dümmlich. Dieses Mädchen ist einfach umwerfend. Mit ihren perfekt geschminkten roten Lippen, der blassen Haut und dem Leberfleck auf der Wange sieht sie aus wie eine Schauspielerin aus den Fünfzigerjahren. Sie ist viel zu glamourös, um hier in der Mensa zu sitzen und fettige Pommes aus einem Styroporbehälter zu essen. Mir fallen eine Million Dinge ein, die ich gern zu ihr sagen würde, aber da werde ich abgelenkt.

Camila, die mir gegenübersitzt, hat gerade ihren Schal ausgezogen. Ihr enges T-Shirt ist so tief ausgeschnitten, dass ihre Brüste bei jeder Bewegung rauszufallen drohen. Ich versuche, ihr nicht allzu offensichtlich in den Ausschnitt zu starren, vor allem aus Höflichkeit gegenüber ihrem Zwillingsbruder Matt, der neben ihr sitzt. Die beiden schauen mich kurz auf diese komische Zwillingsart an, und zum tausendsten Mal fällt mir auf, wie unglaublich ähnlich sie sich sehen: Beide sind klein, haben schwarzes Haar und einen dunklen Teint. Als Kinder hatten sie auch immer dieselben Klamotten an, aber irgendwann begann Camila, enge Röcke und zehn Zentimeter hohe Absätze zu tragen.

Charlie knallt sein Tablett auf den Tisch, und ich reiße meinen Blick von Camila los. Er macht ein noch finstereres Gesicht als sonst und zwängt seinen langen Körper unter wahnsinnigen Verrenkungen auf einen Stuhl. Früher habe ich ihn immer um seine Größe beneidet, aber mittlerweile hat sie ein irrwitziges Ausmaß angenommen. Die Welt ist einfach nicht für dich geschaffen, wenn du einen Meter fünfundneunzig groß bist. Charlie beschwert sich ständig, dass ihm die Beine einschlafen oder die Knie wehtun. Andererseits beschwert er sich immer über irgendwas. Im Grunde ist das seine Lieblingsbeschäftigung.

So auch jetzt. » Scheißkleinkinder. Wisst ihr, wie lange ich jetzt immer für mein Mittagessen anstehen muss?«

Natürlich wissen wir das. Er redet seit Beginn des Schuljahres praktisch von nichts anderem. Allison (mit der Charlie seit der zehnten Klasse immer mal wieder zusammen ist) setzt sich auf seinen Oberschenkel, der ungefähr so breit ist wie eine Parkbank, und tätschelt ihm mitfühlend die Schulter. Ihr Job besteht hauptsächlich darin, Charlie zu besänftigen. Beide sind groß und blond und sehen einander so ähnlich, dass sie ebenfalls Zwillinge sein könnten – als ich das irgendwann mal Charlie gegenüber erwähnte, hat er mir die Bemerkung allerdings ziemlich übel genommen.

»Vielleicht solltest du dir auch dein eigenes Mittagessen mitbringen«, sage ich und hebe meine Lunchbox.

»Ist das Tofu?«, fragt Camila misstrauisch.

»Ich habe nicht vor, vegan zu werden oder was auch immer du bist«, sagt Charlie.

»Das ist Zitronenhähnchen. Ich esse Fleisch« – jedenfalls ab und zu –, »nur eben keins aus Massentierhaltung. Wollt ihr mal probieren?«

Emerald spießt ein winziges Stück auf ihre Gabel auf, kaut so dezent wie bei einem Galadinner und tupft sich die makellosen Lippen mit ihrer Papierserviette ab, als wäre diese eine blütenweiße Stoffserviette. »Köstlich«, sagt sie. »Würdest du ab morgen für mich mitkochen?« Sie nimmt noch einen kleinen Bissen, lässt ihn sich auf der Zunge zergehen und summt dabei genüsslich.

Charlie wirft uns einen genervten Blick zu, und ich lenke ihn ab, indem ich ein Stück Huhn aufspieße und es ihm hinhalte. »Bist du sicher, dass du nicht mal probieren willst? Ist total gesund. Das gibt deinem Körper Energie und –«

»Genau, was du brauchst«, fällt er mir ins Wort. »*Noch mehr* Energie.« Alle lachen, was ihn sichtlich freut. Es gelingt ihm nicht oft, uns zum Lachen zu bringen. Er beißt in seine Pizza. »Ich will mir kein Mittagessen mitbringen. Ich will, dass sich die Kleinkinder verpissen.«

»MACH DICH MAL LOCKER, MANN.« Jesse redet viel zu laut, weil er auf einer Seite einen Kopfhörer im Ohr hat. Seit seinem letzten Wachstumsschub sieht er aus wie eine Vogelscheuche. Er beugt sich vor und knallt seine Drumsticks auf den Tisch. Er trägt sie immer mit sich herum, aber niemand macht sich deswegen über ihn lustig. Schlagzeug ist so ungefähr das einzige Instrument, das man spielen darf, ohne als

Orchester-Streber zu gelten. »Nach einem Monat könntest du langsam mal drüber hinwegkommen.«

»Hey, Charlie«, füge ich mich einem Grinsen hinzu, »findest du sie nicht auch ein ganz klein bisschen süß?« Ich weiß genau, dass er Kinder noch mehr hasst als das Wort »süß«. Er sieht aus, als wollte er mir die Faust ins Gesicht rammen, aber eigentlich sieht er immer so aus, als wollte er sich prügeln.

Meiner Meinung nach hat er total überreagiert, als er erfuhr, dass wir die Mensa in Zukunft mit den Neuntklässlern teilen würden. Letztes Jahr haben sich ein paar Eltern darüber aufgeregt, dass ihre Sprösslinge nicht genug Zeit zum Essen hätten. Deshalb gibt es seit Ende der Sommerferien nicht mehr vier Mittagsessensschichten – eine für jede Stufe –, sondern nur noch zwei. Mehr Zeit zum Essen, klar, aber dafür ist die Mensa doppelt so voll. Wer sich nichts von zu Hause mitbringt, sondern das Schulessen nimmt, verbringt jetzt die Hälfte seiner Mittagspause in der Warteschlange.

Uns wurde gesagt, die Entscheidung, das Mittagsessen der Neunt- und Zwölftklässler zusammenzulegen, sei eine rein rechnerische gewesen. Unsere Stufe war die kleinste und die neunte die größte. Doch schon bald drängte sich mir der Verdacht auf, dass es sich um einen heimtückischen Plan handelte.

In der ersten Woche herrschte in der Mensa ein heilloses Chaos. Die Neuntklässler rannten kreuz und quer durch den Raum wie Kindergartenkinder. Schlimmer als Kindergartenkinder, denn schon im Kindergarten weiß man, dass man beim Essen sitzen bleibt, die Tische nicht mit Ketchup vollschmiert und andere Kinder nicht an den Haaren zieht. Es dauerte nicht lange, bis wir Zwölftklässer auf die Barrikaden gingen. Wir wollten Ruhe und Ordnung, aber die Lehrer standen nur herum und schauten traumatisiert aus der Wäsche.

Natürlich nahm Charlie die Sache als Erster in die Hand. Wie der Terminator stapfte er zu einem Tisch, an dem sich mehrere Kinder eine Erbsenschlacht lieferten, und brüllte sie an, sie sollten sich gefälligst anständig hinsetzen und verdammt noch mal die Klappe halten. Aus aufgerissenen Augen starrten sie ihn an. Sie erinnerten mich an verängstigte Mäuse, und wie verängstigte Mäuse aussehen, weiß ich leider ziemlich genau.

Meine Karriere als Aushilfskraft in einer Zoohandlung war nach einem halben Tag vorbei. Am Morgen war ich total motiviert und viel zu früh zur Arbeit erschienen. Als Erstes wollte ich mit den Hunden spielen – Mom ist gegen Tierhaare allergisch, deshalb kann ich kein eigenes Haustier haben. Doch es kam ganz anders: Mein Job war es, Scheiße wegzumachen. Den Dünnpfiff verängstigter Tiere. Ich tat wie geheißen. Anschließend hob ich ein paar besonders traurige Welpen aus ihrer Box und tollte mit ihnen auf dem Boden herum, um sie ein wenig aufzumuntern.

Mein Chef – der mich stark an den Weihnachtsmann erinnerte, nur dass sein Bart nach Katzenpisse stank – machte mich daraufhin zur Schnecke und befahl mir, noch mehr Scheiße wegzumachen, diesmal von einem zornigen Nymphensittich, der mich wüst beschimpfte und mit dem Schnabel nach mir hackte.

Insgesamt kam ich ganz gut mit der Arbeit klar, doch dann trat ein Mann durch die Tür und wollte eine Maus kaufen. Er bat mich um eine schöne, fette Maus. Ich fand seine Bitte seltsam, bis er hinzufügte, die Maus sei für seine Boa Constrictor. Zu dem Zeitpunkt hatte ich erst fünf Stunden in der Zoohandlung gearbeitet, aber ich fühlte mich bereits voll und ganz für die Ansammlung von Tieren in den stinkenden Käfigen verantwortlich, und die Mäuse waren die kleinsten Tiere, die wir führten. Der Weihnachtsmann schickte mich ins Hinterzimmer zu einem rechteckigen Glasbehälter, in dem sich die Mäuse tummelten, und übertrug mir die grauenvolle Aufgabe, auszuwählen, welche von ihnen sterben sollte.

Als ich den Deckel anhob, starrten Hunderte von ihnen aus großen runden Augen zu mir hoch. Ich schob meine Hand in den Behälter und schnappte mir eine kleine weiße Maus. Sie hatte winzige Ohren und ein zutrauliches Gesicht. Sie war sehr niedlich. Ich hielt sie eine Weile in der Hand, setzte sie dann zurück und beobachtete, wie sie sich zwischen ihren Artgenossen verkroch.

Der nächste Moment ist ein schwarzes Loch. Ein Bruch im Raum-Zeit-Kontinuum. Bei so was schwört man hinterher immer, nichts getan zu haben – oder es zumindest nicht vorgehabt zu haben. Offenbar gibt es Momente im Leben, in denen man, ohne nachzudenken, Glasbehälter voller Mäuse umwirft. Was ich vorher nicht wusste: Verängstigte Mäuse sind verdammt schnell.

Als ich lautes Geschrei hörte, lief ich zurück in den Laden. Der Boa-Typ war hinter dem keifenden Nymphensittich in Deckung gegangen, zwei kreischende Frauen standen auf der Ladentheke, der Weihnachtsmann redete beruhigend auf sie ein, zwei Kinder rannten hinter den Mäusen her, und meine Kollegen, die beiden anderen Helfer des Weihnachtsmanns, hinter den Kindern. Inmitten des Chaos platzte aus mir heraus, dass ich dem Boa-Typen auf keinen Fall ein lebendiges Lebewesen aushändigen werde.

Später, als mein Chef mich feuerte, legte er mir eine runzelige Hand auf die Schulter und sagte: »Du bist nicht dafür geschaffen, um in einer Zoohandlung zu arbeiten, mein Sohn.« Er hatte Recht. Ich war nicht dafür geschaffen, kleine süße Mäuse in den sicheren Tod zu schicken.

Und ich war auch nicht dafür geschaffen, jüngere Schüler einzuschüchtern. Es war ein notwendiges Übel, das sah ich ein, aber die Drecksarbeit überließ ich lieber Charlie. Ein Satz von ihm, und die Kinder setzten sich anständig hin und hielten verdammt noch mal die Klappe.

Charlie sieht immer noch angepisst aus, und zwar angepisster als sonst. Ich frage: »Alles okay?«

»Meine Mom bekommt ein Baby«, antwortet er.

»NOCH EINS?«, ruft Jesse.

Aus irgendeinem Grund ließ Charlies Mutter nach seiner Geburt bis zum zweiten Kind sieben Jahre verstreichen. Ab da gebar sie dann ungefähr alle zwölf Minuten eins. Ich weiß noch, wie unsere Lehrerin in der ersten Klasse beim Morgenkreis verkündete, dass Charlie eine »wunderbare« Nachricht für uns habe. Er habe ein Geschwisterchen bekommen. Charlie schmiss sich in der Mitte des Kreises auf den Boden und brüllte: »Mein Leben ist vorbei!«

»Wie soll es denn heißen? Gehen deinen Eltern nicht bald die Namen aus?«, fragt Camila grinsend.

»Shiv.«

»Shiv?«, wiederhole ich. »Was ist das denn für ein komischer Name?« Zum Glück kommt er nicht an mich heran, ich sitze zu weit weg.

»Außerdem«, knurrt Charlie, »bin ich in der Chemieklausur durchgefallen. Keine Ahnung, warum ich auf die Beratungslehrerin gehört und den Leistungskurs gewählt habe. Hoffentlich lässt sie mich in den Grundkurs wechseln. Adam –«

»Ich rede mit ihr.« Sonst muss ich mir nur wieder einen Sermon darüber anhören, dass seine Eltern vielleicht mehr Zeit hätten, ihm bei den Hausaufgaben zu helfen, wenn sie nicht neun Millionen Kinder gekriegt hätten – das ist seine Lieblingsbeschwerde seit der Geburt von Bruder Nummer eins. Natürlich könnte ich ihm sagen, dass er groß genug ist, um selbst mit der Beratungslehrerin zu sprechen, aber wie ich Charlie kenne, macht er dann nur wieder irgendeine Dummheit und muss nachsitzen.

Mittlerweile hat Emerald fast mein ganzes Mittagessen verputzt. Ich überlege, ob ich ihr meine Lunchbox wegnehmen soll oder ihr lieber weiter beim Essen zusehe.

»Also was ist, kommt ihr mit?«, fragt Jesse. Ich habe keine Ahnung, wovon er redet. Anscheinend war ich mit den Gedanken mal wieder woanders.

»Warum nicht«, sagt Matt. »Könnte cool werden …«

»Auf keinen Fall«, unterbricht Camila ihn. Sie tut so, als wäre die Diskussion damit beendet. Und das ist sie auch. Sie ist zwei Minuten älter als ihr Bruder. Seit ich denken kann, trifft sie die Entscheidungen.

»Das ist am Arsch der Welt«, jammert Charlie. »Über eine Stunde mit dem Auto.«

»Es ist wirklich weit.« Natürlich schlägt sich Allison auf seine Seite. »Und wir wissen noch nicht mal, ob sie gut sind.«

»Natürlich sind sie gut«, beteuert Jesse. Sie reden anscheinend über irgendeine unbekannte Band, auf deren Konzert er uns schleppen will. Jesse hat eine tiefe Abneigung gegen alle Musik, von der andere Leute schon mal gehört haben könnten.

Mittlerweile sind sich fast alle am Tisch (Charlie, Allison, Camila, Joe, Natalie, Kate, Bianca, Michael, Josh, Maddie, Sean) einig, dass sie nicht auf das Konzert wollen. Es findet draußen statt und Ende Oktober ist es schon verdammt kalt. Außerdem ist es zu weit weg. Jesse und Matt machen enttäuschte Gesichter, scheinen sich aber in ihr Schicksal zu fügen.

»Ich bin dabei«, rufe ich begeistert. Ich freue mich schon jetzt auf den kleinen Roadtrip. »Das wird bestimmt super. Ein echtes Abenteuer! Und gegen die Kälte können wir ja Decken mitnehmen.«

Jesse grinst, stopft mir einen Kopfhörer ins Ohr und zerfetzt mir fast das Trommelfell. »Du wirst es nicht bereuen. Hör mal.«

Die schreiende Stimme und die schnellen Gitarrenriffs klingen genauso wie alle anderen Bands, die er mir in den letzten Jahren ins Ohr gestopft hat. Trotzdem nicke ich, lächle ihm zu und schlinge meinen letzten Bissen Hähnchen runter. Mit halbem Ohr bekomme ich mit, wie die anderen darüber diskutieren, wie viele Autos wir für die Fahrt zu dem Konzert brauchen.

Vier // Julian

Auf dem Nachhauseweg gehe ich durch den Park. Es ist kein besonders schöner Park, es gibt nicht mal einen Spielplatz mit einem Klettergerüst und einer Rutsche, nur lauter Bäume, ein paar Teiche und gewundene Pfade. Ich mag diesen Weg lieber als den durch die Stadt – nicht, weil er kürzer ist, sondern weil ich mir einreden kann, ich würde freiwillig durch den Park gehen. Dann muss ich mir nicht eingestehen, dass ich Angst vor Jared und dem Bus habe. Dass ich ein Feigling bin.

Manchmal, wenn ich mich richtig anstrenge, erinnere ich mich daran, wie Jared im Kindergarten war. Ich weiß noch, wie Mom mich nach meinem ersten Tag abholen kam und ich ihr erzählt habe, dass es in meiner Gruppe einen bösen Jungen gibt. Jared hatte die anderen Kinder gekniffen, als die Erzieherin nicht hinsah. Er hatte unsere Wasserfarbenbilder mit schwarzem Filzstift vollgekrakelt. Und unsere Bauklötzchentürme umgeworfen.

Mom hörte zu, nickte und sagte dann, dass es keine bösen Kinder gäbe, nur unglückliche.

»Aber du kennst ihn doch gar nicht«, sagte ich.

»Ich muss ihn nicht kennen. Ich weiß es auch so.« Sie verriet mir nicht, woher sie es wusste, aber sie sagte, ich solle Mitleid mit Jared haben.

Als Jared am nächsten Tag meinen Turm umwarf, legte ich ihm mitfühlend eine Hand auf die Schulter. »Ist schon in Ordnung«, sagte ich. »Ich weiß, dass du nur unglücklich bist.« Daraufhin schlug er mir seine Faust ins Gesicht.

Nach der Schule sagte ich zu Mom, dass sie sich geirrt habe. Jared war durch und durch böse – er hatte mich geschlagen. Ich dachte, Mom würde wütend werden und seine Mutter anrufen. Stattdessen sagte sie, dass niemand durch und durch böse sei, dass böse Menschen nur unglücklich seien, und dass Unglück solche Menschen von innen auffresse.

Als ich Jared am nächsten Tag auf dem Spielplatz sah, hockte er wie ein Kindergartentroll unter dem Klettergerüst, und ich stellte mir vor, wie das Unglück ihn von innen auffraß. Und keiner konnte es sehen.

Nur ich. Ich kann es sogar noch heute sehen. Und ich habe auch Mitleid mit ihm. Mom hatte natürlich Recht. Aber deshalb habe ich trotzdem Angst vor ihm.

Zu Hause öffne ich meinen Koffer. Heute nehme ich das grüne Notizheft heraus. Ich habe es in unserem alten Haus auf dem

Schreibtisch meiner Mutter gefunden und es eingesteckt, bevor all unser Kram in Kartons gepackt und eingelagert wurde. Manchmal denke ich an unsere Sachen. An die Pinsel, Zahnbürsten, Kleider, Wolldecken, Bücher und Musikinstrumente – alles in dunklen Kartons in irgendeiner Lagerhalle.

Soweit ich weiß, liegen in einem dieser Kartons Hunderte solcher Notizhefte. Aber ich habe nur dieses eine. Ein einziges Notizheft. Es ist etwa bis zur Hälfte vollgeschrieben, dann kommen nur noch leere Seiten.

Ich blättere darin herum bis zu einer Seite, die ich schon tausendmal gelesen habe. Beim ersten Mal dachte ich, es handele sich um eine Liste mit Moms Lieblingsfilmen. Die meisten kannte ich nicht, aber von ein paar wusste ich, dass sie sie gesehen und toll gefunden hatte. Aber wenn es sich um ihre Lieblingsfilme handelte, wo waren dann die Shirley-Temple-Filme? Sie liebte Shirley Temple. Und warum standen Kriegsfilme auf der Liste? Sie hasste Kriegsfilme.

Wenn es also keine Liste ihrer Lieblingsfilme war und auch keine Liste mit den schlimmsten Filmen, die sie je gesehen hatte, was war es dann? Anscheinend waren ihr die Filme so wichtig gewesen, dass sie sie aufgeschrieben hatte. Vielleicht war an dem Tag, als sie die Filme gesehen hatte, etwas Besonderes passiert. Vielleicht … Ich weiß auch nicht. Aber irgendeinen Sinn muss die Liste ja haben.

Zum millionsten Mal wünschte ich, Mom hätte den Seiten Überschriften gegeben. In dem Notizheft befanden sich nämlich Dutzende solcher Listen. Listen von Orten. Listen von Farben. Listen von Songs. Aber keine Überschriften. Keine Erklärungen. Keine Möglichkeit, herauszufinden, was die Einträge bedeuten.

Fünf // Adam

Ich öffne die Tür zu Charlies Haus und stehe mitten in einem billigen Westernfilm. Von der Deckenlampe baumelt ein riesiges Stofftier mit aufgeschlitztem Bauch – die Kater-Sylvester-Puppe, die Charlie letztes Jahr auf der Kirmes gewonnen hat. Der Hals des Katers steckt in einer Schlinge aus einem Springseil, und weiße Gedärme quellen aus seinem Bauch.

Einer von Charlies Brüdern rennt mit ausgebreiteten Armen an mir vorbei. Bis auf einen Superman-Umhang ist er nackt. Drei weitere Kinder in zu kleinen Klamotten sind ihm dicht auf den Fersen. Eines trägt ein offenes Marmeladenglas, die beiden anderen verfolgen den nackten Superman mit Spielzeugpistolen. Ich werfe mich ins Getümmel.

Sofort bin ich von blonden Kindern umringt, die einander zum Verwechseln ähnlich sehen. Zwei springen an mir hoch und rammen mir ihre Füße in die Rippen, als wären diese eine Sprossenleiter. Die anderen umklammern kichernd meine Beine und sehen zu mir hoch. Ihre Gesichter sind schmutzig, als hätten sie Schornsteine gefegt. Dieses Haus ist wie ein Waisenhaus aus einem Charles-Dickens-Roman, nur dass die Kinder hier glücklich sind und der Bösewicht keine Chance gegen sie hat.

Wenn man vom Teufel spricht: Charlie poltert mit schweren Schritten die Treppe herunter. Die beiden Kleinen auf meinem Arm klammern sich an mir fest und pressen ihr Gesicht an meinen Hals. Die zwei an meinen Beinen versuchen wegzurennen, sind aber nicht schnell genug. Charlie reißt Tomás das Marmeladenglas aus der Hand und herrscht Olivier an, er solle sich eine Hose anziehen.

»Ich muss jetzt leider gehen«, sage ich zu den beiden auf meinem Arm. Sie geben mir einen Schmatzer auf die Wange, lassen sich zu Boden fallen und rennen in einem Pulk die Treppe hoch. Keine Ahnung, wie Charlies Geschwister unter seiner Terrorherrschaft aufwachsen und trotzdem so süß sein können.

Charlie schnappt sich seine Jacke vom Esszimmertisch. Als er sie hochhebt, tropft eine klebrige rote Masse aus dem Ärmel. Fassungslos starrt er darauf. Ich muss lachen.

»Tomás!«, brüllt er, und selbst ich bekomme Angst. Mehrere Blondschöpfe rennen quiekend davon. Charlie macht drohend einen Schritt nach vorn, und ich packe ihn am Arm.

»Wir kommen zu spät.« Für Lasertag und Videospiele gibt es natürlich keine bestimmte Uhrzeit, aber ich versuche, ein Massaker zu verhindern.

»Die Jacke ist nagelneu.« Charlie legt großen Wert auf seine Sachen. Geld ist in seiner Familie immer knapp – ein Kollateralschaden des Kinderreichtums. Deshalb arbeitet er für einen Landschaftsgärtner. Er mäht Rasen, harkt Blätter und schleppt Steine durch die Gegend.

»Das lässt sich bestimmt rauswaschen.«

Er stößt ein King-Kong-Brüllen aus: »Wann bin ich endlich mit der Schule fertig und kann ausziehen?«

Ein blonder Kopf schiebt sich durch die Querstreben des Treppengeländers. »Das würden wir auch gern wissen!« Gekicher aus allen Richtungen. Charlie schleudert seine Jacke auf den Tisch und stampft zur Treppe. Wieder aufgeregtes Quieken.

»Charlie! Lass uns gehen.«

»Ich werde mir den Arsch abfrieren.« Was Quatsch ist, denn draußen sind es mindestens fünfzehn Grad.

»Du Armer. Soll ich dir meine Jacke leihen?« Ich mache eine große Show und tue, als wollte ich meine Jacke ausziehen. Er versetzt mir einen so heftigen Stoß, dass ich stolpere und hinfalle. Zum Glück lande ich auf einem Haufen weißer Eingeweide des erhängten Katers. »Mann, eines Tages wirst du mir noch wehtun.«

Er grinst – bei dem Gedanken bessert sich seine Laune anscheinend schlagartig. Ich freue mich immer, wenn ich behilflich sein kann.

»Fährt deine Kiste nicht schneller?« Diesmal prallt Charlies Gemecker an mir ab.

»Sag, was du willst, mein Wagen ist cool.«

»Es ist ein *Kombi.*«

Genau genommen ist es ein alter Lieferwagen, und zwar ein Saab 1968. Mein Großvater schenkte ihn Mom, als sie ein Teenager war. Seltsamerweise hat sie ihn aus nostalgischen Gründen behalten, obwohl die beiden seit zehn Jahren nicht mehr miteinander reden.

Früher war der Saab dunkelgrün, aber mittlerweile ist der Lack ziemlich ab. Von außen erinnert er an einen Krankenwagen aus den Zwanzigerjahren, aber wenn man einsteigt, macht man einen Zeitsprung. Der Innenraum sieht aus wie ein futuristisches Fernsehraumschiff aus den Fünfzigerjahren: silberne Kurven und große rote Knöpfe. Das Verrückteste sind die Heizschlitze in der Mitte, die an ein Robotergesicht erinnern.

Charlie macht die Heizung an – wahrscheinlich will er mir unter die Nase reiben, dass er ohne Jacke friert –, und der runde Robotermund beginnt rot zu glühen.

»Sei froh, dass ich ein Auto habe«, erwidere ich. »Sonst müsste ich dich auf der Fahrradstange mitnehmen.«

»Meine Eltern könnten mir ein Auto schenken, wenn sie nicht neun Millionen Kinder bekommen hätten.« Klar, das war eine Steilvorlage. »Wie auch immer, bald kaufe ich mir ein eigenes Auto.«

»Wow, das ist toll, Mann!«

»Ich hab gehört, du hast heute in Englisch Emerald begrapscht?«

»Wer sagt das?«

»Alle.«

»Ich habe sie nicht begrapscht. Ich habe sie umarmt. Ich brauchte das Oxytocin.« In der dritten Stunde war unsere Lehrerin vom Thema abgeschweift und hatte uns erzählt, dass Glückshormone Krankheiten heilen können. Bei jeder Berührung schütte der Körper Glückshormone aus. Als ich Emerald später gefragt habe, ob ich es an ihr ausprobieren dürfe, hat sie gnädig genickt wie eine Prinzessin, die einem Bauern erlaubt, ihr die Hand zu küssen. Nach nur vier Sekunden versuchte sie allerdings, sich aus meiner Umarmung zu lösen.

Ich musste sie daran erinnern, dass es zwanzig Sekunden dauert, bis das Hormon ausgeschüttet wird. Was seltsam war, weil sie den zweitbesten Notendurchschnitt in unserer Klasse hat und das eigentlich hätte wissen müssen.

Charlie verdreht die Augen. »Ja klar, Mann.«

»Es stimmt. Ms Webb hat gesagt, dass Menschen, die nicht genug Körperkontakt bekommen, *sterben* können.«

»Zum Glück muss ich mir darum keine Sorgen machen. Allison und ich produzieren sehr viel Oxydings.«

»Freut mich für euch.«

»Und dass du ausgerechnet Emerald für dein Experiment ausgewählt hast, war reiner Zufall?«

Ich weiß, worauf er hinauswill. Emerald und ich waren mal zusammen, in der sechsten Klasse, für ganze vier Wochen.

Charlie ist fest überzeugt, dass in mir immer noch eine heimliche Leidenschaft schlummert.

»Sie hat einen Freund, das weißt du doch«, sage ich. Und zwar nicht nur irgendeinen, sondern einen wahnsinnig coolen Typen. Wenn sie von ihm erzählt, hört er sich gar nicht an wie ein echter Mensch. Brad geht aufs College, ist im Ruderteam und in seiner Freizeit Hobbypilot. Ich meine, er fliegt *echte Flugzeuge.*

»Ich weiß«, sagt Charlie. »Aber wenn sie keinen –«

»Hat sie aber.«

Charlie seufzt und gibt auf. »Schon gut. Außerdem … wenn Emerald auf solche Typen steht, hast du eh keine Chan–«

»Reden wir lieber darüber, dass *du* keine Chance beim Lasertag hast. Ich mach dich fertig, mein Freund.«

»Nein! Du hast gesagt, dass wir diesmal im selben Team sind.« Er sieht aus wie ein 1,95 Meter großer Sechsjähriger. Ich muss lachen. Ich überlege, ob ich anhalten und ihn umarmen soll.

»Schon gut, schon gut«, beruhige ich ihn, immer noch lachend. »Heute spielen wir zusammen.«

»Ein Team?«

»Ein Team.«

Sechs // Julian

Am Himmel hängt ein flacher Mond, der aussieht wie aus Butterbrotpapier ausgeschnitten. Um zehn Uhr ziehe ich die Vorhänge zu und lege mich schlafen. Obwohl ich müde bin, will sich mein Körper einfach nicht entspannen. Das Haus ist leer. Russell kommt erst am nächsten Tag wieder, und in den Nächten, in denen ich allein im Haus bin, habe ich noch mehr Angst als sonst.

Vielleicht wäre das anders, wenn es nicht so still wäre. Ich wünschte, ich hätte den tragbaren DVD-Player noch, den mir Mom und Dad für lange Autofahrten geschenkt hatten. Viele Jahre lang habe ich zum Einschlafen Serien oder meinen Lieblingsfilm *Dschungel der 1000 Gefahren* geschaut. Der Film handelt von einer Familie, die Schiffbruch erleidet und dann auf einer einsamen Insel in einem Baumhaus lebt. Doch eines Tages ging der DVD-Player kaputt, und die Nächte wurden unerträglich still.

Ich höre das Gluckern und Klopfen des Boilers. Das Summen des Kühlschranks. Äste, die am Dach kratzen. Keines dieser

Geräusche ist mir fremd, aber ich empfinde eine dumpfe Beklemmung. Das Gefühl will einfach nicht weggehen und ich weiß nicht, wo es herkommt.

Ich knipse meine Taschenlampe an, drehe mich auf die Seite und starrte die ockerfarbene Wand an. Für den Bruchteil einer Sekunde sehe ich meine alte Wand vor mir. Sie war blau wie das Meer. Ich schließe die Augen und plötzlich schaffe ich es, mich wegzubeamen – ich bin in meinem alten Zimmer. Das gelbe Licht neben mir stammt nicht von der Taschenlampe, sondern von meiner Nachttischlampe in Form eines Halbmonds. Unter dem Fenster steht das Bücherregal mit dem roten Lack, der an mehreren Stellen abblättert. Es ist vollgestopft mit DVDs und *Elian Mariner*-Büchern. Die Wände sind blau gestrichen und mit bunten Postern vollgehängt.

Zum ersten Mal hat Russell mich bestraft, als ich in diesem Zimmer ein Bild an die Wand gehängt hatte. Ich hätte ihn vorher um Erlaubnis fragen sollen, das weiß ich jetzt, aber damals habe ich einfach nicht darüber nachgedacht. In meinem alten Zimmer durfte ich so viele Bilder aufhängen, wie ich wollte. Russells Strafe war gar nicht mal so streng, nur war mir so etwas noch nie passiert, und ich war völlig geschockt. Als es vorbei war, fragte er mich, ob ich in Häusern fremder Leute auch Löcher in die Wände schlagen würde.

Weinend schüttelte ich den Kopf.

»Warum tust du es dann bei mir?«, fragte er weiter. »Das sind nicht deine Wände, genauso wenig wie es deine Möbel sind.

Hast du dich bei deiner Pflegefamilie auch so aufgeführt? Haben sie dich deshalb rausgeworfen?«

Als ich bei ihm eingezogen war, hatte er mir erklärt, ich hätte so viele »Probleme« gemacht und wäre so »verzogen« und »verdorben«, dass meine Pflegemutter und mein Pflegebruder nichts mehr von mir wissen wollten. Als er »verdorben« sagte, klang das nicht wie etwas, was man über ein Kind sagt. Es klang, als würde er gammeliges Fleisch beschreiben, das zu lange in der Sonne gelegen hatte.

Mit »verdorben« meinte er »durch und durch schlecht«. An jenem Tag warnte er mich, dass er mich ebenfalls vor die Tür setzen würde, wenn ich mich nicht benahm.

»Ja«, antwortete ich auf seine Frage, denn ich hatte auch im Zimmer meines Pflegebruders Bilder an die Wand gehängt.

Russell nickte, so als würde ihn das nicht wundern. Dann sagte er etwas, was er seitdem tausendmal wiederholt hat: Die Welt gehe zu Grunde, weil Väter ihre Söhne nicht mehr erziehen würden. Aus den Jungen würden keine Männer, und wenn sie später selbst Söhne hätten, versagten sie. Denn jemand, der innerlich selbst noch ein Junge sei, könne seinem Sohn nicht den rechten Weg weisen.

Manche Sätze gehen dir nicht mehr aus dem Kopf. Russells Worte bedeuteten, dass er nicht viel von meinem Vater gehalten hatte. Und deshalb hält er auch nicht viel von mir.

Das Bild vor meinen Augen flackert wie ein kaputter Fernseher, und die Wände meines alten Zimmers verschwinden.

Wieder packt mich die Angst. Schreckliche Angst. Ich drehe mich auf den Rücken, konzentriere mich auf einen Punkt an der Decke und murmele immer wieder: *Denk an was Schönes.*

Ich denke an Spiderman, schiebe den Gedanken aber schnell beiseite. Die Filme sind viel zu gruselig.

Denk an was Schönes.

Wenn es mir gelingt, an was Schönes zu denken, werde ich einschlafen können. Ich versuche es noch mal, und jetzt sehe ich ihn. Elian Mariner. Und dann bin ich Elian und stehe an Deck eines Schiffs, in seiner bunt illustrierten Welt. Mit diesem Schiff kann ich fliegen, wohin ich will.

ADAM

Ich komme gegen zweiundzwanzig Uhr nach Hause und schleiche mich durch die Hintertür. Gemessen an normalen Maßstäben ist unsere Küche in einem ganz passablen Zustand, was bedeutet, dass sie für unsere Verhältnisse blitzsauber ist. Das Geschirr ist gespült, der Müll rausgebracht, die Kräuter auf der Fensterbank stehen in Reih und Glied. Außerdem riecht es lecker – auf der Theke liegt ein frisch gebackenes Mandelbrot.

Ich bin zu faul, mir einen Teller zu holen, und packe das Brot mit beiden Händen wie ein hungriges Tier. Ich kann es noch immer kaum glauben, dass meine Mom Brot bäckt. Bis vor fünf Jahren haben wir uns praktisch nur von Fast Food ernährt.

Ich gehe durch die gelbe Schwingtür ins Wohnzimmer. Mom ist noch wach, sie hockt auf unserer gelben Couch. »Was für ein Biest!«, sagt Mom zur Begrüßung. Ich muss lachen, als ich sehe, was im Fernsehen läuft: *Der Bachelor.*

»Was hat sie jetzt schon wieder getan?«, frage ich und lasse mich auf die Couch fallen.

Es stellt sich heraus, dass sie ziemlich genau dasselbe getan hat wie in der letzten Folge: Sie war gemein zu ihrer Konkurrentin, hat vor dem Mann aber einen auf lieb gemacht. Während der Rosenübergabe leide ich still. Das Ganze wäre viel kurzweiliger, wenn ich lachen dürfte, doch das ist strikt verboten.

Als die Sendung vorbei ist, sagt Mom in todernstem Ton: »Ich schwöre dir, Adam, wenn er sie nächste Woche nicht rauswirft, gucke ich mir die Sendung nie wieder an.« Wir wissen beide, dass das eine leere Drohung ist.

Mom schaltet den Fernseher aus und holt *Vier gewinnt* unter dem Couchtisch hervor. Während wir spielen, fragt sie, mit wem ich unterwegs war.

»Charlie.«

»Ah. Und wie geht's ihm?«

»Wie immer.«

Sie stößt ein leises Schnauben aus. Sie kennt Charlie, seit er sechs ist, deshalb kann sie ihn nicht *nicht* mögen – für Mom wird er immer ein kleiner Junge bleiben –, aber er ist auch nicht gerade ihr erklärter Liebling. Sie findet ihn zu negativ. Ich habe versucht ihr zu erklären, dass ich ihn gerade deswegen lustig finde.

»Und Emerald war nicht dabei?« Moms Tonfall klingt so beiläufig, dass er alles andere als beiläufig ist.

»Nö.« Mit einem triumphierenden Grinsen lasse ich einen Spielstein in eine Reihe fallen. »Vier gewinnt!«

»Wie konnte ich das nur übersehen?«

»Keine Ahnung.«

Ich ziehe die Schiene heraus und die Steine rollen auf den Tisch.

Als ich zum zweiten Mal gewinne, äußert Mom die Vermutung, sie hätte Alzheimer.

»Du hast kein Alzheimer«, widerspreche ich. »Du bist siebenunddreißig.«

»Erinnere mich nicht daran.«

Das ist mein Stichwort: »Aber du siehst natürlich *viel* jünger aus.« Was unter anderem daran liegt, dass Mom sehr klein ist. Sie reicht mir gerade mal bis zur Schulter. Nur darf man auch das nicht laut sagen.

»Aber irgendwas stimmt nicht mit mir. Früher habe ich nie verloren!«

»Vielleicht bin ich einfach besser geworden. Hast du dir das schon mal überlegt? Natürlich hast du gegen mich gewonnen, als ich *neun* war.«

»Pass auf, was du sagst, *Punky Brewster.*« So nennt mich Mom, wenn sie mich frech findet. Die Serie ist aus den Achtzigern, und ich habe sie mir mal auf YouTube angeschaut. Trotz ihres Namens ist die Hauptfigur ein braves kleines Mädchen.

Ähnlich verhält es sich mit *Rudy Ruettiger.* Den Spitznamen gibt Mom mir, wenn sie findet, dass ich total unhöflich bin. Weil »Rudy« so ähnlich klingt wie »rüde«. Ich habe *Touchdown* gesehen, den Film, in dem Rudys Geschichte erzählt wird. Rudy ist ein Junge aus einer armen katholischen Familie, und sein größter Traum ist es, für das Footballteam seines Colleges zu spielen. Ich habe Mom gesagt, sie solle mich vielleicht besser »Rudy« nennen, wenn ich etwas Außergewöhnliches vollbringe, was mir niemand zugetraut hätte, aber sie will meine Logik nicht verstehen.

»Wenn du Alzheimer hättest«, sage ich, »wärst du viel vergesslicher. Du weißt immer, wo alle Sachen sind. Du hast so eine Art fotografisches Gedächtnis.«

»Das ist ein Mutterding.« Sie grinst. »Wir wissen intuitiv, wo die Schuhe und Schulbücher unserer Kinder sind.«

»Mit deinem Gehirn ist jedenfalls alles in Ordnung. Ich bin einfach nur besser in *Vier gewinnt.*«

Sie wirft mir einen finsteren Blick zu, doch der ist nur gespielt, das weiß ich.

»Zwischen Harvey und Marissa gab es heute wieder Streit«, erzählt mir Mom bei unserer dritten Partie. Ich weiß, wie sehr sie ihre Arbeit als Sozialarbeiterin vermisst. Am glücklichsten ist sie, wenn sich ihre Bürokollegen in die Haare kriegen und sie zwischen ihnen vermitteln darf. »Ich glaube wirklich, Harvey müsste mal mit einem Therapeuten reden.« Als sie das sagt, fällt mir etwas ein.

»Weißt du, wen ich heute gesehen habe? Julian!«

Moms Gesicht erstarrt. Dann verzieht sie die Lippen zu einem künstlichen Lächeln, wie immer, wenn sie so tun will, als wäre alles in Ordnung. »Wie sah er aus?«

»Wie früher.« Immer noch klein für sein Alter, immer noch mit denselben wuscheligen schwarzen Haaren, die ihm in die großen Augen fallen. Nur eins war merkwürdig. Allerdings will ich Mom nicht davon erzählen, sonst macht sie sich nur Sorgen. Julian war merkwürdig still und zuckte vor mir zurück wie ein scheues Kätzchen. »Ich hätte mich gern mit ihm unterhalten, aber er hatte es eilig.« Ich erwähne nicht, dass er praktisch vor mir davongerannt ist.

Mom wirft einen Stein in das Gitter, schenkt dem Spiel jedoch keine Beachtung mehr. »Ich denke immer noch jeden Tag an ihn«, sagt sie leise.

Auch ich lasse den nächsten Stein achtlos in irgendeine Reihe fallen. »Ich weiß.«

Sieben // Julian

Ms West ist unglücklich. Das weiß ich, weil sie gemein ist, genau wie Jared. Allerdings ist sie erwachsen und wirft keine Bauklötzchentürme um. Sie ist unsere Biolehrerin, und ich habe sie in der ersten Stunde. So fängt der Tag zwar nicht gut an, aber manchmal denke ich, dass es besser so ist. Dann habe ich es wenigstens hinter mir.

Ich gehe zu meinem Tisch hinten im Klassenraum. Als es klingelt, reißt Ms West einem Mädchen ihr Telefon aus der Hand und schreit einen Jungen an, weil er seinem Nachbarn etwas zugeflüstert hat. Dann kommt Dawn in die Klasse. Sie hat zerebrale Kinderlähmung und sitzt im Rollstuhl. Ms West steht da und beobachtet, wie Dawn mit Hilfe ihrer Assistentin aus dem Rollstuhl steigt und sich auf einen normalen Stuhl setzt. Das ist eine umständliche Prozedur, bei der Dawn ziemlich ins Schwitzen gerät.

Sobald die Assistentin aus der Tür ist, sagt Ms West: »Wäre es nicht einfacher, wenn du in deinem Rollstuhl sitzen bleiben würdest, Dawn?«

Dawn wirkt überrumpelt. Ihre Augen hinter der dicken Brille sind riesig und verschwommen.

»Ich sitze lieber auf einem richtigen Stuhl«, antwortete sie schließlich. Sie spricht stockend, als könnte sie die Silben nicht richtig aneinanderreihen. Bei jedem Wort verzieht Ms West das Gesicht.

»Aber wir können nicht deinetwegen jeden Tag zu spät mit dem Unterricht anfangen«, entgegnet Ms West. »Wenn du weiterhin darauf bestehst, auf einem Stuhl zu sitzen, muss deine Assistentin dich früher bringen. Du störst den Unterricht, wenn du nach dem Klingeln kommst und kurz vor dem Klingeln schon wieder gehst.«

Dawn nickt langsam. Dann eröffnet uns Ms West, sie habe unsere Tests korrigiert. Die Anspannung im Klassenraum steigt ins Unerträgliche.

»David«, sagt sie und gibt einem Schüler in der ersten Reihe seinen Test zurück. »76 Punkte. Violet, 85. Kristin, 93. Julian …«

Sie bleibt direkt vor mir stehen. Aus der Nähe sieht sie noch furchteinflößender aus. Ihre Augenbrauen sind zwei aufgemalte schwarze Striche, ihre Haut ist totenbleich. »40.«

Ich sage nie etwas, weder im Unterricht noch in der Pause, und ich habe kein Handy. Wenn sie mich zusammenstaucht, dann immer wegen einer schlechten Note.

»Kann mir irgendwer sagen, wie man in diesem Test 40

Punkte erreichen kann?« Sie sieht sich im Raum um. »Alex, du vielleicht?«

Alex und Kristin sind beliebt und die einzigen Schüler in unserer Klasse, die Ms West zu mögen scheint. Wenn einer von ihnen zu spät kommt oder sein Telefon im Unterricht hervorholt, sieht sie immer großzügig darüber hinweg.

Alex zuckt mit den Achseln. »Keine Ahnung.«

»Ich auch nicht«, sagt Ms West. »Man müsste die Antworten schon nach dem Zufallsprinzip ankreuzen.«

Ich ziehe den Kopf ein und schließe die Augen. Wenn ich mich richtig konzentriere, kann ich mich vielleicht wegbeamen.

»An deiner Stelle würde ich mich schämen.«

Oder mich in Luft auflösen.

Die Mittagspause verbringe ich wie so oft in meinem Geheimzimmer. Am liebsten würde ich die Wörter in Moms Notizheft mit dem Finger nachzeichnen, weil mich das beruhigt. Aber ich traue mich nicht, das Notizheft mit in die Schule zu nehmen. Was, wenn jemand es mir klaut und es mit ekligem Zeug vollkritzelt? Was, wenn jemand das Heft zerstört? Allein bei dem Gedanken wird mir schlecht, als säße ich in einem Auto, das viel zu schnell fährt.

Nein, das Notizheft lasse ich lieber zu Hause. In meinem Koffer ist es in Sicherheit. Die meisten Listen kenne ich eh auswendig. Eine würde, wenn sie eine Überschrift hätte, »Liste der Ängste und Phobien« heißen. Alle Wörter enden auf -phobie, nur eins nicht: »Kajak-Angst«.

Ich bin in den Computerraum der Schule gegangen und habe den Begriff gegoogelt. Es handelt sich um eine spezifische Krankheit, die nur bei den Inuit in Grönland auftritt. Ein Fischer paddelt in seinem Kajak aufs offene Meer hinaus, und alles ist in Ordnung. Doch sobald er das Land nicht mehr sehen kann, verliert er die Orientierung. Er ist ganz allein auf dem Meer, ringsum nichts als Wasser. Da bekommt er Panik.

Als ich das las, musste ich an Elian Mariner denken. Er ist immer allein auf seinem Schiff, aber er hat nie Angst. Vielleicht, weil er seine Einsamkeit nie für lange Zeit spürt. Sein Segelschiff schwebt nur für einen kurzen Moment im Weltall, und Elian hat einen wunderschönen Blick auf die Erde und Milliarden von Sternen. Dann blitzt und knallt es, und das Schiff taucht ganz woanders wieder auf, in einem fremden Land oder auf einem anderen Planeten.

Die Reise dauert nur den Bruchteil einer Sekunde. Als ich klein war, fragte ich meinen Dad immer wieder: »Wo ist er hin?«

Dad zeigte mit seinem farbverschmierten Zeigefinger auf das Bild. »Da.«

»Und wo war er in der Zwischenzeit?«

»Keine Ahnung.«

Dad blätterte die Seite um und las weiter, als wäre es egal, wo

Elian gewesen war, bevor er an einem anderen Ort wiederaufgetaucht ist. Vielleicht deshalb, weil man mitten im Weltall, wo einen niemand sieht, nicht wirklich existiert.

Acht // Julian

Kurz nach Beginn der vierten Stunde mache ich mich auf den Weg in mein Geheimzimmer. Auf dem Flur höre ich plötzlich meinen Namen. Adam lehnt an der Wand, genau an derselben Stelle wie letzte Woche, und grinst amüsiert. »Na, auf dem Weg zu Dr. Whitlock?«, fragt er.

Ich stehe da und umklammere den gelben Zettel.

»Ich bin in diesem Jahr ihr Assistent«, erklärt er. Er macht ein paar Schritte und dreht sich dann zu mir um: »Was ist? Kommst du?«

Nach kurzem Zögern setze ich mich in Bewegung. Während wir nebeneinander hergehen, beobachte ich unsere Füße. Meine Turnschuhe, die ursprünglich mal weiß waren, sind schmutzig gelb. Seine sind neu und strahlend weiß. Adam bewegt sich immer noch wie früher: Er tänzelt den Flur entlang, als würde er gleichzeitig joggen und seilspringen.

Auf dem Weg zu Dr. Whitlocks Büro redet er die ganze Zeit. »Du hast jetzt gleich Kunst, oder? Macht es dir Spaß?«

Ich nicke, obwohl das gelogen ist. Vielleicht würde mir der

Kunstunterricht gefallen, wenn es mir gelänge, die wunderschönen Bilder in meinem Kopf zu Papier zu bringen. Ms Hooper sagt, meine Zeichnungen wären gut, aber ich weiß, dass das nicht stimmt.

»Und welche Lehrer hast du sonst so?«

Ich werfe ihm einen schnellen Blick zu, aber er wirkt ernsthaft interessiert. »Äh …« Meine Stimme hört sich rostig an. »In Englisch habe ich Ms Cross.«

»Oh! Die hatte ich auch mal! Sie ist echt nett.«

Ihn musste sie wahrscheinlich auch nicht ständig auffordern, lauter zu sprechen.

Als wir uns Dr. Whitlocks Büro nähern, schreit mir jede Zelle meines Körpers zu, ich solle die Flucht ergreifen.

»Ich muss mal aufs Klo«, murmele ich, verschwinde durch die Tür und verstecke mich in einer Kabine. Dort stehe ich und zähle die Minuten, bis ich sicher bin, dass Adam weg ist.

Doch als ich aus der Toilette komme, ist er immer noch da. Er läuft auf dem Flur hin und her. Ich muss ein überraschtes Gesicht machen, denn er sagt: »Sorry! Ich wollte dich nicht erschrecken.« Er streckt die Hand aus, und obwohl ich weiß, dass er mir nichts tun wird, zucke ich zurück. Er hebt beide Hände und tritt einen Schritt zurück. »Sorry, ich wollte dich *wirklich* nicht erschrecken.«

Er geht los und bleibt stehen, als ich mich nicht vom Fleck rühre.

»Äh …« Ich weiß nicht, wie ich das höflich formulieren soll.

»Du musst mich nicht unbedingt begleiten. Du hast sicher was Besseres vor.«

»Soll das heißen, du willst mich loswerden?«

Ich nehme an, das ist ein Witz. Leider weiß ich nie, was ich sagen soll, wenn andere einen Witz machen. Ich glaube, die meisten Leute entgegnen irgendwas Lustiges, aber mir fällt nie was ein. Und wenn man nur dasteht und nichts sagt, ist das unendlich peinlich.

Nach einer Weile sagt Adam: »War nur Spaß«, was die meisten Leute irgendwann sagen. »Ich habe gehört, du hast dich die letzten zehn Mal auf dem Weg zu Dr. Whitlocks Büro verlaufen.«

»Ich habe mich nicht verlaufen.«

Adam grinst. »Das habe ich mir schon gedacht.«

»Oh. Ach so.«

»Wie auch immer, deshalb bin ich jetzt dein … Gibt es ein netteres Wort als ›Gefängniswärter‹? Dein Begleiter!« Er tänzelt den Flur entlang, und dann sind wir da. Viel zu früh für meinen Geschmack. Im Vorraum stehen ein wuchtiger Schreibtisch und eine moosgrüne Couch. Adam durchquert den Raum mit schnellen Schritten und klopft an eine Milchglastür.

»Herein«, sagt eine vertraute, tiefe Frauenstimme.

Adam öffnet die Tür, macht eine Verbeugung in meine Richtung und lässt sich auf die Couch fallen. Mit einem Seufzer trete ich über die Schwelle.

ADAM

Als ich heute Morgen in Dr. Whitlocks Büro gekommen bin, hat sie mich damit beauftragt, Julian aufzuspüren und bei ihr abzuliefern. Ich habe mich wie ein Kopfgeldjäger gefühlt, nur ohne Waffen. Und ohne Kopfgeld.

Ich war zehn Jahre alt, als mir Julian zum ersten Mal zugeteilt wurde.

In der fünften Klasse verkündete unsere Lehrerin Mrs Nethercutt, wir würden an einem Programm zur Leseförderung teilnehmen. Jeder von uns würde ein Kindergartenkind zugeteilt bekommen und müsste mit ihm oder ihr lesen üben. Mrs Nethercutt war eine Lehrerin der alten Schule. Sie bläute uns ein, dass wir es nie wieder so gut haben würden wie damals. Eines Tages würden wir die heile Grundschulwelt verlassen, und draußen wartete das richtige Leben auf uns. Dort gab es keine Spiele, keine Freunde und keine Pausen. Stattdessen müssten wir still sein und hart arbeiten und dürften mit niemandem reden. Den ganzen Tag nicht. Jeden Tag. Bis wir in Rente gingen und wenig später starben.

Ihr erklärtes Ziel war es, uns auf dieses Leben vorzubereiten, indem sie in unserem Klassenzimmer ein strenges Regiment führte. Deshalb war ich hellauf begeistert von der Idee, zweimal die Woche rauszukommen und mit irgendwelchen Kindern Lesespiele zu spielen.

Unsere Klasse organisierte eine Willkommensparty mit Vanilleplätzchen und pinkfarbener Limonade. In einer feierlichen Zeremonie wurden uns die Kinder zugeteilt, mit denen wir von nun an ein Schuljahr lang einmal die Woche Lesen üben sollten. Nach der Zeremonie baten die Kindergartenkinder ihre Fünftklässler, sie hochzuheben. Mrs Nethercutt befahl uns mit schneidender Stimme, sie auf der Stelle wieder abzusetzen.

Der Junge, der mir zugeteilt worden war – Julian –, sah aus wie eine japanische Comicfigur, mit wuscheligem schwarzem Haar, das ihm in die großen runden Augen fiel. Sobald ich ihn wieder auf dem Boden abgestellt hatte, nahm er unbefangen meine Hand und sagte, ich solle ihm mal zuhören.

Ich hatte mich nämlich ein bisschen ablenken lassen. Im Klassenzimmer herrschte ein unbeschreibliches Chaos. Kinder flitzten hin und her, jemand hatte die Schüssel Limonadenbowle umgekippt, und Charlie jammerte laut, weil sein Lesekind ihm auf die Hose gepinkelt hatte.

»Ich höre dir zu«, sagte ich.

Julians Kindergesicht wurde ernst. Dann begann er zu singen. Beim Klang seiner Stimme verstummte der ganze Raum, selbst Charlie hörte auf sich zu beschweren. Ich weiß nicht mehr, was Julian sang, aber er war gut. Und zwar nicht nur für ein Kindergartenkind. Er hatte eine wunderschöne Stimme.

Nach ein paar Treffen ging mir auf, dass Kindergartenkinder im Prinzip manisch-depressiv sind: in einem Moment himmelhoch jauchzend, im nächsten zu Tode betrübt. Viele meine Klassenkameraden waren damit überfordert, und einmal wurde Charlie zum Direktor zitiert, weil er gesagt hatte: »Das hier ist die Hölle.«

Ich hatte großes Glück. Julian bekam keine Weinkrämpfe oder Wutanfälle und pinkelte mir auch nicht auf die Hose. Er war ein fröhliches Kind. Meist sang er mir irgendwas vor und oft trug er eine dieser Brillen, die man in Scherzartikelläden bekommt. Wir tobten zusammen durch die Bibliothek, spielten Superhelden und hatten unseren Spaß.

Jedenfalls bis Mrs Nethercutt mich fragte, ob ich völlig den Verstand verloren hätte. Ich erwiderte, Julian und ich hätten das Gefühl, dass man uns hinters Licht geführt hatte. Sie habe uns mit Lese*spielen* gelockt, und jetzt sollten wir nur lesen und dürften nicht spielen.

Sie ignorierte meinen Einwand und befahl mir, Julian aus einem der bereitliegenden Lesebücher vorlesen zu lassen. Ich gelobte Besserung und hatte auch die besten Absichten, aber der Inhalt von Julians Hosentaschen war spannender als die Bücher. Er bewahrte dort Münzen, Büroklammern und eine wabbelige Gummihand auf – alles Dinge, die Mom mir jeden Morgen abnahm, bevor sie mich vor der Schule absetzte.

Irgendwann platzte Mrs Nethercutt der Kragen. Sie schimpfte, wenn wir weiterhin nur Unsinn machten, würde sie mir ein anderes Kind zuteilen. Oder sie würde Emerald *zwei* Kinder zuteilen, und ich müsste die ganze Stunde lang still in einer Ecke sitzen. Emerald saß uns schräg gegenüber, und bei Mrs Nethercutts Drohung warf sie mir einen finsteren Blick zu. Vielleicht war sie aber auch nur sauer, weil ich ihre perfekte Frisur mit der Gummihand verstrubbelt hatte.

Mir blieb nichts anderes übrig, als mich zusammenzureißen. Mit ernster Miene sagte ich zu Julian, wir könnten nicht weiterspielen, sondern müssten jetzt lesen üben. Der sonst so unbeschwerte Junge, der die ganze Zeit lachte und vor sich hin sang, ließ den Kopf auf einen Arm sinken und kickte unwillig mit den Füßen.

Ich verstand ihn gut. Die Bücher, die uns zur Auswahl standen, waren nicht gerade berauschend. Sie funktionierten alle nach demselben Prinzip: Junge plus Verb plus Ball. Mädchen plus Verb plus Katze.

Aus reinem Selbsterhaltungstrieb brachte ich beim nächsten Mal ein altes Bilderbuch von zu Hause mit. Julian warf einen Blick darauf, schnaubte verächtlich und sagte, er wolle nicht lesen – egal, welches Buch. Ich argumentierte, es sei im Kindergarten mein Lieblingsbuch gewesen. Er erwiderte trotzig, er sei aber nicht mehr im Kindergarten, er sei in der zweiten Klasse. Das hatte er schon öfter behauptet, aber ich hatte gedacht, er wollte nur angeben. Julian versuchte die ganze Zeit, mich zu beeindrucken – zum Beispiel erzählte er mir, dass er zu Hause fliegen und Gegenstände mit Telekinese bewegen könne.

»Warum bist du dann hier?«, fragte ich.

»Weil ich eine Leseschwäche habe«, sagte er. »Ich bekomme Förderunterricht.«

Was war ich nur für ein Idiot! Ich wusste genau, wie blöd es sich anfühlt, wenn man vom Rest der Klasse getrennt wird.

Ich warf einen Blick über die Schulter. Mrs Nethercutt beobachtete uns mit zusammengekniffenen Augen. Hastig versicherte ich Julian, es sei ein tolles Buch – auch in der zweiten Klasse sei es noch mein Lieblingsbuch gewesen.

Seine Neugier war geweckt. Er nahm das Buch, betrachtete den Umschlag – ein kleiner Junger mit schwarzem Haar und runden Augen auf einem Segelschiff – und versuchte, den Titel zu buchstabieren: »E-el-el-«

»Elian Mariner.«

»Und dieser Elian hat ein Schiff? Wie in *Dschungel der 1000 Gefahren*?«

Ich kannte den Film nicht, aber Julian wirkte jetzt ernsthaft interessiert, also nickte ich.

»Ja, genau. Aber Elians Schiff ist magisch. Damit kann er sich überall hinbeamen.«

Beim nächsten Mal kam Julian mit einem breiten Lächeln in die Bibliothek gelaufen. Er war mit einem ganzen Stapel *Elian Mariner*-Bücher beladen und sagte, sein Dad habe sie ihm geschenkt, weil er jetzt so ein guter Leser sei. Von da an war er wieder der unbeschwerte Junge, der er vorher gewesen war. Kurz vor Ende des Schuljahrs sollten die älteren Lesekinder dann einen Aufsatz über die Bücher schreiben, die sie gelesen hatten.

Julian starrte auf das leere Blatt und weigerte sich, auch nur ein Wort zu Papier zu bringen. Nach einer Weile wurde ich ungeduldig und nahm ihm die Scherzbrille ab. An den Metallfedern baumelten zwei Pupillen. Dann drückte ich ihm den Bleistift in die Hand. Er verschränkte die dünnen Arme vor der Brust und schmollte.

Na, dann eben nicht, dachte ich, ließ meinen Blick durch den Raum schweifen und beobachtete die anderen. Da tippte mir Julian an die Brust. »Wie schreibt man ›Elian‹?«

»›Elian‹? Ganz einfach! Jedenfalls für dich.« Ich legte den Zeigefinger über das E des Titels. »Was passiert, wenn du das E durch ein J und ein U ersetzt?«

Er runzelte angestrengt die Stirn und riss dann die Augen auf.

»Das ist ja mein Name!«

Er begann zu schreiben. Seine Handschrift war eine Katastrophe. Die Buchstaben waren krumm und schief und oft schrieb er sie sogar verkehrt herum. Das war kein Englisch, das waren Hieroglyphen.

Nachdem er mehrere Treffen hintereinander an seinem Aufsatz gearbeitet hatte, las er ihn mir vor. Ich selbst konnte kein Wort entziffern. Vom ersten Satz an war ich total gebannt, wie wenn meine Mutter mir ein Buch vorlas. Nach einer Weile ging mir auf, dass Julian gar nicht mehr vorlas, sondern sich die Fortsetzung ausdachte. Seine Geschichte war nämlich viel länger als die eine Seite, die er geschrieben hatte. Doch das war mir egal. Julian strahlte, als würde er die Kerzen auf seinem Geburtstagskuchen ausblasen. Leider wird dieses Strahlen in meiner Erinnerung oft von einem anderen Gesichtsausdruck überlagert. Dem Gesichtsausdruck bei unserem nächsten Treffen. An dem Tag, als seine Eltern starben.

JULIAN

Dr. Whitlock lächelt, als würde sie sich freuen, mich zu sehen, aber ich schaffe es nicht, ihr in die Augen zu sehen. Ihr Blick ist eher forschend als freundlich. Sie ist auch nicht wie eine Lehrerin angezogen, sondern wie eine Anwältin oder Geschäftsfrau.

»Wie ist es dir seit unserem letzten Mal ergangen?«, fragt sie und verschränkt die Hände im Schoß.

Ich nicke und hoffe, sie versteht, dass das »ganz gut« bedeutet.

Sie fordert mich auf, Platz zu nehmen, und ich sinke auf die Couch. Dr. Whitlock sitzt mir gegenüber auf einem Stuhl, der mit orangefarbenem Stoff bezogen ist. Er sieht nicht aus wie die Art von Stuhl, die sie sich freiwillig zulegen würde. Ich blicke mich in ihrem Büro um, und eigentlich wirkt keins der Möbelstücke, als hätte sie es selbst ausgesucht. Der kleine Tisch neben der Couch ist lila. Der Schreibtisch gelb. Nichts passt zusammen. Die Einrichtung erinnert mich an eine Comedy-Serie auf Nikelodeon, die ich vor ein paar Jahren mal gesehen habe.

»Julian …« An diesen Tonfall erinnere ich mich gut. Dr. Whitlock klingt vorsichtig, als hätte sie eine schlechte Nachricht für mich und wüsste nicht, wie sie sie mir schonend beibringen soll. »Du weißt, dass wir ein Gespräch unter vier Augen führen, nicht? Dass alles, was du hier sagst, vertraulich ist?«

Sie will nett sein, aber das macht es nur noch schlimmer. Anscheinend erwartet sie, dass ich ihr persönliche Dinge erzähle, sonst würde sie ja das »vertraulich« nicht so betonen. Ich weiß nicht, was ich antworten soll, und es entsteht eine peinliche Stille. Das Problem bei ihr ist nicht, dass sie wie die meisten anderen Leute genervt oder verlegen reagiert, wenn ich nichts sage, sondern dass sie ebenfalls schweigt.

Ich zupfe an der Spitze meines Schnürsenkels. Der Plastikrest löst sich vom Band und fällt zu Boden. Dr. Whitlock hält mir den Papierkorb hin. Ich hebe das Plastikstück auf und werfe es in den Korb. Dann sagt Dr. Whitlock, ich solle mir ein Spiel aus ihrem Regal aussuchen.

Zu Hause haben wir nie Brettspiele gespielt. Wenn Mom, Dad und ich etwas gespielt haben, dann Gitarre oder Klavier. Aber ich weiß, dass Dr. Whitlock Brettspiele toll findet, also wähle ich *Sorry!*, wie im letzten Jahr. Es ist das einzige Spiel, dessen Regeln ich kenne.

Russells Nichten haben mir das Spiel beigebracht, als wir einmal an Thanksgiving bei Russells Schwester Nora zu Besuch waren. Noras Töchter liebten das Spiel, während ich es gemein fand. Es geht im Prinzip wie *Mensch ärgere dich nicht*, aber zusätzlich gibt es eine Karte, auf der so was Ähnliches steht wie: *Sorry! Ich darf eine meiner Figuren vom Startfeld nehmen und damit eine deiner Figuren rauswerfen.*

Ich lege das Spiel auf den lila Tisch. Dr. Whitlock nimmt den Deckel ab und fragt mich, welche Farbe ich möchte.

»Das ist mir egal.«

Sie runzelt die Stirn, und ich habe das Gefühl, mal wieder etwas falsch gemacht zu haben. So fühlt es sich immer an, wenn ich mit ihr spiele: Es macht keinen Spaß, weil Dr. Whitlock mich genau beobachtet. Wahrscheinlich will sie bewerten, wie gut ich spiele. Nur kann man nicht wirklich gut in *Sorry!* sein. Es ist ein Glücksspiel, ich muss also nur darauf achten, die Felder richtig abzuzählen und Dr. Whitlock möglichst nicht rauszuwerfen.

Ich habe sie nur ein einziges Mal rausgeworfen, aber da hatte ich die Sorry-Karte gezogen und konnte nicht anders. Ich habe die Figur gewählt, die am weitesten weg vom Ziel war, damit es nicht ganz so gemein war. Doch als ich zu Dr. Whitlock hochsah, hat sie überhaupt kein glückliches Gesicht gemacht.

Neun // Julian

Draußen ist es dunkel und man sieht keine Sterne am Himmel, als Russell mich ins Wohnzimmer ruft und mit dem Finger auf den Boden zeigt. Er schimpft, ich hätte sein Parkett »verdorben«. Auf dem Holz prangt ein heller Fleck, wie ein Schuhabdruck in nassem Zement.

Am Nachmittag habe ich meine Schuhe mit einem Bleichmittel, das ich unter der Spüle gefunden habe, gesäubert. Die Schuhe waren strahlend weiß, als ich sie auf dem Wohnzimmerboden abstellte, aber offenbar war noch etwas Bleiche an den Sohlen gewesen.

»Du musst lernen, fremdes Eigentum zu achten«, sagt Russell mit beherrschter Stimme.

»Das tue ich.«

»Wirklich?«

»Es tut mir leid. Das war dumm.«

»Ja«, sagt er. »Das war sogar sehr dumm.« Er macht eine längere Pause. Mein Magen krampft sich zusammen, während ich abwarte, wie er sich entscheidet.

Schließlich sagt er: »Geh sie holen.«

Ich stehe einen Moment wie erstarrt da. Dann gehe ich zu dem wuchtigen Schrank im Esszimmer. Wenn wir früher hier zu Besuch waren, bewunderte meine Mutter jedes Mal das dunkle Kirschholz und das hauchdünne Porzellan auf den Regalen.

Ich öffne die Schublade unten am Schrank, die bis zum Rand gefüllt ist mit Tischdecken und Leinenservietten. Die dünne Weidenrute liegt darunter. Meine Hand zittert, als ich sie herausnehme und ins Wohnzimmer zurückkehre.

Russell streckt die Hand aus, und ich überreiche ihm die Rute.

Sein Kehlkopf macht einen Ruck, und er sagt mit belegter Stimme: »Zieh dein T-Shirt aus.«

Wenn ich mir eine Superkraft aussuchen könnte, würde ich mich unempfindlich gegen Schmerz machen. Aber ich bin nicht unempfindlich. Ich spüre den Schmerz. Meine Haut wird nicht dicker. Sie erinnert sich. Das weiß ich, weil sie zu brennen beginnt, noch bevor die Rute sie trifft.

»Dreh dich um«, sagt Russell.

Dieser Teil ist der härteste. Milliarden Jahre der Evolution befehlen deinem Körper zu fliehen. Aber du kannst nicht fliehen. Du musst dich umdrehen und die beige Wand anstarren. Du musst still stehen. Russell macht es nichts aus, wenn du weinst, aber du darfst auf keinen Fall aufbegehren und dich gegen ihn wehren.

Die Rute zischt durch die Luft, und dann kommt der Schmerz, so plötzlich, dass dir schlecht wird. Schlag um Schlag, immer weiter, immer auf dieselbe Stelle, bis die Haut aufplatzt. Die Schläge hören nicht auf, bis du schreiend die Hände vors Gesicht schlägst.

Zehn // Adam

»Warum antwortest du nicht auf meine Nachrichten?«, blafft Charlie, als er in den Raum gestürmt kommt, in dem wir »Politik« haben. Wenn er sauer ist, begrüßt er mich immer in diesem Ton. Er schnappt sich einen Stuhl und setzt sich neben mich. »Ms Stones ist eine blöde Kuh.« Anscheinend gefällt es ihm im Chemie-Grundkurs nicht wirklich besser als im Leistungskurs. Da steht mir wohl ein weiterer Besuch bei der Beratungslehrerin bevor.

»Habe ich nicht bekommen«, antworte ich. »Mein Telefon ist kaputt.«

»Du hast schon wieder ein Telefon geschrottet?«

»Keine Ahnung, wie das passiert ist. Vielleicht war es in einer Hosentasche, als ich meine Wäsche in die Waschmaschine gestopft habe.«

»Du bist echt ein Idiot.«

Emerald und Camila betreten tuschelnd das Klassenzimmer und ich frage mich, was die beiden so Geheimnisvolles miteinander zu besprechen haben. Ich glaube, ich hatte in meinem ganzen Leben noch kein so intimes Gespräch mit jemandem. Emerald drückt das Kreuz durch wie eine Tänzerin. Ihre nackten Beine unter dem weißen Kleid sind schlank und muskulös wie die einer römischen Statue. Sie hat ihr Haar in verschiedenen Farben getönt, es zu einem Dutzend Zöpfchen geflochten, diese zu einem großen Zopf vereint und sich das ganze Gebilde dann irgendwie auf den Kopf getürmt. Manchmal denke ich schon allein wegen ihrer Frisuren, dass Emerald ein Genie sein muss.

Als sie mich sieht, lächelt sie mich an, und Charlie wirft mir einen vielsagenden Blick zu. Dann beginnt er gleich wieder zu jammern: »Ich verhungere.«

»Du verhungerst immer.«

Bis zur Mittagspause sind es noch zwei Schulstunden. Nach dem Politikunterricht muss ich Julian abholen, um ihn zu Dr. Whitlock zu schleifen, und anschließend sitze ich eine geschlagene Stunde lang dumm vor ihrem Büro rum.

»Aber ich habe echt Hunger.« Charlie wirkt so bedürftig, dass ich Mitleid mit ihm bekomme.

»Schau mal in meiner Tasche, vielleicht habe ich was zu essen dabei.«

Er stürzt sich auf den Rucksack, findet einen Plastikbeutel mit rohen Möhrenstücken und verzieht angewidert das Gesicht. »Das ist alles? So ein Scheiß!«, sagt er und schiebt sich gierig ein paar Möhren in den Mund.

Wenig später verkündet Mrs Conner, dass wir heute Gruppenarbeit machen. »Sie sind die Beste, Mrs Conner!«, rufe ich und schiebe meinen Tisch neben Emeralds. Sie ist die perfekte Partnerin für Gruppenarbeit. Emerald vertieft sich sofort in unsere Aufgabe. Typisch – egal, worum es geht, Emerald kniet sich immer total in alles rein. Ich widerstehe dem Drang, an ihren Zöpfe herumzufummeln oder den Leberfleck unter ihrem Auge zu berühren. Stattdessen frage ich sie, wie es Brad geht.

Sie starrt mich eine Sekunde lang verwirrt an, aber dann hellt sich ihr Gesicht auf. Wenn sie strahlt, ist sie wunderschön, nur gilt ihr Lächeln in diesem Fall leider nicht mir.

»Ganz gut«, antwortet sie.

»Sehr gut sogar!«, verbessert Camila sie und beugt sich so weit vor, dass ich ungewollt einen Blick in ihren Ausschnitt werfe. »Am Wochenende nimmt er sie mit auf einen seiner Flüge.« Emerald reißt ihre blauen Augen auf und macht ein verlegenes Gesicht. Vielleicht wollte sie ihr Date über den Wolken geheim halten.

»Echt? Das ist ja toll.« Das ist es wirklich. Wer würde seiner Freundin nicht gern so was Cooles bieten? Ich habe Mädchen bisher immer nur zum Essen eingeladen.

»Ja, es ist nicht schlecht.« Emerald zuckt anmutig mit einer Schulter.

»Nicht schlecht?« Offenbar ist sie nicht leicht zu beeindrucken. »Im Ernst, wenn ich das höre, wäre ich auch gern Brads Freundin.« Emerald, Camila und Charlie lachen. »Glaubst du,

Brad würde mich als Zweitfrau nehmen?« Noch mehr Gelächter. »Jedenfalls musst du uns ausführlich davon berichten.« Emerald zuckt wieder mit den Schultern und wirkt merkwürdigerweise nicht so richtig begeistert.

Den Rest der Stunde habe ich ein komisches Gefühl im Bauch. Ich versuche, mich auf unsere Aufgabe zu konzentrieren, aber bei jedem Wort, das ich schreibe, sehe ich Emerald und ihren muskelbepackten Piloten in einem Flugzeug über den Wolken schweben.

JULIAN

Ich nehme den gelben Zettel von Ms Hooper entgegen und gehe langsam zur Tür. Der Schmerz hat etwas nachgelassen, aber immer noch spüre ich bei jeder Bewegung die Wunden an meinem Rücken. Als ich auf den Flur trete, steht Adam vor mir. Diesmal bin ich darauf vorbereitet und zucke nicht zurück. Er lächelt, aber ich weiß nicht, was er denkt. Nur weil jemand lächelt, heißt das nicht, dass man ihm trauen kann.

»Hey«, sagt er. »Ich wusste nicht, ob du kommen würdest. Dr. Whitlock hat gesagt, du wärst in den letzten Tagen zu Hause geblieben. Warst du krank?«

Ich nicke.

Als ich am Morgen nach der Strafe aufgewacht bin, klemmte ein 20-Dollar-Schein unter der Muschel auf meiner Kommode. Das bedeutete, dass ich nicht in die Schule musste und Pizza bestellen durfte. Wie immer löste das Geld gemischte Gefühle in mir aus. Ich fühlte mich schuldig, weil Russell arbeiten ging, während ich zu Hause blieb, aber ich war auch erleichtert. Wenn ich nicht zur Schule musste und mir Essen liefern lassen durfte, konnte Russell nicht mehr allzu wütend sein.

»Und, geht's dir besser?«

Ich nicke wieder.

»Ich hoffe, du hast dich nicht mit Medikamenten vollgepumpt. Das Zeug ist Gift für den Körper.«

»Nein …«

»Gut. Wollen wir los?«

Ich nicke und gehe neben ihm her. Ich trage meine frisch gebleichten weißen Turnschuhe. Adam hat heute rote Sneaker an, die mich an Superman-Stiefel erinnern.

»Zeichnest du eigentlich gern?«

Ich nicke, obwohl das nicht stimmt.

»Cool. Dann musst du mir mal deine Bilder zeigen.«

So etwas passiert mir immer wieder, wenn ich lüge. Ich muss weiterlügen, um nicht aufzufliegen. Schweigend gehen wir den Flur entlang, und erstaunlicherweise ist das gar nicht so unangenehm. Adam scheint sich jedenfalls nicht daran zu stören, dass ich nicht weiß, was ich sagen soll.

»Ich hatte in der neunten Klasse auch Kunst«, sagt er nach

einer Weile, als hätte es nie eine Gesprächspause gegeben. »Aber ich war eine totale Niete und habe es gehasst.«

Er grinst, und jetzt bereue ich, nicht die Wahrheit gesagt zu haben, denn dann hätten wir etwas gemeinsam gehabt. Adam erzählt, dass sein Freund Charlie im Kunstunterricht durchgedreht war, nachdem sie drei Wochen lang perspektivisches Zeichnen geübt hätten.

»Wir mussten Flure aus kleinen Quadraten zeichnen, die auf einen Fluchtpunkt zulaufen.« Adam erklärt, dass Charlie für so was keine Geduld hat. »In der dritten Woche riss er sein Bild in Fetzen und warf alle Stifte auf den Boden. Im Prinzip ist er ein zwei Meter großes Kindergartenkind.« Adam lacht, während ich ihn entgeistert anstarre. So etwas würde ich mich nie trauen.

»Genau«, sagt er, als könnte er meine Gedanken lesen. »Charlie musste zwei Tage nachsitzen. Ich musste noch nie nachsitzen.« Er wirft mir einen bedeutungsvollen Blick zu. »Aber ich habe auch noch nie einen Termin bei der Schulpsychologin geschwänzt und mich irgendwo im Schulgebäude versteckt.« Möglicherweise soll das ein Scherz sein, aber ich bin nicht sicher. »Ich sollte mich nicht so viel mit euch Rebellen abgeben.«

»Ist Charlie …«, frage ich leise. Adam sieht mich aufmerksam an und wartet geduldig, bis ich den Satz zu Ende bringe. »Ist er dein bester Freund?«

»Willst du wissen, ob wir Freundschaftsarmbänder tragen

und sein Foto in meinem Schließfach hängt?« Adam grinst sarkastisch, also habe ich offenbar etwas Dummes gesagt. »Eher nicht. Aber wir kennen uns seit dem ersten Tag in der Vorschule. Es war lustig. Er war vorher noch nie länger von seiner Mom getrennt gewesen und ist richtig ausgerastet. Er hat den ganzen Morgen geheult, bis ich ihm meine Kekse geschenkt habe.« Adam grinst. »Seitdem sehen wir uns eigentlich jeden Tag. Allerdings waren wir nicht auf derselben Middle School. Wie auch immer, ich habe einfach noch nie jemanden als meinen besten Freund bezeichnet. Ich habe viele Freunde.«

Er zuckt mit den Achseln, als wäre es ganz normal, viele Freunde zu haben.

Elf // Adam

Julian bleibt im Vorraum vor der Tür zu Dr. Whitlocks Büro stehen. Sein linker Arm baumelt an seinem Körper herab, mit der rechten Hand umklammert er den Oberarm wie jemand, der Schmerzen hat. Julian ist zwar ziemlich mager, aber klein ist er nicht – ungefähr so groß wie die anderen Neuntklässler. Allerdings wirkt er kleiner, weil er immer den Kopf einzieht, als wäre die Decke zu niedrig.

Als Julian endlich reingeht, lasse ich mich im Vorraum auf die Couch fallen und stelle mich auf 45 Minuten Langeweile ein. Keine Ahnung, wozu Dr. Whitlock überhaupt einen Assistenten braucht. Ganz selten muss ich mal eine Nachricht für sie ins Lehrerzimmer bringen. Ich darf nicht mal ihre Notizen abheften, weil die vertraulich sind.

Während ich ein paar Nachrichten beantworte, lausche ich mit halbem Ohr der Stimme hinter der Tür. Man hört nur die von Dr. Whitlock, was kein Wunder ist. Julian ist so verdammt still. Das war nicht immer so. In der Grundschule war er sehr lebhaft.

Eine Erinnerung ploppt in meinem Kopf auf: An meinem letzten Tag in der fünften Klasse überreichte mir Julian eine selbst gebastelte Karte. Alle Kindergartenkinder schenkten ihren Lesepaten eine Karte, und sie waren stolz wie Oskar, als sie sie uns überreichten. Das war echt süß. Ich muss die Karte noch irgendwo haben. Ich hätte damals nicht gedacht, dass ich Julian noch mal wiedersehen würde. Aber als ich eines Tages, ungefähr zwei Jahre später, nach Hause kam, saß er kerzengerade auf unserer gelben Couch. Er hatte einen Stoffhund unter dem Arm, und seine Augen waren wie aus Glas, eher tot als lebendig.

»Julian?«, sagte ich.

»Du kennst ihn?«, flüsterte Mom.

»Ja.« Ich hatte das Gefühl, ein Foto von einem Gemälde zu betrachten. Ein Abbild von einem Abbild von Julian. »In der Grundschule waren wir Lesepartner. Weißt du noch, Julian?«

Er antwortete nicht, sondern starrte nur vor sich hin wie ein Schlafwandler.

»Julian wird eine Weile bei uns wohnen«, sagte Mom.

Er schwieg immer noch.

»Julian«, sagte Mom behutsam, »Adam und ich sind gleich wieder da.«

Sie schob mich in die Küche, und sobald die Tür hinter uns zugeschwungen war, begann sie zu weinen. Meine Mom ist sehr gefühlsselig, aber die Geschichten der Pflegekinder, die wir aufnahmen, ließ sie normalerweise nicht so sehr an sich heran – egal, wie schlimm sie waren.

Sofort hatte ich ein ungutes Gefühl.

»Was ist passiert?«

Mom schüttelte den Kopf und holte tief Luft.

»Seine Eltern sollten ihn von der Schule abholen. Sie wollten über das lange Wochenende wegfahren.«

»Was ist passiert?«, wiederholte ich.

»Sie hatten einen Unfall.«

»Und?«

»Sie sind tot.«

»Alle beide?«

Mom nickte.

»Wie konnte das passieren?«

Mir ging es nicht um das Unfallgeschehen – ich wollte wissen, wie das Leben eines Kindes von einem Moment auf den anderen zerstört werden konnte.

Mom ignorierte meine Frage und erzählte weiter:

»Julian hat sich geweigert, die Schule zu verlassen. Er wollte nicht mit der Sozialarbeiterin mitgehen. Er hat immer wieder gesagt, dass seine Eltern ihn abholen kommen.«

Mein Blick huschte zum Wohnzimmer. Beklemmung schnürte mir die Brust zusammen. Wenn Mom etwas zustoßen würde, wäre ich derjenige, der bei fremden Leuten im Wohnzimmer sitzt.

»Du musst mir helfen«, sagte Mom unvermittelt. Das war

eine merkwürdige Bitte. Ich war immer nett zu den Kindern, die bei uns wohnten. Aber das sagte ich nicht. Ich nickte nur und murmelte: »Natürlich.«

Julian sagte den ganzen Abend keinen Ton. Nicht beim Essen. Nicht, als wir fernsahen. Nicht, als Mom ihn ins Bett brachte und ihn zudeckte. Er schlief in dem zweiten Bett in meinem Zimmer.

Mitten in der Nacht wachte ich von einem leisen Wimmern auf.

»Julian?« Ich stieg aus dem Bett und beugte mich über ihn. Auf seinen Wangen schimmerten Tränen. »Soll ich meine Mom holen?«

Er schüttelte den Kopf und begann zu weinen. Wobei, eigentlich war es viel mehr als Weinen.

Sein Körper wurde von Krämpfen geschüttelt und er stöhnte wie ein Sterbender. Er gab die verzweifeltsten Laute von sich, die ich je gehört hatte. Kein Mensch sollte solche Qualen erleiden müssen.

Ich hatte Angst, mit ihm in einem Zimmer zu sein. Aber ich hatte auch Angst, ihn allein zu lassen.

Ich fühlte mich unglaublich hilflos, also nahm ich seinen Stoffhund und drückte ihn ihm in den Arm. Er sah den Hund an und weinte noch heftiger.

»Ich hole meine Mom«, sagte ich.

»Ich will *meine* Mom.«

Ich wusste nicht, was ich sagen sollte – was soll man zu so etwas sagen?

Schluchzend drückte er sich das Kissen aufs Gesicht. Aus Angst, er könnte ersticken, zog ich es weg.

»Ich habe Kopfschmerzen. Mein Dad soll kommen! Ich brauche ihn!«, schrie er hysterisch. »Ich habe Kopfschmerzen! Ich brauche ihn!«

»Warum?«

»Er macht, dass die Kopfschmerzen weggehen.«

»Wie?«

»Er massiert mir die Stirn.«

Ich setzte mich auf seine Bettkante und legte ihm die Hand auf die Stirn, als hätte er Fieber. »So?«

»Nein.« Er trippelte mit den Fingern über seine Stirn wie ein Klavierspieler.

Ich imitierte seine Bewegungen. »So besser?«

Julian hörte nicht auf zu weinen.

Ich weiß nicht, wie lange ich so dasaß, bis er irgendwann tonlos fragte: »Wo sind meine Eltern jetzt eigentlich?«

»Hat … hat dir das niemand erklärt?«

»Sie sind tot. Das weiß ich.« Er hörte sich unendlich müde an. »Aber wo *sind* sie? Wo sind sie hin?«

Damals begriff ich nicht, dass er nicht wissen wollte, wo ihre sterblichen Überreste waren. Ich wusste nicht, was ich antworten sollte, also erhöhte ich den Druck auf seine Stirn. »Du musst jetzt schlafen, okay?«

Er starrte zur Decke, die Augen vor Verzweiflung weit aufgerissen. »Sie sind einfach weg.«

Julian hatte keine Verwandten oder Paten oder Freunde der Familie, die ihn hätten aufnehmen können. Deshalb blieb er nach der Zwei-Wochen-Frist, nach der die meisten Pflegekinder in eine neue Familie kommen, einfach bei uns. Anfangs dachte ich, Julian würde sich nie wieder erholen und nie wieder lachen. Aber dann gab es doch kleine Fortschritte:

Wir waren im Einkaufszentrum und er wollte unbedingt in den Scherzartikelladen gehen. Dort setzte er sich eine Brille mit angeklebter Nase und Schnurrbart auf.

Mom las ihm eine Gute-Nacht-Geschichte vor – er liebte immer noch die *Elian Mariner*-Bücher –, und nach dem Ende der Geschichte erzählte er einfach weiter und wollte gar nicht mehr aufhören.

Trotzdem weinte er manchmal immer noch auf diese beängstigende Art. Dann verzog er das Gesicht, als hätte er schlimme Schmerzen, und seine Schultern begannen heftig zu zucken.

Monate vergingen, und irgendwann kam es mir vor, als würde Julian schon immer bei uns wohnen. Als wären wir tatsächlich Brüder. Nach der Schule streiften wir durch unser Viertel, und abends tobten wir durchs Haus, bis Mom sagte, jetzt sei aber Ruhe im Karton. Wir schauten zusammen fern und ich litt schrecklich unter den Kindersendungen auf Disney Channel und Nickelodeon, die er liebte. Dafür ertrug er meine Superheldenfilme und meine endlosen Fragen, für welche Superkraft er sich entscheiden würde, wenn er sich eine aussuchen dürfte.

Manchmal erinnere ich mich an den Tag, an dem wir *Superman* angeschaut haben. Als ich den Film in den DVD-Player schob, dachte ich mir nichts dabei, aber dann kam die Szene, in der Lois Lane stirbt …

Julian hörte auf zu atmen, als Superman der toten Lois Lane über die Wange streicht und sie aus dem verbeulten Auto zieht. Er schlug sich die Hände vors Gesicht und murmelte: »Nicht weinen, Superman.«

Dann linste er durch den Spalt seiner Finger. Superman schoss in den Himmel und durchbrach die Wolkendecke. Dann umkreiste er die Erde – so schnell, dass sie sich rückwärts drehte, und in dem Moment schnappte Julian nach Luft. Superman hatte die Zeit zurückgespult und Lois Lane wieder zum Leben erweckt.

Zwölf // Julian

Ms Hooper wartet nicht mehr, bis Adam dienstags und freitags an die Klassenzimmertür klopft, sie schickt mich schon vorher raus. Als ich heute auf den Flur komme, fragt Adam: »Was ist das denn?« Er lacht, aber es ist kein fieses Lachen wie bei denen aus meiner Klasse.

»Das ist unser Pädagogik-Projekt«, erkläre ich.

Er nimmt mir die Babypuppe ab.

»Musst du dieses Ding etwa den ganzen Tag durch die Gegend schleppen?«

»Die ganze Woche.«

»Du Armer.« Er schüttelt den Kopf.

»Ms Carlisle sagt, wir sollen lernen, wie schlimm es ist, ein Baby zu haben.«

Adam grinst. »Ich wette, das funktioniert.«

Ich glaube, meine Eltern fanden es nicht schlimm, ein Baby zu haben. Sie klangen immer überglücklich, wenn sie mir erzählten, wie sie aus dem Krankenhaus mit mir nach Hause gefahren sind oder wie sie mir zum ersten Mal einen Löffel pürierten Spinat in den Mund geschoben haben und ich eine furchtbare Grimasse geschnitten habe.

»Schimpfen die Lehrer, wenn das Baby im Unterricht losplärrt?«

»Ja.« Vor allem Ms West. »Nur Ms Cross nicht. Ich glaube, sie mag das Projekt.« Sie sagt Sachen wie: *Oh, du hast keinen Babysitter gefunden*, oder: *Als alleinerziehender Vater hast du es bestimmt nicht leicht.* Ich bin fast sicher, dass das ein Scherz sein soll, aber mir fällt nie eine lustige Antwort ein, deshalb hoffe ich meist, dass sie nichts sagt.

Plötzlich beginnt das Baby scheppernd zu weinen.

»Was soll ich machen?«, fragt Adam panisch und gibt mir das Baby hastig zurück. »Eine Woche lang«, wiederholt er kopfschüttelnd. *»Jesus.«*

Als er losläuft, versuche ich vergeblich, mit ihm Schritt zu halten. Adam wirkt immer so, als hätte er jede Menge überschüssiger Energie. Seine Energie breitet sich aus und prallt gegen alle Leute, denen wir begegnen. Manchmal kommt uns auf dem Flur eine Lehrerin mit gestresstem oder traurigem Gesicht entgegen, die so gekrümmt geht, als würde sie eine schwere Last mit sich herumtragen. Aber dann sieht sie Adam.

Sie blinzelt wie geblendet und plötzlich strahlt ihr Gesicht, als wäre Weihnachten. Manche bleiben sogar stehen und erzählen Adam, wie sehr sie ihn vermissen. Ihr Mathe- oder Erdkundeunterricht sei ohne ihn einfach nicht mehr dasselbe. Sie fragen, ob in seinem Stundenplan fürs nächste

Halbjahr noch Platz sei und ob er nicht ihr Assistent werden wolle? Adam fragt nach ihren Lebensgefährten und Kindern und nennt sie alle beim Namen. Dann verspricht er mit einem breiten Lächeln, bald mal wieder bei ihnen vorbeizuschauen.

Und jetzt gilt dieses Lächeln mir.

»Und, gab's heute was Interessantes?« Die Frage stellt er mir jeden Dienstag und Freitag.

»Ja«, sage ich, »Ms Cross übt ein Theaterstück mit uns ein.«

»Ah, ja. *Shakespeare im Frühling.* Die Englischlehrer ziehen dieses Projekt jedes Jahr durch, und jedes Jahr ist es schrecklich. Weißt du schon, welches Stück ihr aufführt?«

»Dieses eine … Ich kann mir den Titel nicht merken … Irgendwas Verrücktes.«

»Keine besonders genaue Beschreibung.«

»Alle Figuren sterben auf der Bühne.«

»Reicht immer noch nicht.« Das Gute an Adam ist, dass ich meistens weiß, wann er einen Witz macht. Weil er fast immer Witze macht.

Die Puppe fängt wieder an zu weinen. Ich gebe den Code ein, um sie zu trösten.

»Ms Carlisle hat gesagt, die alte Methode mit den Eiern wäre besser gewesen«, sage ich. »Weißt du, was sie damit meint?«

»Ja. Früher haben wir Eier mit uns herumgetragen und keine Puppen. Man hatte die Prüfung bestanden, wenn das Ei einen Tag lang heil blieb.«

»Ach so.« Das hörte sich viel leichter an. »Und welches Stück habt ihr aufgeführt?«

»Als ich in der neunten Klasse war?«

Ich nicke.

»*Macbeth.* Mein Gott, das war ein totales Desaster. Du weißt ja, dass die ganze Stufe mitmachen muss. Die Schüler kümmern sich um alles, sie basteln das Bühnenbild und nähen die Kostüme.«

Ich nicke wieder.

»Aber natürlich gibt es nicht genug Aufgaben für alle, deshalb besetzen die Englischlehrer viele Rollen doppelt. Als wir *Macbeth* aufgeführt haben, hatten wir achtzehn Hexen. Das hätte vielleicht sogar funktioniert, wenn wir nicht erst wenige Tage vor der Aufführung eine gemeinsame Probe gehabt hätten. Bis dahin hat jede Klasse für sich geprobt. Und da die Hexen bei verschiedenen Lehrern Unterricht hatten, sagten sie den Text unterschiedlich schnell auf. Die Hexen sprechen ihren Text ja im Chor, und er reimt sich und klingt fast wie ein Song. Jedenfalls hatten die Mädchen nur eine einzige Probe in der ganzen Gruppe. Bei der Aufführung sprachen dann alle durcheinander, und man verstand kein Wort. Ich fand es lustig, aber Emerald war Hexe Nummer acht, und sie ist immer noch traumatisiert.«

»Das ist ja schlimm.«

»Und weißt du, was noch schlimmer ist?«

»Was denn?«

»Als *ich* in der neunten Klasse war, gab es zwei Theateraufführungen, eine am Samstagabend für die Eltern und eine am Freitagnachmittag für die Schüler. Die ganze Schule musste hin.« Ich muss ein entsetztes Gesicht gemacht haben, denn er fügt hinzu: »Genau! Du kannst froh sein, dass die Freitagaufführung letztes Jahr abgeschafft wurde.«

»Dann kommen die Schüler der anderen Stufen nicht zu der Samstagaufführung?«

»Ums Verrecken nicht«, sagt er mit einem Grinsen. »Da kommen nur die Eltern, deren Kinder auftreten. Wer würde sich so was freiwillig antun?« Die Puppe beginnt wieder zu weinen. »Musst du das Ding auch mit zum Mittagessen nehmen?«

»Ja.«

»Wo sitzt du? Ich habe dich noch nie gesehen.«

»Ich gehe nicht in die Mensa.«

»Wo isst du dann?«

Die Frage kann ich nicht beantworten, also schweige ich.

»Ach, Julian«, sagt Adam seufzend. »Du alter Geheimniskrämer.«

ADAM

Wie so oft schleiche ich mich ein paar Minuten vor dem Ende der Unterrichtsstunde aus Dr. Whitlocks Büro – sie kriegt das nie mit – und gehe in die Mensa. Wir haben eine neue Leidenschaft. Wir nennen es »das Spiel«. Dabei handelt es sich um eine Variante von »Wahrheit oder Pflicht«, nur dass man sich nicht für »Wahrheit« entscheiden kann. Man bekommt eine Aufgabe gestellt und muss sie erfüllen, sonst fliegt man raus. Anschließend stellt man jemand anderem die nächste Aufgabe. So geht das Spiel nie zu Ende.

Es macht riesigen Spaß, aber eine Regel ist unfair: Wir Jungen müssen uns manchmal nackt ausziehen und dann bei einem Nachbarn klingeln oder die Straße entlangrennen, während die Mädchen ihre Unterwäsche in allen Situationen anbehalten dürfen.

Allison hat einmal gesagt, das sei eine Frage der Sicherheit, was natürlich Unsinn ist. Kein Vergewaltiger würde sie entführen, während wir alle danebenstehen und mit dem Finger auf sie zeigen. Emerald sagte in ihrem leicht überlegenen, vernünftigen Ton, der weibliche Körper sei eben ästhetischer und deshalb heiliger – was wohl im Umkehrschluss heißt, dass ein nackter Mann ungefähr so aussieht wie ein Affe.

Ich bin heute der Erste, aber nach und nach trudeln meine Freunde ein und quetschen sich an unseren Tisch. Ich lasse den

Blick durch die Mensa wandern und überlege mir die nächste Aufgabe. Mein Blick bleibt an Direktor Pearce und seinem knorrigen Gehstock hängen, der aussieht wie ein Requisit aus *Herr der Ringe.* Meine Freunde sind berechtigterweise nervös, als ich sie nacheinander mustere.

Ich genieße das Gefühl, sie zittern zu lassen.

»Okay … Camila«, sage ich. Sie blickt mich an, und ihr grüner Lidschatten schillert wie ein Bluterguss. »Du musst mindestens drei Minuten lang mit Mr Pearce flirten.«

»Kein Problem«, sagt sie etwas zu selbstsicher. Wir lachen, während sie zu Mr Pearce stolziert und ihm eine Hand auf den Arm legt. Eins muss ich dem Alten lassen: Camila streicht verführerisch ihr Haar nach hinten und streckt ihre Brüste raus, aber er gibt sich unbeeindruckt. Plötzlich macht sie kehrt, kommt mit hämmernden Absätzen zu uns zurück und knallt einen gelben Zettel auf den Tisch. »Ich muss nachsitzen. Weil ich gegen die Kleiderordnung verstoßen habe.«

Wir biegen uns vor Lachen, und als sie sich abwendet und davonrauscht, lachen wir noch lauter.

Ein paar Minuten später kommt Camila zurück.

»Adam«, sagt sie und sieht mich mit kaltem Lächeln an.

Ein ungeschriebenes Gesetz lautet, dass man jemand Neues drannimmt und sich nicht an demjenigen rächt, der einem die letzte Aufgabe gestellt hat. Sonst würde ja nie jemand anderes drankommen. Aber Camila ist zu angepisst, um sich an die Regeln zu halten.

Sie greift in ihre Tasche und wirft mir einen hauchdünnen Slip in ihrer Größe zu.

»Zieh das an.«

Alle am Tisch prusten los, aber ich habe eine Frage:

»Hast du den gerade auf dem Klo ausgezogen?«

»Nein! Du bist widerlich! Ich habe ihn aus meinem Schließfach geholt.«

»Warum hast du saubere Unterwäsche in deinem Schließfach?«

»Zieh ihn einfach an«, befiehlt sie. »Und in der nächsten Stunde erzählst du allen, dass du einen Mädchen-Slip trägst.«

Ich grinse breit. Wenn sie mich in Verlegenheit bringen will, muss sie früher aufstehen.

Auf dem Weg von der Mensa in das Klassenzimmer, in dem wir in der nächsten Stunde Unterricht haben – kurz nachdem ich mich in Camilas winzigen Schlüpfer gezwängt habe –, stolpere ich und falle vor allen Leuten der Länge nach hin. Charlie und Allison lachen, als wäre das eine Slapstick-Einlage.

Ich brauche etwas länger als sonst, um mich aufzurappeln, und als ich meinen rechten Fuß belaste – Scheiße, Scheiße, Scheiße –, schießt mir ein Schmerz durch den Körper. Ich schreie auf. Mein Knöchel tut verdammt weh.

Camila verdreht die Augen und betrachtet ihre langen Fingernägel.

»Netter Versuch, Adam. Aber du kannst dich nicht vor der Aufgabe drücken.«

Ich humple stöhnend zur Seite und lehne mich an die Schließfächer. Der Slip quetscht mir die Eier zusammen, und ich habe das Gefühl, dass mein Knöchel an zehn verschiedenen Stellen gebrochen ist. Oder zumindest verstaucht.

Allison hört auf zu lachen.

»Charlie, ich glaube, er ist wirklich verletzt. Wir müssen ihn zur Krankenschwester bringen«, sagt sie in mütterlichem Tonfall. Am liebsten hätte ich sie umarmt, aber dann hätte ich mich nicht mehr an den Schließfächern festhalten können.

Zu mir sagt sie: »Komm schon, Adam.«

»Ich kann nicht *laufen.*«

Camila stampft mit den Fuß auf und schmollt. »Du musst die Aufgabe erfüllen!«

Charlie sieht mich stirnrunzelnd an, als denke er darüber nach, ob ich simuliere. Dann kommt er offenbar zu dem Schluss, dass ich wirklich verletzt bin.

»Wie kann man nur ständig über die eigenen Füße stolpern? Du bist wirklich so ein Trottel!«, schnauzt er mich an. Das ist seine Art, mir zu zeigen, dass er sich Sorgen macht.

Allison tätschelt ihm den Rücken, als wäre er derjenige, der Trost braucht. Camila schnippt mit den Fingern.

»Charlie, Allison, helft ihm!« Anscheinend glaubt sie, uns herumkommandieren zu können wie ihren Bruder. Die beiden gehorchen sofort, packen meine Arme und legen sie sich um die Schultern. Allison ist einen Meter achtundsiebzig groß – genauso groß wie ich –, aber Charlie überragt sie um ein ganzes Stück, und als ich den Arm um seine Schultern lege, geraten wir in eine gefährliche Schieflage. Kurz überlegen wir, ob wir Charlie gegen Camila auswechseln sollen, doch dann würden wir uns nur in die andere Richtung neigen.

Die Klingel ertönt und wir sind offiziell zu spät zur nächsten Stunde.

»Oh Mann, komm schon her«, knurrt Charlie und kniet sich auf den Boden. Ich grinse, hüpfe zu ihm und klettere auf seinen Rücken. Er nimmt mich huckepack, und los geht's.

»Jungs, ihr seht richtig süß aus.« Camila blinzelt mir zu und macht mit ihrem Telefon ein Foto. Ich grinse noch mehr und reibe meine Nase liebevoll an Charlies Hals.

»Hör auf mit dem Scheiß!«, protestiert er. Sein wütender Tonfall bringt mich zum Lachen. »Wenn du nicht sofort damit aufhörst, schmeiß ich dich ab und du kannst zur Krankenstation kriechen.« Er lässt meine Beine los und für einen Moment hängen sie in der Luft. Ich ziehe sie wieder hoch und umklammere seinen Oberkörper.

»Wenn ich auf dem verletzten Fuß lande, bringe ich dich um.« Aber ich lasse von seinem Hals ab, denn ich weiß, dass er es ernst meint.

Als wir zu viert in der Krankenstation auftauchen, verdüstert sich das Gesicht der Krankenschwester.

»Okay, Kinder.« Sie stemmt die Hände in die Hüften. Sie ist

eine ältere, ziemlich imposante Frau. »Mit so einer Schmierenkomödie braucht ihr mir nicht zu kommen.«

»Schmierenkomödie?« Camila stemmt ihrerseits die Hände in die Hüften.

»Er hat sich den Fuß verstaucht«, erklärt Allison, während Charlie rückwärts auf einen Stuhl zusteuert und mich fallen lässt. Ich muss unbedingt diesen Slip loswerden. Er nimmt mir die Luft zum Atmen.

»Aber ihr braucht nicht zu zehnt hier aufkreuzen, um *einen* Verletzten vorbeizubringen«, sagt die Krankenschwester grimmig. »Ihr anderen geht sofort wieder in den Unterricht.«

Camila kocht vor Wut, Allison macht ein Gesicht, als hätte sie Angst, mich allein zu lassen, und Charlie sieht aus, als würde er jeden Moment implodieren.

»Schon gut, Leute«, sage ich. »Ich schreibe euch später.«

Sie verschwinden widerstrebend durch die Tür, während die Krankenschwester ein Fieberthermometer zückt und eine Art Kondom drüberschiebt.

»Sie brauchen kein Fieber zu messen. Ich habe mir nur den Knö-«

Sie rammt mir das Thermometer in den Mund.

»Kein Fieber«, sagt sie, nachdem sie es eine Minute später herausgezogen hat.

»Ich habe mir den Knöchel verstaucht.«

»Mhm.« Sie zieht das Hosenbein meiner Jeans hoch und tastet meinen Fuß mit eiskalten Fingern ab.

»Aua, aua.«

»Ich sehe keine Schwellung.«

»Ich habe aber wirklich starke Schmerzen.«

»Für jemanden, der starke Schmerzen hat, hast du vorhin aber ganz schön gegrinst. Sag mir die Wahrheit. Schreibt ihr in der nächsten Stunde einen Test, vor dem du dich drücken willst?«

»Äh … Ja, wir schreiben einen Test, aber ich will mich nicht davor drücken.«

Sie nickt, als hätte sie mich durchschaut. »Gut. Du gehst jetzt erst mal deinen Test schreiben, und wenn du danach noch Schmerzen hast, rufen wir deine Mommy an.«

»Aber das Klassenzimmer ist am anderen Ende der Schule. Ich glaube kaum, dass ich die Treppe hochkomme.« Ich sehe mich im Raum um. »Was ist mit dem Rollstuhl?«

»Was soll damit sein?«

»Kann ich ihn ausleihen?«

»Der ist nur für Schüler, die ernsthaft krank sind. Nicht für jemanden, der nur seinen Spaß haben will.«

»Spaß haben? Ich will keinen Spaß haben! Ich brauche ein Transportmittel.«

»Geh zurück in den Unterricht, schreib deinen Test, dann sehen wir weiter.«

»Aber –«

»Und zwar dalli.«

Sie meint es ernst. Sie schmeißt mich tatsächlich raus. Ich

stehe auf, versuche zu humpeln, zucke zusammen und hüpfe auf einem Fuß in Richtung Tür. So weit, so gut. Doch dann stolpere ich und lande mit vollem Gewicht auf meinem verletzten Knöchel.

»Fuck!«

Die Krankenschwester schnappt nach Luft und schlägt sich die Hände vor die Brust, als wäre sie von einer Kugel getroffen worden. Ich humple zurück zu dem Stuhl, während sie zu ihrem Schreibtisch stapft. Die Sohlen ihrer Gesundheitslatschen quietschen auf dem Boden.

»Du bekommst einen Verweis«, blafft sie und zerrt einen Notizblock aus ihrer Schublade.

»Tut mir leid. Das ist mir so rausgerutscht.«

»Außerdem widersetzt du dich meinen Anweisungen.«

»Wenn ich könnte, würde ich wirklich gern wieder in den Unterricht gehen, glauben Sie mir.«

Sie beginnt, wie wild auf ihrem Block herumzukritzeln, und murmelte dabei vor sich hin.

»Widersetzt … sich … den … Anweisungen.«

Mir wird leicht übel. Ich bin voll auf meinen verletzten Fuß geknallt, und jetzt pocht er wie wild. Auf meiner Oberlippe bilden sich Schweißperlen. »Ich glaube, jetzt habe ich doch Fieber. Könnten Sie vielleicht noch mal nachmessen?«

Wieder schnappt sie theatralisch nach Luft und schreibt noch schneller.

Dreizehn // Adam

Am nächsten Tag humple ich auf Krücken durch die Mensa, und an unserem Tisch rücken alle zusammen, damit ich meinen verstauchten Fuß hochlegen kann.

»Was ist *das* denn?«, fragt Camila und tippt mit einem langen roten Fingernagel gegen das Schraubdeckelglas, das ich aus meinen Rucksack gezogen habe.

»Wasser.«

»Warum hat es dann so eine komische Farbe?«

»Meine Mom hat ein paar Tropfen von einem pflanzlichen Heilmittel hineingetan«, erkläre ich.

Camila schüttelt sich. Ich muss zugeben, dass das Wasser aussieht wie Urin.

Charlie bahnt sich mit finsterer Miene einen Weg durch die Menge. Als er mich erblickt, hellt sich sein Gesicht schlagartig auf. Das verheißt nichts Gutes.

»Oh Gott«, stöhne ich, als er vor mir steht, immer noch mit einem breiten Grinsen auf dem Gesicht. »Wer hat es dir erzählt?«

»*Alle* haben es mir erzählt. Ich dachte bisher immer, das sei unmöglich.«

»Das dachten alle«, setzt Emerald hinzu und ihre blauen Augen funkeln belustigt.

Matt zieht einen Stuhl heran und fragt Charlie:

»Warum bist du denn so gut drauf?« Das ist eine berechtigte Frage. Charlie ist nicht gerade für seine gute Laune bekannt.

»Du weißt es noch nicht?« Charlie setzt sich kerzengerade hin, offensichtlich begeistert von der Aussicht, die Neuigkeit jemandem zu erzählen, der sie noch nicht kennt.

»Ich weiß was noch nicht?«

Charlie hebt zu einer Antwort an, aber bevor er etwas sagen kann, wirft Camila dazwischen: »Adam muss nachsitzen.«

»Hey!« Charlie wirft ihr einen hasserfüllten Blick zu. »Ich wollte es ihm gerade erzählen.«

»Adam?« Matt sieht mich an, als wäre ich wegen eines Doppelmords verhaftet worden. »Wie hast du das denn geschafft?«

Ich gebe die Geschichte von der grimmigen Krankenschwester zum Besten. Hier und da übertreibe ich ein bisschen, um meine Freunde zum Lachen zu bringen. Und damit sie mich bemitleiden. Am Ende biegen sich alle vor Lachen und sind wütend auf die Krankenschwester.

Außer Charlie. Er lacht zwar auch, findet aber, die Krankenschwester hat alles richtig gemacht. »Das ist ja großartig!«

Ich versuche, ihm einen bösen Blick zuzuwerfen, scheitere

aber daran, dass ich selbst lachen muss. »Das ist überhaupt nicht großartig. Das ist total ungerecht.«

Während meiner Geschichte hat Jess doch tatsächlich beide Kopfhörer aus den Ohren genommen. Jetzt fragt er mich mit einem wissenden Grinsen:

»Und was sagt deine Mom zu der Sache?«

»Was glaubst du?« Mom ist unter meinen Freunden berüchtigt, weil sie unsere Lehrerin in der fünften Klasse mal zum Weinen gebracht hat.

Charlie grinst. »Darf ich dabei sein, wenn sie die Krankenschwester zur Sau macht?«

»Tut mir leid, dich enttäuschen zu müssen. Das wird sie nicht tun. Natürlich wollte sie gleich losstürmen, aber –«

»Du hast sie angebettelt, es nicht zu tun?« Emerald hat mal wieder ins Schwarze getroffen.

»Ich habe ihr klargemacht, dass es kein großes Ding ist.« Das ist es wirklich nicht. »Sie will immer gleich auf die Barrikaden gehen, während ich alles gelassener sehe.«

»Echt? Das wussten wir ja noch gar nicht« Charlie stopft sich fünf Pommes gleichzeitig in den Mund.

»Ich könnte auch auf die Barrikaden gehen, wenn es nötig wäre«, protestiere ich.

Matt legt mir beschwichtigend eine Hand auf die Schulter. »Sicher. Das wissen wir.«

Alle sehen mich an, als wäre ich ein sehr niedliches, sehr harmloses Tier.

»Wirklich! Schließlich habe ich mich auch schon mal geprügelt.«

Alle starren mich ungläubig an. Emeralds Augen schimmern belustigt, als verdächtigte sie mich, nur angeben zu wollen.

»Ehrlich! Mit Marcus. In der siebten Klasse.«

Jesse und Charlie werfen sich einen Blick zu und prusten los.

»Ein *Harry Potter*-Buch ins Gesicht gedonnert zu kriegen, zählt nicht als Prügelei«, sagt Charlie.

»Es war nicht irgendein *Harry Potter*-Buch. Es war *Der Orden des Phönix.*«

Matt schnappt theatralisch nach Luft. Jeder weiß, dass *Der Orden des Phönix* der dickste und damit potenziell gefährlichste *Harry Potter*-Band ist.

»Es war trotzdem keine Prügelei«, sagt Charlie. »Vielleicht, wenn du dich gewehrt hättest …«

Ehrlich gesagt bin ich damals überhaupt nicht auf die Idee gekommen, mich zu wehren. Ich weiß noch, wie ich verdattert dastand und mein Gesicht höllisch brannte. Nachdem er mich geschlagen hatte, warf sich Marcus zu Boden und krümmte sich heulend zusammen.

»Wie hätte ich den armen Kerl schlagen können? Er hatte einen Schreikrampf oder so was.«

»Warum hat er dich überhaupt geschlagen?«, fragt Matt.

»Ich weiß es«, sagt Charlie eifrig. »Ich habe alles beobachtet. Es war im Matheunterricht. Marcus wollte sein Übungsblatt machen und ist ausgerastet, weil Adam ihn die ganze Zeit zugetextet hat.«

Jetzt brüllen die Jungs am Tisch vor Lachen, während die Mädchen aussehen, als würden sie gern einstimmen, wollten mir aber einen letzten Rest Würde lassen.

»Du hast ja keine Ahnung, wie schlimm das für mich war. Meine Mom ist total durchgedreht.«

Das bringt sie nur noch mehr zum Lachen.

Es war wirklich schlimm. Als Mom mich an jenem Tag von der Schule abholte und das Coolpack sah, das ich mir an die Wange presste, brannten ihr die Sicherungen durch. Ich versuchte, an ihr Berufsethos zu appellieren, aber sie führte sich total unprofessionell auf, so als hätte sie alles vergessen, was sie in ihrer Ausbildung zur Sozialarbeiterin gelernt hatte. Sie schleifte mich zurück in die Schule und regte sich noch mehr auf, als der Direktor nicht sofort Vergeltung üben und eine drakonische Strafe verhängen wollte. Wenn es um mich geht, schreckt sie selbst vor Mafia-Methoden nicht zurück.

»Im Ernst«, sage ich und bemühe mich, so zu tun, als fände ich das gar nicht lustig. »Sie schmiedet immer noch Rachepläne. Sie sagt, sie wartet nur auf den richtigen Moment.«

Jesse hört kurz auf zu lachen und sagt:

»Deine Mutter ist der Hammer.«

Vierzehn // Julian

Als ich am Donnerstag in den Raum komme, in dem wir Pädagogik haben, traktiert Jared seinen Rucksack, der auf dem Boden unter seinem Tisch liegt, mit den Fäusten. Wie immer, wenn ich ihn sehe, empfinde ich eine Mischung aus Panik und Mitleid, aber als ich mich umschaue, überkommt mich ein warmes Gefühl. Unser Klassenzimmer sieht aus wie eine Säuglingsstation. Überall sind Babys – sie liegen auf dem Boden und lehnen an Schultaschen. Meins halte ich im Arm, während ich zu meinem Platz in der letzten Reihe gehe. Ich setze es auf der Tischplatte ab und betrachte seine großen braunen Augen. Auf seinen Lippen liegt ein kleines Lächeln.

Die Klingel läutet. Ein paar Babys wachen auf und beginnen zu weinen. Eine genervt aussehende Lehrerin steckt den Kopf durch die offene Tür.

»Ich mache hier mal zu, ja?«, ruft sie.

Ms Carlisle nickt traurig.

Jetzt hallt das Weinen noch etwas lauter von den Wänden wider.

Ein paar Mädchen tippen gestresst den Code zum Trösten in den Rücken ihres Babys. Im Raum wird es ruhig, aber nur für ein paar Sekunden. Dann beginnen andere Babys zu weinen.

»Seht ihr?« Ms Carlisle spricht mit lauter Stimme, damit wir sie trotz des Geräuschpegels hören. »Seht ihr jetzt, wie schwer es ist, sich um ein Baby zu kümmern? Ihr hättet kein eigenes Leben mehr.«

Ich habe die ganze Woche mit meinem Baby verbracht, und mittlerweile habe ich das Gefühl, dass ich an seinem Weinen erkenne, ob es hungrig oder traurig ist. Meine Eltern haben mir erzählt, dass sie das bei mir unterscheiden konnten. Eigentlich stört es mich nicht, wenn das Baby weint. Nur ein bisschen, wenn ich in meinem Geheimzimmer bin und sein Wimmern durch den ganzen Dachboden tönt. Und nachts, da stört es mich sehr.

Russell ist auf Geschäftsreise, aber ich hatte die ganze Zeit Angst, er könnte nach Hause kommen, während ich schlafe, das Baby weinen hören und wütend werden. Bei dem Gedanken hatte ich ein eiskaltes Gefühl im Bauch.

Doch zum Glück waren das Baby und ich in den letzten drei Nächten allein. Die komischen Geräusche, die das Haus sonst macht, habe ich auch nicht gehört. Es war fast so, als wären sie verschwunden. Die Nächte waren schön und gar nicht gruselig, allerdings weiß ich natürlich nicht, wann Russell zurückkommt.

Jetzt sieht mich das Baby aus besorgten Augen an. Ich

streiche ihm über das weiche Haar und fahre ihm über die Wange.

»Ach, du Scheiße!« Jareds Stimme findet mein Ohr wie eine Lenkrakete. »Streichelst du etwa deine *Puppe*?«

Jetzt schauen alle zu mir rüber. Kristin verdreht ihre Fischaugen. Violet starrt mich an, ihre Pupillen sind aus schwarzer Tinte. Ein paar andere Mädchen lachen.

Ich beobachte Jared aus den Augenwinkeln, und da sehe ich, dass etwas aus seinem Rucksack herausragt: sein Baby. Die rosigen Wangen sind eingefallen. Jared springt auf und versetzt dem Rucksack einen Tritt. Der Kopf des Babys schlägt auf den Boden.

»Jared!« Ms Carlisle sieht von ihrem Computer hoch. »Diese Puppen sind teuer!«

Jared wirft ihr einen finsteren Blick zu, packt das Baby am Kopf und schleudert es auf seinen Stuhl. Dann sieht er zu mir herüber.

Mein Blick huscht zu Ms Carlisle, aber sie konzentriert sich schon wieder auf ihren Bildschirm.

Jared bewegt sich auf mich zu wie ein Wolf.

Das Herz pocht mir in den Ohren, und instinktiv schlinge ich die Arme um mein Baby und nehme es auf den Schoß. Jared bleibt wie angewurzelt stehen, fast so, als wäre er überrascht.

Dann grinst er sein Wolfsgrinsen.

»Da liebt aber jemand sein Püppi.«

Ich höre die anderen lachen, und mein Gesicht beginnt zu glühen. Ich sollte das Baby zurück auf den Tisch legen, weil alle so tun, als wäre es seltsam, dass ich es im Arm halte, aber wenn ich das mache, könnte Jared es packen und ihm etwas antun.

»Jared«, sagt Ms Carlisle müde, »geh zurück auf deinen Platz.«

Er ignoriert die Aufforderung und starrt mich weiter an. Seine Augen erinnern mich an das schwarze Gekrakel, mit dem er im Kindergarten meine Bilder zerstört hat.

»Jared«, wiederholt Ms Carlisle.

Das Gekrakel beginnt sich zu drehen. Es dehnt sich auf sein Gesicht aus – und dann auf den ganzen Raum.

»Jared!«

Er knurrt unwillig und geht langsam rückwärts zu seinem Tisch. Dabei lässt er mich nicht aus den Augen.

Dort angekommen, schmeißt er sein Baby auf den Boden und lässt sich auf seinen Stuhl fallen.

Fünfzehn // Adam

Ich bin zum allerersten Mal in dem Raum, in dem man nachsitzen muss, wenn man einen Verweis bekommen hat. Der Raum ist deprimierend: Es gibt keine Fenster, die Wände sind grau gestrichen und nirgends hängt ein Bild oder Poster. Fünf Tische stehen in Reih und Glied. Man starrt die graue Wand an und wendet der Aufsicht den Rücken zu. Zwischen den Tischen stehen Trennwände aus Holz, so dass man sich wie in einer Klokabine vorkommt. Wahrscheinlich soll auf diese Weise verhindert werden, dass man sich gegenseitig ablenkt und einander auch nur anschaut, denn dann wäre die Strafe ja nur halb so schlimm. So fühlt es sich an, als müsste man in der Ecke stehen und die Wand anstarren – eine Strafe, die ich schon als Kind gehasst habe. Schon nach fünf Minuten kribbelt mein ganzer Körper. Ich muss mich bewegen. Ich muss irgendwas *tun*, aber der Raum ist extra so gemacht, dass man nur die Wand anstarren kann.

Hinter mir ertönt ein Klatschen.

Ich kippe mit dem Stuhl nach hinten, drehe mich um und

sehe Charlie und Jesse hinter der Glasscheibe in der Tür. Ich will ihnen gerade bedeuten zu verschwinden, als die alte Frau, die Aufsicht führt, mich anherrscht, ich solle mich wieder umdrehen. Also starre ich weiter die graue Wand an. Es fühlt sich an, als hocke ich in einem Pappkarton.

In der fünften Klasse – dem Jahr, als ich Julians Lesepartner war – gab es in meiner Klasse zwei Kinder mit ADHS: mich und Darren Holt. Ich konnte keine große Ähnlichkeit zwischen uns erkennen, denn er spielte immer nur allein und machte echt seltsame Sachen. Zum Beispiel benutzte er Tesafilmstreifen, um Dreck vom Boden aufzusammeln.

Als wir eines Morgens zur Schule kamen, stand ein riesiger Pappkarton in unserer Klasse – eine ehemalige Kühlschrankverpackung – und Darrens Tisch war verschwunden. Mrs Nethercutt erklärte uns, dass Darren Ruhe brauche, um besser lernen zu können. Was bedeutete, dass er und sein Tisch *in* dem Pappkarton waren.

Ein paar Wochen vergingen, und eines Tages kam Darren aus irgendeinem Grund nicht zur Schule. Ich spielte an Emeralds Zöpfen herum, um sie zu ärgern, und Mrs Nethercutt schlug vor, ich solle mich doch mal in Darrens »kleines Zimmer« setzen, um mich auf mein Übungsblatt zu konzentrieren.

Ich kam gar nicht auf die Idee, Nein zu sagen. Da saß ich nun an Darrens Tisch in dem Pappkarton. An den Wänden hingen aus Zeitschriften ausgeschnittene Fotos und Bilder von

Insekten, die Darren aus dem Internet ausgedruckt hatte. In einer Ecke lagen bestimmt zwanzig oder dreißig Tesafilmkugeln. Der Karton war gruselig, aber vor allem war es darin total langweilig.

Ich bemitleidete Darren, dass er seine Tage in so einem engen Kasten verbringen musste, und nahm mir fest vor, nie wieder im Unterricht »unkonzentriert« zu sein. Nie wieder würde ich Kleister über meine Hand kippen und so tun, als wäre ich innerhalb von Sekunden um Jahrzehnte gealtert. Nie wieder würde ich Emeralds perfekte Frisur zerstrubbeln. Nie wieder würde ich im Unterricht reden, sondern immer brav meine Übungsblätter machen.

Als ich Mom von meinem Tag erzählte, wurde sie zur Furie. Am nächsten Morgen begleitete sie mich ins Klassenzimmer, den Arm schützend um meine Schulter gelegt, und fragte Mrs Nethercutt, ob sie mich wirklich in einen Pappkarton gesperrt habe.

Die Lehrerin stammelte, dass hyperaktive Kinder sich in einer reizarmen Umgebung viel besser konzentrieren könnten, ohne Fenster und bunte Farben und andere Kinder. Sie seien so viel ausgeglichener und glücklicher.

»Glücklicher?«, brüllte Mom. »Mein Kind ist traumatisiert!«

Das war eine schamlose Übertreibung. Ja, okay, ich hatte mich ein bisschen gelangweilt, aber ich hatte ja nicht den ganzen Tag in dem Pappkarton gesessen. Zum Mittagessen, in den Pausen, wenn ich aufs Klo musste und bei den zig Millionen

Gelegenheiten, in denen ich eine andere Frage hatte, durfte ich raus.

»Es war ein Experiment«, sagte Mrs Nethercutt mit panischer Stimme.

Dieses Wort hätte sie vielleicht nicht in Gegenwart meiner Mom benutzen sollen. Mom verglich ihre Methoden mit dem Stanford-Gefängnis-Experiment und sagte noch eine ganze Menge anderer Dinge, für die wir uns beide heute schämen. Daraufhin brach Mrs Nethercutt in Tränen aus. Vor der ganzen Klasse.

Als Darren am nächsten Tag zur Schule kam, war er wütend auf mich, weil der Direktor seinen Pappkarton beschlagnahmt hatte. Ich kapierte allerdings nicht, warum er sauer war. Wer wollte schon den ganzen Tag in einem so engen Kasten hocken?

JULIAN

In meinem Geheimzimmer ist es dunkler als sonst. Der Himmel ist grau und es nieselt, deshalb fällt kaum Licht durch das Bullaugenfenster. Es ist still, entsetzlich still, die Art von Stille, die einem in den Ohren pocht. Und es wird auch still bleiben, denn Ms Carlisle hat heute unsere Puppen eingesammelt. Ich hole mein Erdnussbutter-Marmeladen-Brot aus dem Rucksack und beiße ein kleines Stück ab.

Den ganzen Morgen habe ich darüber nachgedacht, was ich auf Adams Frage antworten würde: »Und, gab's heute was Interessantes?« Doch als ich in der letzten Stunde vor der Mittagspause auf den Flur kam, war Adam nicht da. Ich habe auf ihn gewartet und die Minuten gezählt. Zehn Minuten. Fünfzehn. Zwanzig.

Irgendwann kam Dr. Whitlock angelaufen.

»Es tut mir so leid«, sagte sie. »Ich dachte, wenn Adam nicht da wäre, würdest du einfach von selbst kommen.«

Sie erklärte mir, dass Adam heute nicht dabei sein würde, sagte aber nicht, warum.

Ich beiße wieder in mein Brot. Früher hat mir mein Vater jeden Morgen Brote geschmiert. Es sah ganz einfach aus, aber ich bekomme sie nie so gut hin wie er.

Verrückt, auf wie viele verschiedene Arten man Menschen vermissen kann. Man vermisst all die Dinge, die diese Menschen getan haben. Man vermisst die Menschen an sich. Und man vermisst die Bedeutung, die man selbst für diese Menschen gehabt hat. Weil damals, als sie noch da waren, alles, was du gesagt oder getan hast, toll und lustig und interessant war. Du vermisst, wie wichtig du diesen Menschen warst.

Als ich klein war, hatte ich immer tausend Gedanken im Kopf, weil ich wusste, dass Mom und Dad nach der Schule alles ganz genau hören wollten. Wenn man weiß, dass man anderen alles erzählen wird, sieht man den Tag nicht nur durch die eigenen Augen, sondern auch durch die Augen dieser Menschen. Es ist, als wären sie immer an deiner Seite.

Und wenn sie dann plötzlich nicht mehr da sind, ist man von heute auf morgen blind. Denn wenn sie nichts mehr sehen, siehst du selbst auch nichts mehr.

Sechzehn // Julian

»Julian?« Dr. Whitlocks vorsichtiger Tonfall macht mich hellhörig. »Möchtest du vielleicht, dass Adam heute mit dabei ist?«

Als Adam und ich vom Kunstraum zu ihrem Büro gegangen sind – langsamer als sonst, weil er immer noch ein bisschen humpelt –, hat er mir erzählt, dass er am Freitag nachsitzen musste. Aber er fand es gar nicht so schlimm. Nach kurzer Zeit hatte er sich mit der Aufsicht angefreundet.

»Heißt das, du möchtest bald wieder nachsitzen?«, fragte ich, und Adam sagte: »Du meinst, ob ich mit Absicht irgendeinen Unsinn machen werde, nur um mit Ms Agnes Poker um Oreo-Kekse spielen zu können?« Ich nickte. »Du bist wirklich lustig, Julian.« Er lachte, aber meine Frage hat er nicht beantwortet.

Und ich habe Dr. Whitlocks Frage nicht beantwortet.

Natürlich wäre es mir lieber, wenn Adam mit dabei wäre, aber Dr. Whitlock sieht mich so eindringlich an, dass ich nicht weiß, was ich antworten soll. Ich möchte sie nicht kränken, außerdem hat Adam bestimmt keine Lust, in ihr Büro zu kommen. Keiner von uns sagt etwas, und das Schweigen wird immer peinlicher.

»Schon in Ordnung«, sagt sie schließlich. »Ich dachte nur, dass es dir die Sache leichter machen würde.«

»Okay.«

»Okay?«

»Er kann dabei sein. Wenn er möchte.«

Sie nickt und geht aus dem Büro. Wenig später kommt Adam hereingehüpft und stürzt sich auf das Spielregal.

»Au ja!«, ruft er fröhlich. »*Jenga*! Hast du Lust, *Jenga* zu spielen?« Er hat das Spiel schon aus dem Regal gezogen und sich vor den lila Tisch gekniet.

»Wie geht das denn?«

»Du kennst *Jenga* nicht?«

Normalerweise würde ich bei so einer Frage in Panik geraten, weil danach meistens eine Beleidigung folgt. Aber Adams Lächeln ist aufrichtig und nicht bösartig.

Er stellt den Karton auf den Kopf und eine Menge länglicher Holzklötze fallen heraus. Ich rutsche von der Couch und knie mich neben ihn.

»Danach können wir *Sorry!* spielen«, sagt Dr. Whitlock. »Ich weiß, dass das dein Lieblingsspiel ist.« Es ist nicht mein Lieblingsspiel. Ich mag *Sorry!* überhaupt nicht. Aber mir ist klar, dass sie nur nett sein will.

»Dieses Spiel hier ist mein Lieblingsspiel.« Ich werfe ihr einen schnellen Blick zu und hoffe, dass ich sie nicht beleidigt habe.

Aber sie sieht nicht aus, als wäre sie beleidigt. Ihr Lächeln ist genauso strahlend wie Adams.

Siebzehn // Adam

Am Freitag schlage ich mit Julian nicht den direkten Weg zu Dr. Whitlocks Büro ein, sondern biege wahllos irgendwo ab. Wir laufen den oberen Flur entlang, die Treppe runter, eine andere Treppe rauf und noch eine andere wieder runter, ohne konkretes Ziel.

Jeden Moment kann Julian mich fragen, warum wir sinnlos im Kreis latschen, und ich habe keinen Schimmer, was ich dann sagen soll. Ich kann ihm schlecht auf die Nase binden, dass ich mich in offiziellem Auftrag mit ihm anfreunden soll. Das wird mir sogar auf meine Wochenstunden angerechnet. Im Grunde ist es ja sehr nett von Dr. Whitlock. Sie hat gesagt, wir sollen einfach die ganze Schulstunde herumlaufen und uns unterhalten. Weniger nett ist, dass ich ihr berichten soll, falls Julian irgendwas »Besorgniserregendes« erzählt. Was ich natürlich nicht tun werde. Aber dass sie ihm einen Freund wünscht – selbst wenn er zwangsrekrutiert ist –, finde ich gut.

Nachdem wir eine halbe Stunde im Schulgebäude unsere Runden gedreht haben, gehen wir raus auf den Hof.

»Riech mal, da verbrennt jemand Laub«, sage ich.

Julian zittert, obwohl es gar nicht kalt ist.

»Ich liebe diesen Geruch«, fahre ich fort. »Da kriege ich immer gleich Lust, eine Kürbislaterne zu schnitzen.«

»Adam?« Wieder umklammert er seinen Oberarm, als hätte er Schmerzen.

»Ja?«

»Ich will nicht, dass du Ärger kriegst.«

»Ärger wofür?«

»Dafür, dass du mich nicht zu Dr. Whitlock gebracht hast.« Endlich. »Ich will nicht, dass du gefeuert wirst.«

Ich pruste los. »Du bist echt lustig.« Ich betrachte die Backsteinmauer und frage mich, ob ich es schaffe, die Wand hochzurennen und einen Salto rückwärts zu machen. »Mach dir keine Sorgen, ich krieg keinen Ärger. Dr. Whitlock hat gesagt, wir sollen einfach etwas Zeit miteinander verbringen.«

Ich nehme Anlauf, springe hoch und lande auf dem Hintern.

»Autsch!«

Ich bleibe auf dem Boden liegen. Julian setzt sich vorsichtig auf eine Holzbank.

»Und, was hast du so vor?«, frage ich ihn.

»Was meinst du?«

»Na, heute Abend oder am Wochenende.«

»Ich weiß nicht. Was hast du vor?«, fragt er stockend, wie ein Kind, das lernt, Bitte und Danke zu sagen.

»Ich geh auf ein Konzert. Gehst du gern auf Konzerte?«

»Wir sind früher nie auf Konzerte gegangen.« Julian spricht fast nie von seinen Eltern, aber wenn, dann so. Als könnte er nichts tun, was er früher nicht auch mit seinen Eltern getan hat. »Meine …«

Nach einer Weile merke ich, dass er den Satz nicht beenden wird, also hake ich nach:

»Ja?«

»Meine Mutter liebte Musik.«

»Ich weiß.«

»Sie spielte ganz viele Instrumente. Und sie sang gern. Aber wir waren nie auf Konzerten. Ich weiß nicht, warum.«

»Willst du mitkommen?«

»Wohin?«

»Na, auf das Konzert heute Abend.«

»Ich habe keine Eintrittskarte.«

»Ich kann dir eine besorgen.« Zumindest glaube ich das. »Ich texte dir, sobald ich die Karte habe.«

»Ich habe kein Handy.«

»Was? Jeder hat ein Handy.« Julian schlägt den Blick nieder. »Na, egal. Komm einfach um sechs zu mir.«

Ich werde Mom vorher schonend beibringen müssen, dass Julian zu Besuch kommt. Damals, als Julian bei uns wohnte, kreuzte nach acht Monaten urplötzlich eine Sozialarbeiterin auf und nahm ihn mit. Es hatte sich herausgestellt, dass es doch einen entfernten Verwandten gab, irgendeinen angeheirateten Onkel oder so. Mom und ich dachten, wir würden

Julian wenigstens besuchen können, aber dann bekamen wir Post vom Jugendamt. Der Onkel wollte, dass Julian sich erst in seinem neuen Zuhause einlebte, und ein Besuch von uns würde »diesen Prozess behindern«. Ich weiß noch, wie Mom den Brief behutsam faltete und ihn in eine Schublade bettete, als wäre es Julian höchstpersönlich. Dass man uns Julian weggenommen hatte, war für Mom und mich ein schwerer Schlag.

»Also, hast du Lust mitzukommen?«

Er strahlt, als hätte ich ihm das tollste Geschenk der Welt gemacht.

»Ja!«

Achtzehn // Julian

Zum ersten Mal seit vier Jahren stehe ich vor Adams Tür, aber ich traue mich nicht zu klopfen.

Ich habe ein flaues Gefühl in der Magengegend, so wie an dem Tag, als Mom und ich bei einer Wanderung über eine Hängebrücke gelaufen sind. Ich weiß noch, wie ich über das Geländer geschaut habe und mir ganz schwindelig wurde. Es war ein unglaublich beängstigendes und unglaublich schönes Gefühl zugleich.

Ich hole tief Luft und klopfe.

Im nächsten Moment reißt Adam die Tür auf und ruft: »Hey, komm rein.«

Das Haus sieht noch genauso aus, wie ich es in Erinnerung habe: gelb und chaotisch und voller Leben.

»Ich bin fast fertig.« Adam rennt in Richtung unseres alten Zimmers davon.

Überall an den Wänden hängen Fotos von ihm. Adam als Kleinkind in der Badewanne mit einem Schaumbart. Adam, der stolz eine ungelenk geschnitzte Kürbislaterne hochhält.

Adam im Alter von fünf oder sechs beim Rollerskaten inmitten einer Horde anderer Kinder.

Ich trete näher an ein Bild in einem schwarzen Rahmen heran – das bin ja ich! Ich bin neun Jahre alt und grinse in die Kamera. Die Holzkiste, auf der ich stehe, hatte ich damals zu meiner Bühne erklärt. Ich suche die Wand ab und finde mein Gesicht auf weiteren Fotos. Auf einem Bild trägt Adam mich huckepack. Auf einem anderen hält er mich an der Hand.

»Hey!« Adam taucht hinter mir auf. »Bist du so weit?«

Ich nicke und versuche zu lächeln, bringe aber nur eine Grimasse zu Stande.

Er scheint es nicht zu bemerken und winkt mir, ihm zu folgen. Wir gehen durch die Schwingtür in die hellgelb gestrichene Küche. Catherine, Adams Mutter, rollt gerade Teig aus. Sie ist genauso hübsch wie in meiner Erinnerung, und ein ganz bestimmter Schmerz durchzuckt mich – mein Herz zieht sich auf dieselbe Weise zusammen, wie wenn ich meinen Koffer aufklappe. Mir geht durch den Kopf, dass ich mich vielleicht hätte fein machen sollen, so wie man sich fein macht, wenn man sonntags in die Kirche geht. Stattdessen trage ich zu kurze Jeans und ein zu enges T-Shirt mit Löchern am Kragen und unter den Achseln.

Catherine kommt hinter der Kücheninsel hervor und streckt die Hände aus, als wollte sie mich umarmen, doch nach einem schnellen Blick zu Adam lässt sie die Arme sinken.

»Wie geht's dir, Julian?«

Sie sagt meinen Namen in demselben Tonfall, in dem man »Schatz« oder »Liebling« sagt.

»Gut.« Es fühlt sich falsch an, ihr diese Standard-Antwort zu geben, aber mehr bringe ich nicht hervor. Schweigen tritt ein, und ich versinke vor Scham im Boden. Dann ertönt von draußen ein wummernder Bass, so laut, dass die Töpfe und Pfannen an der Wand zu klirren beginnen.

»Das muss Camila sein«, sagt Adam. Catherine lächelt ihm zu, als wäre jedes Wort aus seinem Mund ein kleines Wunder. »Wir müssen los, Mom.« Er drückt ihr einen Kuss auf die Stirn.

»Julian?« Sie streckt eine Hand aus und berührt fast meine Schulter. »Du bist hier jederzeit willkommen.«

Ich nicke und folge Adam durch die gelbe Schwingtür ins Wohnzimmer. Durchs Fenster sehe ich einen Haufen Zwölftklässler aus mehreren Autos steigen und zur Tür kommen. In diesem Moment dämmert mir, dass Adam und ich nicht zu zweit auf das Konzert gehen.

Während Adam sich seine Jacke überwirft, renne ich durch die Hintertür hinaus in den Garten. Eine Lampe mit Bewegungsmelder geht an.

»Hey!« Adam ist mir hinterhergelaufen. »Wo willst du denn hin?«

»Es tut mir leid, aber ich kann doch nicht mit. Danke für die Einladung.«

Als ich einen Schritt auf das Gartentor zumache, kommt Adam angeflitzt und stellt sich mir in den Weg.

»Warum nicht?« Er folgt meinem Blick zu dem Haus voller fremder Jugendlicher. »Meine Freunde sind echt cool.«

Genau das ist das Problem. Sie sind cool und ich bin ich. Ich werde wieder einmal nicht wissen, was ich sagen soll, und Adam wird sich für mich schämen.

»Komm, ich stell dich den anderen vor.«

Panik überfällt mich, und ich bereue zutiefst, hergekommen zu sein.

Es ist genauso schlimm wie befürchtet. Nicht, weil Adams Freunde nicht nett sind, sondern weil ich nicht weiß, was ich sagen soll. Ich hasse mich selbst dafür, dass ich so schlecht in etwas bin, womit alle anderen keine Probleme zu haben scheinen.

Während der endlosen Fahrt im Auto eines Mädchens namens Camila fühle ich mich unglaublich unwohl. Als wir angekommen sind, schnappen sich die anderen ein paar Decken und schließen sich den Tausenden von Leuten an, die über ein großes Feld strömen. Mir ist immer noch schlecht von der Fahrt, und die laute Musik macht mir Kopfschmerzen. Adam und seine Freunde reden und lachen und raufen wie ein Haufen junger Hunde oder kleiner Kinder. Während ich sie beobachte, fühle ich mich völlig fehl am Platz, wie ein Fremder, der bei einer Familienfeier mit am Tisch sitzt, denn alle kennen sich schon seit Jahren und sind eng miteinander befreundet.

Noch schlimmer wird es, als Adam in der Menge verschwindet.

Ein paar Minuten später fragt irgendjemand, wo er sei. Der große blonde Junge, der Charlie heißt, antwortet:

»Na, wo wird er schon sein? Wahrscheinlich rennt er wie ein Irrer in der Gegend rum.«

Alle nicken, als wüssten sie genau, was er meint. Charlie merkt, dass ich ihn beobachte, und wirft mir einen finsteren Blick zu. Er mag mich nicht. Das überrascht mich nicht, aber es tut trotzdem weh.

Ich sitze im Gras und ziehe die Knie zum Kinn, weil mir kalt ist. Die anderen sitzen auf den Decken und unterhalten sich. Irgendwann kommt Adam zurück und setzt sich neben mich. Doch schon im nächsten Moment flitzt er wieder davon.

Als die Sonne untergeht, wird es noch kälter. Bald friere ich so sehr, dass ich zittere.

Ich zucke zusammen, als sich eine in eine Decke gehüllte Gestalt neben mich setzt. Es ist dunkel. Wahrscheinlich hat sie mich nicht gesehen. Jetzt, wo sie mich erkannt hat, wird sie sicher gleich aufstehen und sich wegsetzen.

Aber das Mädchen rührt sich nicht vom Fleck. Stattdessen sieht sie mich an und sagt: »Ich hab dich lange nicht gesehen.«

»Was? Du erinnerst dich an mich?«

Als ich bei Adam und seiner Mom gewohnt habe, kam Emerald manchmal zu Besuch. Sie trug immer ein Kleid, und sie war wunderschön. Sie sah aus wie ein Engel oder wie eine

Mutter. Ich weiß noch, wie wir einmal an einem blaugrünen See spazieren gingen und Emerald etwas über meine blaugrünen Augen sagte. Als ich müde wurde, nahm Adam mich huckepack, und nachdem ich mich ein wenig ausgeruht hatte, setzte er mich wieder ab, und ich lief zwischen den beiden und hielt ihre Hände.

»Natürlich erinnere ich mich an dich«, sagt Emerald. »Du warst so was wie Adams kleiner Bruder.« Für den Bruchteil einer Sekunde huscht ein Schatten über ihr Gesicht. Ich muss etwas Falsches gesagt oder getan haben, aber ich weiß nicht, was. Wir sitzen schweigend nebeneinander, und ich rechne jeden Moment damit, dass sie aufsteht und geht.

Doch sie lächelt nur und sagt: »Ich freue mich sehr, dich wiederzusehen.«

Neunzehn // Julian

Nach dem Konzert sind der Samstag und der Sonntag sehr still.

Der Montag ist wie alle Montage. Ich fühle mich, als säße ich auf dem Boden eines Schwimmbads und würde die Menschen beobachten, die außerhalb des Wassers ihr Leben leben.

Am Dienstag treffe ich Adam, und nach so viel Unterwasserstille kann ich endlich wieder atmen. Wir drehen ein paar Runden durch die Schule und verbringen ein paar Minuten im Hof, dann ist die Stunde auch schon vorbei.

Es folgen ein langer, unsichtbarer Mittwoch und ein noch längerer Donnerstag.

In der Nacht von Donnerstag auf Freitag schrecke ich hoch, weil eine dunkle Gestalt in meiner Tür steht. Manchmal, wenn ich Angst habe, sehe ich Dinge, die gar nicht da sind.

Ich taste nach meiner Taschenlampe, knipse sie an und sage: »Russell?«

Keine Antwort.

Aber es ist Russell. In seinen Augen lauert ein Gefühl, das

ich nicht benennen kann. Wir sehen einander wortlos an, dann macht er kehrt und geht davon.

Heute ist Freitag, und ich wandere wieder mit Adam durch die Flure. Er quillt über vor Energie und lächelt allen Lehrern zu, die deprimiert an uns vorbeischlurfen. Bei jedem Schritt zieht sich mein Magen etwas mehr zusammen. Ich will nicht, dass meine Zeit mit Adam vorbeigeht. Ich will immer weiter mit ihm durch die Schule laufen. Ich habe Angst vor dem Ende der Stunde, und es ist mir peinlich, dass ich Angst habe.

Adam wirft mir einen schnellen Blick zu und reißt mir den zerknitterten Aufsatz aus der Hand, den ich schon die ganze Zeit mit mir herumtrage. Wir zucken beide zusammen, als er die Note sieht. Ich unternehme einen halbherzigen Versuch, ihm den Aufsatz wieder abzunehmen, aber er geht einfach weiter. Mir kommt der Gedanke, dass das vielleicht nicht die beste Idee ist, weil Adam oft stolpert – selbst dann, wenn er nicht im Gehen liest.

»Ihr schreibt im Biounterricht Aufsätze?«, fragt er.

Ich nicke.

»Merkwürdig.« Er dreht das Blatt um und bleibt wie angewurzelt stehen. »Das ist ja richtig fies.« Offenbar hat er Ms Wests Kommentar unter meinem Aufsatz gelesen. »Ich dachte, sie dürften dir keine Punkte für Rechtschreibung abziehen.«

»Warum?«

»Weil du Legastheniker bist. Ich dachte, du hast ein Recht darauf, dass das bei der Benotung berücksichtigt wird.«

»Nicht, dass ich wüsste. Außerdem bin ich kein Legastheniker mehr.«

Adam wirft einen skeptischen Blick auf meinen Aufsatz. »Du bekommst keinen Förderunterricht mehr?«

»Nein.«

»Vielleicht kann Dr. Whitlock dich ja mal testen.«

»Ich glaube nicht, dass ich Legastheniker bin.« Ich bin einfach nur nicht besonders intelligent.

»Aber falls du einer bist, könnte man es vielleicht behandeln. Es gibt da so Übungen und homöopathische Tropfen …«

»Tropfen?«

»Ja! Es gibt Mittel für alles Mögliche. So bin ich auch von meinen ADHS-Medikamenten weggekommen.«

Ich folge Adam nach draußen auf den Hof. Er rennt los wie ein Hund, den man von der Leine gelassen hat. Ich setze mich auf die Bank, während er einem Laubhaufen einen Fußtritt versetzt und sich dann mit ausgebreiteten Armen rückwärts hineinfallen lässt. Er zieht seinen roten Kapuzenpulli aus, schiebt ihn sich als Kissen unter den Kopf, hält sich meinen Aufsatz vors Gesicht und liest ihn ein zweites Mal.

»Das ist echt gut«, sagt er nach ein paar Minuten. »Du konntest schon immer gut schreiben – hör auf, den Kopf zu schütteln. Es stimmt. Manchmal haben die Leute nur nicht genug Geduld. Deine Lehrerin kann deine Schrift nicht entziffern und du machst tausend Rechtschreibfehler, also hat sie aufgegeben. Aber das heißt nicht, dass der Aufsatz schlecht ist.«

Ich sehe Adam an und versuche, seinen Gesichtsausdruck zu entschlüsseln. Er sieht so aus, als meint er es wirklich ernst. Ich denke an all die Geschichten in meinem Schrankkoffer, und mein Herz schlägt schneller. Vielleicht könnte sie ja doch mal jemand lesen. Vielleicht würden sie sogar jemandem gefallen.

»Die Leute haben einfach keine Geduld, weißt du?«

Ich nicke. Das weiß ich nur zu gut.

»Früher war meine ADHS total außer Kontrolle. Ich habe meine Lehrer verrückt gemacht. Ich wollte niemandem auf die Nerven gehen, aber ich konnte im Unterricht nicht still sitzen. Es war mir körperlich unmöglich. In der sechsten Klasse hatte ich in allen Fächern Fünfen oder Sechsen – ehrlich, in jedem einzelnen Fach –, deshalb hat Mom mich zum Arzt geschleppt. Der hat mir Medikamente verschrieben und die haben auch gewirkt. Ich konnte auf einem Stuhl sitzen, ohne durchzudrehen, und redete nicht mehr so viel, also waren die Lehrer glücklich. Doch dann wurde mir schlecht und ich musste mich dauernd übergeben. Ich wurde richtig schlimm krank, konnte nicht mehr schlafen und verlor ganz viel Gewicht.«

Ich will mir auf keinen Fall vorstellen, dass Adam krank werden könnte.

»Schließlich hat der Arzt gesagt, dass seien Nebenwirkungen der Tabletten. Er hat Mom angeboten, mir ein anderes Medikament zu verschreiben, aber sie hat ihn zum Teufel geschickt. Dann hat sie angefangen, sich mit Ernährung und Homöopathie auseinanderzusetzen. Mom würde alles tun, damit es mir gut geht.«

»Und geht es dir jetzt wieder gut?«

»Ja! Mir geht's super.«

»Du hast keine schlechten Noten mehr?«

»Nein, alles Einsen und Zweien.«

»Aber hast du …« Adam sieht mich an und wartet geduldig, dass ich meinen Satz beende. »… hast du immer noch ADHS?«

»Keine Ahnung. Vielleicht. Aber ich schreibe gute Noten, komme in der Schule klar und bin glücklich.«

»Das ist gut. Ich will nämlich nicht, dass du unglücklich bist.«

Adam hebt den Kopf und sieht mich mit einem Lächeln an, das ich nicht wirklich deuten kann. Dann rappelt er sich auf, klopft sich die Blätter vom Körper und gibt mir meinen Aufsatz zurück. Das Blatt ist jetzt noch zerknitterter als vorher und außerdem voller Erde.

»Wenn du das nächste Mal einen Aufsatz abgeben musst, sag mir Bescheid. Wenn du willst, lese ich ihn Korrektur.«

Ich nicke, aber ich weiß, dass ich nicht auf sein Angebot zurückkommen werde. Wenn er so freundlich ist, mir ein solches Angebot zu machen, sollte ich so freundlich sein, es nicht anzunehmen. Der Wind frischt auf, doch statt seinen Pulli wieder anzuziehen, hängt sich Adam nur die Kapuze über den Kopf. Als er losläuft, flattert der Pulli hinter ihm her wie ein Umhang.

Zwanzig // Adam

Es ist der letzte Novembertag und so verdammt kalt, dass ich auf dem Weg zu meinem Auto nicht mal die unzähligen Kleiderschichten ausziehe, die ich in unseren sibirisch kalten Klassenzimmern trage. Ich will mich gerade hinters Steuer setzen, als ich Julian sehe. Er steht völlig reglos oben auf der Treppe.

»Hey! Julian!«, rufe ich. Er sieht mich an, als hätte ich ihn aus einer tiefen Trance gerissen. Ich winke ihn zu mir, und er setzt sich langsam in Bewegung.

»Hast du den Bus verpasst?«

Er macht dieses misstrauische Gesicht, das er manchmal aufsetzt, wenn er sich die Antwort erst zurechtlegen muss.

»Ja«, murmelt er schließlich.

»Steig ein. Ich nehm dich mit.«

»Schon gut«, sagt er. »Das brauchst du nicht. Ich habe es nicht weit.«

»Wo wohnst du denn eigentlich?«

»In der Wicker Street. In der Nähe vom Wasserturm.«

»Das ist ja am anderen Ende der Stadt. Steig ein.«

»Nein, wirklich. Ich –«

»Julian, schwing deinen Hintern in mein Auto.«

Hastig setzt er sich auf den Beifahrersitz. Dann blickt er sich staunend um.

»Hier drin sieht's ja aus wie in einem Raumschiff.«

Ich kichere, als Charlie die Beifahrertür aufreißt und bellt: »Ab nach hinten mit dir.«

Ich will gerade protestieren, aber da ist Julian schon ausgestiegen. Sobald Allison, Jesse, Camila und Emerald sich neben ihn auf die Rückbank gezwängt haben, lenke ich den Wagen vom Parkplatz. Wir unterhalten uns über Emeralds Geburtstagsparty, die morgen bei ihr zu Hause stattfinden wird.

»Wer kommt noch mal alles?«, will Camila wissen.

»Na, ihr natürlich«, sagt Emerald, »und Kerry und Mason und deren Clique und –«

»Was? Du hast die aus dem Theaterkurs eingeladen?«, schnaubt Camila.

»Pass auf, was du sagst, Camila.« Charlie lacht. »Adam hat sich da auch angemeldet.«

»Ja, genau! Pass auf, was du sagst.« Ich werfe einen Blick in den Rückspiegel und sehe, dass Julian totenbleich ist. Scheiße! Eigentlich weiß ich, dass er Angst vorm Autofahren hat, aber ich hatte es für einen Moment vergessen.

»Julian, hast du nicht auch Lust, zu meiner Party zu kommen?«, fragt Emerald.

Er antwortet nicht, und im Wagen wird es still.

Ich werfe noch einen Blick in den Rückspiegel und bekomme mit, wie Allison ihn mit mütterlich-besorgter Miene mustert – genauso hat sie mich angesehen, als ich mir den Knöchel verstaucht hatte.

Dann sagt Julian so leise, dass man es kaum hört: »Ja.«

Die Mädchen raunen sich zu, wie unglaublich süß er sei. Der Arme muss sich zu Tode schämen. Zu seinem Glück – und unserem Unglück – steckt Jesse in diesem Augenblick sein Telefon in das Autoradio, und aus den Boxen dröhnt lautes Gitarrengekreisch.

Als wir in Julians Straße einbiegen, habe ich endlich einen Grund, die Musik leiser zu drehen.

»Welches Haus?«

»Das fünfte auf der rechten Seite.«

»Das da?«, frage ich verblüfft.

»Ja.«

»Wow. Das ist ja der Hammer.«

Ich halte vor einem zweistöckigen weißen Steinhaus mit großen Fenstern und Erkern an jeder Ecke, die an Türme erinnern. Das Haus ist der Hammer, aber irgendwie auch unheimlich. Man sollte meinen, dass jemand, der so ein Haus besitzt, es sich leisten kann, seinem Pflegesohn ein Handy zu kaufen und Klamotten, die ihm passen.

Einundzwanzig // Julian

Der kalte, metallische Geschmack von Winter liegt in der Luft, vertreibt den Morgennebel und elektrisiert meinen Körper. Ich trete noch etwas fester in die Pedale und schlittere über zugefrorene Pfützen. Eigentlich würde ich auch gern mit dem Fahrrad zur Schule fahren, aber ich weiß, dass die anderen mich auslachen würden, weil es so klein ist. Mein Dad hat mir das Fahrrad geschenkt.

Als ich an Adams Tür klopfe, bin ich hellwach und zittere vor Kälte. In der Hand halte ich ein kleines Geschenk, das ich in pinkfarbenes Papier eingeschlagen habe. Adam macht mir auf und wir gehen ins Wohnzimmer, wo Emerald, Camila und Allison auf der Couch sitzen und sich unterhalten.

»Du hast ein Geschenk für mich?«, sagt Emerald überrascht.

»Es ist doch dein Geburtstag.«

Vorsichtig entfernt sie das Papier. Alle sehen ihr zu, und ich wäre am liebsten im Boden versunken. Ich dachte, mein Geschenk wäre eines von vielen. Emerald freut sich sehr und lächelt erwartungsvoll, und das macht mich noch nervöser, weil es kein besonders tolles Geschenk ist.

»Wow! Der ist ja wunderschön!« Strahlend blickt sie auf den Schmetterling in ihrer Hand. »Woher wusstest du das?« Ich habe keine Ahnung, was sie damit meint. »Danke, Julian.«

Jemand dreht die Musik lauter, und die Mädchen schieben Adam und mich zur Couch. Wir setzen uns und die drei verschwinden durch die Tür. Wenig später sind sie wieder da, allerdings in anderer Kleidung.

»Merkt euch die verschiedenen Outfits«, befiehlt Camila. »Und hinterher sagt ihr uns, welches das heißeste ist.«

Die drei drehen sich ein paarmal um die eigene Achse und laufen dann aus dem Zimmer, um sich ein zweites Mal umzuziehen.

»Welche Drogen haben die denn genommen?« Adam lacht.

Catherine kommt ins Wohnzimmer, während die Mädchen weg sind. Als sie mich sieht, lächelt sie und bringt mir einen Keks, der duftet wie frisch gemähtes Gras.

Die Mädchen kommen zurück und wollen unsere Meinung hören. Ich kann mich schon nicht mehr daran erinnern, was sie beim letzten Mal getragen haben, also muss ich lügen. Nach vier weiteren Durchgängen setzen sich die Mädchen auf Adams gelbe Couch und sehen mich an.

»Julian«, sagt Emerald behutsam. »Wir müssen über deine Garderobe reden.« Ich sehe Adam an. Er grinst und wirft mir einen mitleidigen Blick zu. »Zum Beispiel über das, was du heute trägst …«

Meine Augen beginnen zu brennen, und ich starre zu Boden. Ich habe mich für ihre Party extra fein gemacht. Ich bin sogar in Russells Zimmer geschlichen und habe mir eines seiner Hemden ausgeliehen.

»Sieht doch prima aus«, sagt Adam.

Camila springt auf und ruft: »Wir gehen mit dir einkaufen!«

Mein Magen krampft sich zusammen. Ich kann nicht einfach losgehen und mir was zum Anziehen kaufen, aber das kann ich ihnen natürlich nicht sagen. »Ich brauche wirklich keine –«

»Keine Widerrede!«, fällt mir Camila ins Wort, und die Mädchen mustern mich von Kopf bis Fuß.

»Ladys«, sagt Adam, »ihr macht ihm Angst.« Zu mir sagt er: »Ich habe bestimmt noch ein paar Sachen im Schrank, die ich nicht mehr trage. Wenn du willst, kannst du –«

»Lass sehen!«, ruft Allison, und die drei Mädchen rennen aus dem Wohnzimmer.

»Jetzt gleich?«, brüllt Adam ihnen hinterher.

»Ich habe heute Geburtstag«, ruft Emerald über die Schulter. »Also, Julian, komm mit!«

Adam grinst mich wieder mitfühlend an und zuckt mit den Achseln. »Sie hat heute Geburtstag.«

Als ich in sein Zimmer komme, zerren die Mädchen gerade Kleidungsstücke aus seinem Schrank. Das Zimmer sieht anders aus, als ich es in Erinnerung habe. Statt der beiden schmalen Betten steht jetzt ein breites Bett an der Wand, und die meisten Actionfiguren und Poster sind weg. Das Aquarium ist noch da, aber es ist leer. Als ich bei Adam gewohnt habe, hat Catherine mir eines Abends aus einem *Elian Mariner*-Buch vorgelesen. In der Geschichte ist Elian auf einem fremden Planeten und lernt dort ein außerirdisches Mädchen kennen. Ihre Eltern sind sehr reich, und sie zeigt Elian ihr Zimmer. Eine Wand ist komplett von einem roten Vorhang verdeckt. Als sie ihn aufzieht, kommt dahinter kein Fenster zum Vorschein, sondern eine Glasscheibe, hinter der eine Kreatur von der Größe eines Wals herumschwimmt – ein riesiges Aquarium. Ich liebte diese Szene. Und weil ich mir auch so ein Zimmer wünschte, hat Catherine mir das Aquarium gekauft.

»Komm her«, befiehlt Camila, und die Mädchen halten mir abwechselnd verschiedene Kleidungsstücke vor den Körper.

»Das hier sieht aus, als könnte es passen«, sagt Emerald.

»Ich verstehe nicht, warum so viele Jungs T-Shirts tragen, die wie Nachthemden aussehen«, sagt Allison.

Camila nimmt das T-Shirt vom Bügel und drückt es mir in die Hand.

»Probier das mal an.«

Sie rührt sich nicht vom Fleck, als erwartet sie, dass ich mich vor ihren Augen umziehe.

Ich gerate in Panik und stammele: »Äh …«

»Wir haben schon mal männliche Brustwarzen gesehen«, sagt Camila augenzwinkernd.

»Aber nicht *seine* Brustwarzen.« Adam schiebt die Kleiderbügel beiseite, nimmt eine schwarze Jeans von einem Regal hinten im Schrank und hält sie mir hin. »Und jetzt raus hier, Ladys. Er ist kein Stripper.«

»Emerald!« Camila macht einen Luftsprung. »Wir brauchen einen Stripper!«

Die Mädchen lachen, während Adam sie aus dem Zimmer drängt. Sobald die Tür zu ist, ziehe ich mich hastig um. Das T-Shirt und die Jeans passen perfekt. Ich kann mich nicht erinnern, wann ich zum letzten Mal etwas getragen habe, was mir nicht zu klein ist.

Als ich aus Adams Zimmer trete, bleibe ich verdattert stehen. Vor der Tür stehen die Mädchen. Sie applaudieren und befehlen mir, mich umzudrehen. Adam zuckt wieder lachend mit den Achseln, also gehorche ich.

Als sie noch lauter applaudieren, verzieht sich mein Mund zu einem kleinen Lächeln.

»Tritt heute Abend ein Zauberer auf?«, frage ich. Auf der letzten Geburtstagsparty, auf der ich war, gab es einen Zauberer.

Adam schüttelt den Kopf und lacht, als hätte ich einen Witz gemacht. Ich blicke mich in Emeralds Wohnzimmer um. Es wirkt nicht so, als würde hier eine Party stattfinden. Nirgends hängen Ballons oder Luftschlangen oder Girlanden.

Adam und ich setzen uns auf eine Couch, und bald füllt sich das Haus mit Zwölftklässlern. Einige Leute kenne ich von dem Konzert, aber die meisten habe ich noch nie gesehen.

Vier Mädchen kommen durch die Tür, gefolgt von einer Gruppe Jungs. Die Mädchen tragen kleine Kartons mit pinkfarbenen Glasflaschen, die Jungs größere Kartons mit Bierdosen. Die Anwesenden johlen und drücken ihnen Geld in die Hand.

»Ich habe kein Geld«, flüstere ich.

»Kein Problem«, sagt Adam. »Ich kann für dich mitzahlen.« Aber er runzelt die Stirn. Vielleicht hat er eigentlich keine Lust, mir Geld zu leihen. Als ich nach einer Bierdose greife und einen Schluck trinke, verdüstert sich seine Miene noch etwas mehr. Das Bier schmeckt widerlich. Am liebsten hätte ich es weggekippt, doch das geht nicht, schließlich hat Adam für mich bezahlt.

Camila sieht mich an, als wüsste sie, was in mir vorgeht.

»Schmeckt nicht, oder?«

»Doch, doch«, lüge ich.

»Hier, probier das mal, das ist besser.« Sie reicht mir ihre pinkfarbene Flasche. Oben am Hals sind Lippenstiftspuren zu sehen, was ich ein bisschen ekelig finde, aber ich will sie nicht kränken, also nehme ich einen kleinen Schluck.

Sie hat Recht. Es schmeckt viel besser. Ein wenig wie Brause.

»Lecker«, sage ich zu ihr.

Camila reicht mir eine Flasche aus dem Karton.

»Ich gebe dir das Geld zurück«, sage ich zu Adam, obwohl ich keine Ahnung habe, wie ich das anstellen soll. Ich habe all mein Erspartes für Emeralds Geschenk ausgegeben.

»Da ist übrigens mehr Alkohol drin als in Bier«, ruft mir Adam zu. Er muss über die Musik hinwegbrüllen, die irgendjemand angemacht hat.

»Wirklich?«

»Ja. Du solltest es vielleicht bei einem Bier belassen.« Er nimmt mir die ungeöffnete pinke Flasche aus der Hand und gibt sie Camila zurück.

»Kann ich vielleicht einfach eine Cola haben?« Ein paar Schüler gießen Cola aus Drei-Liter-Flaschen in rote Plastikbecher.

Camila lacht. »Hör auf, ihn wie ein Baby zu behandeln, Adam.«

»Er ist *vierzehn.*«

»Ich bin fast fünfzehn.«

»Dein Geburtstag ist erst im Juli.«

Camila scheint das Interesse an der Unterhaltung verloren zu haben und schlendert davon.

Adam holt einen Becher Cola, drückt ihn mir in die Hand und mischt sich ebenfalls unter die Leute. Ich beobachte, wie er von Gruppe zu Gruppe geht und sich mit allen unterhält. Ich wünschte, ich könnte das auch. Ein lockeres Gespräch zu führen, ist wirklich ein Talent. Adam weiß das vermutlich gar nicht, aber es ist so.

Ich sitze da und sehe zu, wie immer mehr Leute ankommen. Das Wohnzimmer ist rappelvoll und alle um mich herum haben Spaß. Ein paar Mädchen tanzen. In einer Ecke knutscht ein Pärchen. In einer anderen Ecke lassen ein paar Leute eine Pfeife herumgehen – sie sieht aus wie die kleine rote Spielzeugpfeife, die ich als Kind hatte. Da sehe ich Adam. Er zieht an der Pfeife, gibt sie weiter und verschwindet wieder in der Menge.

Die Minuten vergehen. Ich sitze allein auf der Couch, nippe an meiner Cola und fühle mich unwohl. Am liebsten wäre ich gegangen, aber ich traue mich nicht.

Ich bin gerade bei meiner dritten Cola, als mit einem Mal alle ins Wohnzimmer strömen, sich auf die Sofas quetschen oder auf dem Boden Platz nehmen. Sie streiten sich eine Minute lang, wer dran ist, und Camila gewinnt.

Während sie ihren Blick durch den Raum schweifen lässt, verstummen die Leute und die Anspannung steigt. Dann sagt sie grinsend: »Charlie.« Allison sitzt auf Charlies Schoß, und als sein Name fällt, tätschelt sie seinen Rücken. »Also schön … Zieh dein T-Shirt aus … Und dann –« Camila kommt nicht dazu, ihren Satz zu beenden. Charlie packt sein Hemd, zieht es sich über den Kopf und grinst triumphierend. »Und jetzt ziehst du Adam das T-Shirt aus und –«

Charlies Grinsen erstarrt und er schneidet eine Grimasse. »Auf keinen Fall.«

»Komm schon, Charlie.« Adam zwinkert ihm zu. »Schwing deinen sexy Waschbrettbauch hier rüber.«

»Auf gar keinen Fall!«

Die anderen rufen Charlie zu, er solle sich nicht so haben, und nennen ihn einen Spielverderber. Irgendwann gibt er sich geschlagen. Er zieht Adam das T-Shirt über den Kopf und legt ihm wie befohlen die Hände auf die Brust. Alle johlen und pfeifen. Charlie macht ein angewidertes Gesicht, zieht sich sein T-Shirt wieder an und verschränkt die Arme vor der Brust.

Auch bei der nächsten Aufgabe geht es um nackte Haut, und mir dämmert, dass es nur eine Frage der Zeit ist, bis ich etwas schrecklich Peinliches tun muss.

Ich will mich nicht ausziehen. Das geht nicht. Aber wenn ich mich weigere, werden die anderen mich einen Spielverderber nennen und nichts mehr mit mir zu tun haben wollen.

Adam springt vom Boden auf und setzt sich neben mich auf die Couch. »Julian steht unter meinem Schutz«, verkündet er laut. Ich zucke zusammen. »Er darf heute zusehen, wie wir uns zum Affen machen, mehr nicht.« Als niemand protestiert, beginne ich mich zu entspannen.

Nachdem fast alle etwas unglaublich Peinliches tun mussten, dreht jemand die Musik auf, und alle verschwinden in irgendeiner dunklen Ecke. Ich sitze wieder allein auf der Couch und überlege, ob ich mir noch eine Cola holen soll. Da lässt sich Camila neben mich fallen. Ihr Kopf schwankt hin und her, als wäre er zu schwer für ihren Hals. Sie beugt sich ganz nah zu mir.

»Du hast schöne Augen«, sagt sie.

»Danke.«

»Welche Farbe haben sie?«

»Ich weiß nicht.«

Sie lässt sich zur Seite fallen, und ihre Arme sind schlabbrig wie weich gekochte Spaghetti, als sie Wodka aus einer großen Glasflasche in meinen Plastikbecher schüttet.

»Aber Adam hat gesagt –«

»Hör nicht auf ihn.« Sie macht einen Schmollmund. »Er ist nicht dein Dad. Er hat dir nichts zu sagen.«

Camila tippt mit einem langen roten Fingernagel an meinen Becher. Ich trinke einen Schluck und muss husten. »Ich mag das pinke Getränk lieber.«

»Warte.« Sie nimmt die Colaflasche und füllt meinen Becher auf. Ich nippe vorsichtig an der Mischung.

»Besser?«

Ich nicke. Es schmeckt tatsächlich besser, wenn auch noch nicht gut. Ich trinke einfach immer weiter, bis der Becher leer ist.

Als ein neuer Song beginnt, jubeln alle auf. Die Musik ist schnell und laut, und alle beginnen wild herumzuspringen. Camila packt mich am Ärmel und zieht mich hoch. Um uns herum tobt die Menge. Mein Körper fühlt sich ein bisschen taub an, und alles läuft wie in Zeitlupe ab.

Ich tanze und gehe in der Hitze und der Masse der Körper auf. Hier bin ich anonym. Ich bin Teil eines wogenden Ganzen. Ich bin im Hier und Jetzt. Alles dreht sich. Ich lebe.

ADAM

Es ist nach drei Uhr morgens, und alle anderen sind gegangen. Allison und Charlie sollten mich eigentlich mitnehmen, aber sie sind offenbar ohne mich gefahren. Ich suche nach Julian, finde stattdessen aber Emerald. Sie sitzt auf dem eleganten Sofa im guten Wohnzimmer, das für uns eigentlich tabu ist, und hat die Augen geschlossen. Als ich über die Kante des Perserteppichs stolpere, schlägt sie die Augen auf.

Sie lächelt müde. Zur Abwechslung sitzt sie einmal nicht kerzengerade da, sondern hängt schlaff in den Kissen.

»Weißt du, an welchen Film ich immer denken muss, wenn ich dich sehe?«, fragt sie.

»Keine Ahnung.« Ich lasse mich neben sie auf das Sofa fallen. »Es gibt eine Million Filme, in denen der sexy Hauptdarsteller langsam auf seine Angebetete zugeht.«

»Bambi.«

»Bambi?!«

»Weißt du noch, wie Bambi sich in seinem ersten Winter aufs Eis hinauswagt?«

»Das ist echt nicht cool, Emerald«, sage ich, und sie lacht. Sie legt ihren Kopf an meine Schulter, und das Gewicht fühlt sich gut an. So, als gehörte er genau dahin.

»Und dann sind da noch deine Augen und Wimpern und Wangenknochen.«

»Ich habe die Wangenknochen von Bambi? Was soll das denn heißen?«

»Du weißt schon … Du hast ein markantes Gesicht. Hohe Wangenknochen. Und große braune Rehaugen.«

»Na toll, Emerald. So was hört jeder Junge gern.« Sie lacht wieder, und ich wechsle schnell das Thema.

»Jetzt bist du also achtzehn. Und, wie fühlt sich das an? Anders?«

»Das wirst du bald selbst rausfinden.«

»Ich will aber nicht noch drei Wochen warten. Sag es mir.«

»Nein. Ich fühle mich genau wie vorher«, antwortet sie seufzend. Ihr Kopf ruht immer noch an meiner Schulter. Sie rutscht ein Stück hinunter, bis ihr Ohr auf meiner Brust liegt. »Früher dachte ich, mit achtzehn würde alles anders sein. Du nicht? Hast du als kleiner Junge nicht gedacht, dass man dann groß und klug und stark ist? Erwachsen halt.«

»Ich weiß nicht.«

»Ich schon. Ich habe viel darüber nachgedacht. Ich war fest überzeugt, dass ich mit achtzehn von zu Hause ausziehen und eine starke, unabhängige Frau sein würde, die nie weint.«

»Aber du weinst doch nie.« Selbst als sie in der Middle School den Buchstabierwettbewerb gewonnen hat und Amy Flowers ihr vor lauter Neid Milch über den Kopf geschüttet hat, weinte Emerald nicht. Wäre der rote Ausschlag an ihrem Hals nicht gewesen, hätte ich geglaubt, es würde ihr überhaupt nichts ausmachen.

»Natürlich weine ich. Mindestens einmal in der Woche.«

»Im Ernst?«

»Natürlich nicht vor anderen. Nur, wenn ich allein bin. Warum guckst du so schockiert? Jeder weint doch mal.«

»Ich nicht.« Emerald hebt den Kopf und sieht mich spöttisch an. Genauso hat sie mich angesehen, als ich gesagt habe, dass ich mich mit Marcus geprügelt hätte.

»Nicht, dass ich so ein harter Kerl wäre. Ich weine einfach nicht. Meine Mom hat erzählt, dass ich selbst als Baby nie geweint habe. Sie sagt, ich wäre immer fröhlich gewesen.«

Emerald bettet ihren Kopf wieder an meine Brust, und ich spüre, wie sie leise lacht

»Das passt zu dir.«

»Was hast du eigentlich von deiner Mom bekommen?«

»Sie hat mir ihr Geschenk noch nicht gegeben. Ich sehe sie erst morgen. Sie ist bei ihrem Freund.«

»Was?« Meine Mom würde durchdrehen, wenn sie mich an meinem Geburtstag nicht sehen könnte.

»Das ist schon in Ordnung. Alle Leute, die mir wirklich wichtig sind, waren heute hier.«

»Außer Brad.« Anscheinend hatte er irgendeine Flugprüfung und konnte nicht kommen. »Schade, dass er nicht dabei war.«

»Ach, weißt du … Wir führen zwar keine richtige Fernbeziehung, aber manchmal frage ich mich schon, ob sich die ganze Fahrerei lohnt.«

Wenn ich eine Freundin wie sie hätte – hübsch, klug und

warmherzig –, würde ich dafür jederzeit eine Stunde Autofahrt in Kauf nehmen.

»Wenn dir jemand wirklich wichtig ist, lohnt es sich definitiv.«

Sie rückt ein Stück von mir ab und sinkt gegen die Rücklehne.

»Ich muss jetzt los«, sage ich. »Ich habe Mom gesagt, dass ich um zwei zu Hause bin, und es ist schon nach drei. Und ich kann sie nicht anrufen, weil ich mal wieder mein verdammtes Telefon verloren habe.« Ich springe auf. »Hast du Julian gesehen?«

Ich schiebe die Glastür auf und ziehe den Reißverschluss meiner Jacke zu. Draußen ist es kalt. Ich trete hinaus in den Garten und finde Julian auf dem Trampolin.

»Willst du hier etwa nur rumliegen? Das Ding ist zum Hüpfen da!« Ich klettere auf das Trampolin und springe ein paarmal auf und ab. Julian prustet los und an seinem Lachen höre ich, dass er betrunken ist.

»Hey, ich habe dir doch gesagt, du sollst nicht –«

Er sieht mich aus großen ängstlichen Mäuseaugen an.

»Schon gut, vergiss es.«

Emerald kommt in eine graue Wolldecke gehüllt in den Garten. Sie schwingt sich auf das Trampolin und setzt sich neben uns. Ich weise mit dem Kopf auf Julian und forme mit den Lippen das Wort »betrunken«. Emerald lacht.

»Julian.« Ich stupse ihn an. »Wir müssen los.«

Er beginnt zu summen und ignoriert meine Aufforderung.

»Wie wär's, wenn ich mitkomme?«, sagt Emerald.

»Mitkommen? Wieso?«

»Es ist so schön draußen.«

»Es schneit.«

»Ich will nicht, dass mein Geburtstag jetzt schon vorbei ist.« Ein paar Strähnen haben sich aus ihrem Haar gelöst und fallen ihr in die Augen. Am liebsten hätte ich sie ihr hinters Ohr gestrichen.

»Gut.« Ich springe zu Boden und strecke ihr eine Hand hin. »Dann komm mit.«

Ich stupse Julian gegen den Fuß. »Julian«, sage ich. Er blinzelt. »Wir gehen!«

Ich beuge mich über ihn, und zum ersten Mal seit langem zuckt er nicht zurück. Es scheint ihn auch nicht zu stören, dass Emerald und ich ihn unterhaken, damit er nicht umfällt. So eiern wir den vereisten Bürgersteig entlang.

»Vielleicht solltest du ihn einfach huckepack nehmen«, schlägt Emerald vor, als Julian zum dritten Mal fast hingefallen wäre.

»Nein«, murmelt er. »Ich will selber laufen.«

»Du hörst, was er sagt.«

Julian stolpert wieder und bringt mich aus dem Gleichgewicht. Meine Füße rutschen auseinander – wie Bambi auf dem Eis. Ich schaffe es, sie wieder zusammenzubringen, und Emerald fängt an zu kichern. Ihr Lachen klingt hell wie eine

Glocke. Wir schlittern zu dritt Arm in Arm über eine mondbeschienene Eisfläche, und plötzlich steigt ein ungeheures Glücksgefühl in mir auf. Ich spüre eine solche Energie in den Beinen, dass ich am liebsten losgerannt wäre.

»Siehst du es?«, flüstert Julian.

»Was denn?«, frage ich.

»Meinen Atem.« Er holt tief Luft und atmet aus. Eine weiße Wolke strömt aus seinem Mund. »Siehst du es?«

»Ja.«

»Mich gibt es wirklich.«

»Ja«, sage ich. »Dich gibt es wirklich.«

Wir schleichen uns leise in das dunkle Haus. Julian müssen wir praktisch in mein Zimmer tragen. Er lässt sich rückwärts auf mein Bett fallen und beginnt wieder zu summen, während ich ihm die abgetragenen Turnschuhe von den Füßen ziehe. Emerald betrachtet ihn zärtlich und ein wenig belustigt. Von der Kälte und vom Schnee haben sie und Julian beide rote Wangen und feuchtes Haar.

»Warte«, sagt Julian mit halb geschlossenen Augen, als ich eine Decke über ihn werfe und ihn zudecke. »Du hast vergessen, mich zu fragen.«

»Dich was zu fragen?«

»Wie viele. Du hast vergessen, mich zu fragen, wie viele.«

»Also gut. Wie viele?«

Er lächelt selig und schließt die Augen. »Zehn … tausend … Sterne.«

Zweiundzwanzig // Julian

Als ich am Morgen mit einem Ruck aufwache, trage ich immer noch Adams Kleidung. Mein Kopf tut weh und ich fühle mich irgendwie benommen, aber ich versuche, das Gefühl abzuschütteln. *Russell. Was, wenn er gestern Abend nach Hause gekommen ist?*

Was, wenn er weiß, dass ich nicht …

Ich finde meine Turnschuhe auf dem Boden, ziehe sie hastig an und renne aus dem Zimmer.

Ich höre die Dusche. Wahrscheinlich ist es Adam, aber ich kann nicht warten, bis er aus dem Bad kommt. Ich muss sofort los.

Mit einem kalten Gefühl im Bauch, von dem mir ganz schlecht wird, schwinge ich mich auf mein Fahrrad und trete in die Pedale. Ich schlittere über eine Eisfläche, und das Fahrrad gerät ins Schlingern. Fast wäre ich hingefallen, aber ich schaffe es gerade noch, den Lenker wieder aufzurichten. Ich trete noch fester in die Pedale. Die eisige Luft brennt mir in den Lungen.

Als ich zu Hause ankomme, schwitze ich trotz der Kälte. Russells Auto steht nicht in der Einfahrt. Erleichterung überkommt mich, doch schon im nächsten Moment ist die Angst wieder da. Das bedeutet nicht, dass er nicht hier übernachtet hat. Vielleicht weiß er trotzdem Bescheid. Und wenn er Bescheid weiß …

Denk an was Schönes.

Ich stelle das Fahrrad in der Garage ab und gehe in mein Zimmer. Die Stille hallt von den Wänden wider, und die kalte Luft von der schnellen Fahrt brennt mir immer noch in der Brust. Ich ziehe mir ein sauberes T-Shirt und eine Jogginghose an, aber ich bin viel zu nervös, um irgendwas anderes zu tun, als auf meinem Bett zu sitzen. Und dann, langsam, ganz langsam, entspannen sich meine Muskeln, und ich sinke nach hinten. Ich liege auf dem Rücken, bis sich das Licht verändert und es Abend wird.

Bei dem Gedanken an die Dunkelheit wächst meine Anspannung wieder. Ich weiß nicht genau, was passiert ist, nachdem Camila mir Wodka in den Becher geschüttet hat. Ich weiß nur, dass ich tief und fest geschlafen habe.

Ich wünschte, Adam könnte mal bei mir übernachten.

Oder ich noch mal bei ihm.

Aber natürlich geht das nicht. Weder das eine noch das andere.

Ich steige vom Bett. Mittlerweile bin ich ruhig genug, um meinen Koffer aufzuklappen und ein *Elian-Mariner*-Buch herauszuholen. Das Cover ist ganz schmutzig und verknickt, weil ich das Buch so oft gelesen habe. Eine große weiße Falte verläuft mitten durch die Fliedermenschen – gertenschlanke androgyne Außerirdische mit lilafarbener Haut und Federn auf dem Kopf. Sie wollen von dem Planeten fliehen, auf dem sie leben, weil es dort viel zu kalt ist, aber der Schattenkönig– ein riesiges Monster mit Insektenflügeln und einem messerscharfen Gebiss am Ende seiner vielen Tentakel – hält sie gefangen.

Ich sitze auf dem Bett und schlage die erste Seite auf. Die Geschichte beginnt wie alle *Elian Mariner*-Bücher. Seine Mom und sein Dad decken ihn zu, wünschen ihm eine gute Nacht und schalten das Licht aus. Im Dunkeln sieht man schemenhaft sein Bett, seine Spielzeuge und das Flaschenschiff auf seiner Kommode.

Wenn man umblättert, fängt die Flasche an zu vibrieren.

Wenn man noch mal umblättert, ist die Glasflasche verschwunden.

Das Schiff wird größer und größer. Irgendwann passt es kaum noch in Elians Zimmer, deshalb dehnen sich auch die Wände aus. Komischerweise bekommen seine Eltern nie etwas davon mit, aber es ist kein Traum – es ist Magie.

Elian springt an Bord und das Schiff schwebt wie ein Geist durch die Decke und fliegt hinaus in den Weltraum. Elian sieht die Sterne und die winzige Erde unter sich. Der Anblick ist wunderschön. Dann ertönt –

Ich höre ein Geräusch.

Die Hintertür wird geöffnet. Mein Magen zieht sich schmerzhaft zusammen und meine Ohren summen, während ich angestrengt lausche. Das Rasseln von Russells Schlüsselbund. Seine Schritte auf dem Parkett.

Mein Herz schlägt so schnell und laut, dass ich kaum etwas anderes höre. Wird er nach oben gehen oder kommt er den Flur entlang zu meinem Zimmer?

Dreiundzwanzig // Adam

Ich laufe den Flur entlang und schreibe eine Nachricht, als ich Mom aus dem Büro des Direktors kommen sehe. Sofort habe ich einen posttraumatischen Flashback – von Mom, die meinem Direktor in der Middle School wüste Drohungen entgegenschleudert.

»Mom?«, sage ich, und sie sieht mich an, als hätte ich sie bei etwas Verbotenem ertappt. »Was machst du hier?«

Sie strafft die Schultern und setzt ein entschlossenes Gesicht auf. »Ich war bei Mr Pearce.«

»Oh. Ich hatte mit der Durchsage nichts zu tun. Das schwöre ich.« Das Spiel ist heute in der ersten Stunde etwas aus dem Ruder gelaufen. Aber nur weil Allison im Sekretariat aushilft und Zugang zur Lautsprecheranlage hat, musste sie die Aufgabe ja nicht annehmen. Na ja, musste sie natürlich schon, aber –

»Wovon redest du?« Mom sieht mich verwirrt an. »Nein, wegen Julian.«

»Julian? Warum?«

»Ich wollte wissen, wie es ihm geht, und dieser *Mann*«, damit meint sie Julians Onkel, »hat seine Telefonnummer geändert. Ich meine, nicht, dass er vorher auf meine Anrufe reagiert hätte. Jedenfalls will Mr Pearce mir auch nichts sagen. Aus Datenschutzgründen.«

Mom redet sich immer mehr in Rage und macht sich nicht mal die Mühe, ihr Alles-ist-in-Ordnung-Lächeln aufzusetzen.

»Mom, reg dich ab. Nimm deine Notfalltropfen.«

Sie macht ein beleidigtes Gesicht und sagt dann seufzend, ich hätte wahrscheinlich Recht. So reagiert sie meistens auf meine Vorschläge.

»Ich muss jetzt zurück zur Arbeit.« Die Klingel läutet. »Und du musst in den Unterricht.«

Sie wirft mir einen strafenden Blick zu, als wäre es meine Schuld und nicht ihre, dass ich zu spät dran bin.

»Okay.« Ich beuge mich zu ihr runter und umarme sie. »Wir sehen uns später zu Hause.«

Vierundzwanzig // Julian

»Ist er jetzt dein Date oder was?«, schimpft Charlie, nachdem Adam für uns beide bezahlt hat.

Als Adam mich gefragt hat, ob ich Lust hätte, am Samstag mit ihm zum Bowling zu gehen, ist mir nicht klar gewesen, dass Charlie mitkommen würde. Seit Emeralds Geburtstag ist eine Woche vergangen, und Adam hat mich nach der Schule jeden Tag im Auto mitgenommen. Jesse und Allison und die anderen behandeln mich, als würde ich dazugehören, aber Charlie hasst mich immer noch.

Ich tue so, als würde ich seinen finsteren Blick nicht bemerken, und sage zu Adam: »Ich gebe dir das Geld auf jeden Fall wieder.«

»Schon gut«, sagt er. »Sind ja nur zwei Dollar.«

Als ich auf der orangefarbenen Plastikbank vor unserer Bahn meine Turnschuhe ausziehe, fragt Charlie: »Rasierst du dir etwa die Beine?«

Adam und er starren beide auf den Streifen nackter Haut zwischen meinen Socken und den zu kurzen Jeans.

»Ja?«, sage ich vorsichtig.

»Warum?«, fragt Adam. Es klingt nicht wie ein Witz.

Aber ich gehe auf Nummer sicher und frage: »Meinst du das ironisch?«

»Nein, ich meine das ernst. Warum rasierst du dir die Beine?« Beide beäugen meine Unterschenkel. Ich wünschte, ich würde Adams Jeans tragen, obwohl sie dreckig sind.

»Das macht man eben so. Rasiert ihr euch nicht die Beine?«

»Nein«, antworten beide im Chor.

»Das solltet ihr aber. Körperhaar ist unhygienisch. Dort sammeln sich Bakterien, von denen man krank wird.«

»Wer hat dir das denn erzählt?« Charlie guckt mich an, als wäre ich völlig verrückt.

»Mein Onkel.«

»Russell hat dir erzählt, dass du krank wirst, wenn du dich nicht am ganzen Körper rasierst?« Adams Stimme wird dunkler. Aus irgendeinem Grund klingt er sehr besorgt.

»Das ist doch absurd«, sagt Charlie. »Du musst doch schon mal nackte Männerbeine gesehen haben.«

Ich weiß, dass manche Männer behaarte Beine haben, aber Russell sagt, das wäre ekelig und diese Leute würden früher oder später krank werden.

»Zum Beispiel im Sportunterricht«, fügt Charlie hinzu. »Da siehst du doch die anderen Jungs aus deiner Klasse im Umkleideraum.«

»Ich gehe nicht zum Sport.«

»Du gehst nicht zum Sport?«, fragt Adam.

»Früher schon, jetzt nicht mehr.«

Adam sieht mich stirnrunzelnd an. »Sport kann man nicht abwählen. Es ist ein Pflichtfach.«

»Ich habe schon seit Jahren keinen Sport mehr. Keine Ahnung, warum«, erkläre ich.

»Aber von Körperbehaarung wirst du ja wohl trotzdem schon mal was gehört haben«, blafft Charlie. »In der sechsten Klasse müssen alle schließlich diesen Aufklärungsfilm im Biounterricht sehen.«

Ich nicht. Russell hat sich geweigert, die Einverständniserklärung zu unterschreiben, und als unsere Lehrerin die Jungen und Mädchen in zwei Gruppen einteilte und ihnen nacheinander das Video vorspielte, musste ich in die Bibliothek.

»Das heißt …«, sage ich zögernd, »… ihr rasiert euch nicht? Wirklich nicht?«

»Nein«, sagt Adam. »Männer rasieren sich nicht die Beine. Außer Schwimmer, weil sie dann angeblich schneller schwimmen – was ich mir aber nicht vorstellen kann. Wie sehr können Beinhaare schon bremsen? Jedenfalls rasieren sich nur Mädchen die Beine.«

»Und warum tun Mädchen das?«

»Weil niemand mit einem Mädchen zusammen sein will, das Haare auf den Beinen und unter den Achseln hat«, erklärt Charlie. »Warte mal!« Er zieht an meinem T-Shirt. »Heißt das, du rasierst dir auch die Achseln?«

Ich entwinde mich seinem Griff.

»Hör auf«, sagt Adam und schiebt sich zwischen uns auf die Bank. »Anderes Thema. Sollen wir die Reling für dich hochfahren, Charlie, oder schaffst du es heute, die Kugel auf der Bahn zu halten?«

»Haha«, sagt er. »Du hast ja nur Angst zu verlieren.«

Adam grinst mich komplizenhaft an, als hätte er einen Witz gemacht, den nur ich und er verstehen, und ich lächle zurück.

Fünfundzwanzig // Julian

Als am Montagmorgen um sechs mein Wecker klingelt, fällt mein Blick auf den 20-Dollar-Schein unter meiner Muschel. Vom Schmerz wie betäubt taumle ich ins angrenzende Badezimmer. Bei jedem Schritt entfährt mir ein Wimmern, weil die Wunden an meinen Beinen wieder aufplatzen. Tränen schießen mir in die Augen und erinnern mich daran, wie sehr ich mich gestern Abend geschämt habe. Russell findet es nicht schlimm, wenn ich weine, aber mir ist es peinlich.

Ich gehe auf die Toilette. Ich hätte auch gern geduscht, doch ich entscheide mich dagegen, denn die Schmerzen wären unerträglich. Einen Moment lang stehe ich vor dem langen Spiegel an der Rückseite der Badezimmertür. Ich mustere die roten Striemen auf meiner Brust und meinem Bauch. Das hat er noch nie gemacht. Bisher hat er die Vorderseite immer verschont. Am Abend hatte ich große Schwierigkeiten einzuschlafen. Ich konnte weder auf dem Rücken noch auf dem Bauch liegen. Egal, welche Position ich einnahm, ich hatte höllische Schmerzen.

Ich drehe mich um und mustere die roten Striemen auf meinem Rücken und der Hinterseite meiner Beine. Meine Unterschenkel sind dürr und weiß und unbehaart, was, wenn man Adam und Charlie glaubt, seltsam ist. Ich weiß, dass sich Russell nur um meine Gesundheit sorgt, aber ich will meine Beine trotzdem nicht mehr rasieren – nicht, wenn andere Jungen das auch nicht tun.

Ich schäme mich dafür, dass Russell auf der Arbeit ist und ich zu Hause faulenze. Ich hasse mich selbst dafür, dass ich immer wieder alles falsch mache. Ich hasse das Gefühl, wenn Russell wütend auf mich ist. Und ich hasse die Spuren seiner Wut auf meinem Körper.

Ich stelle mich wieder vor den Spiegel und sehe mir in die Augen. In der dritten Klasse haben wir ein Projekt zum Thema Abstammung gemacht und sollten als Hausaufgabe unsere Familie beschreiben. Mom erzählte mir, dass niemand in unserer Familie solche Augen hat wie ich. Aus Moms Familie kenne ich nur ihre Schwester, Russells Frau, aber sie ist gestorben, als ich fünf war, und ich erinnere mich nicht gut an sie. Mit dem Rest ihrer Familie redete Mom nicht. Ich wusste, dass irgendetwas passiert war und sie den Kontakt zu ihren Eltern abgebrochen hatte, aber sie sprach nie darüber, warum, und damals war ich zu klein, um mich dafür zu interessieren.

Mein Vater hatte keine Geschwister. Bei seiner Geburt waren seine Eltern schon sehr alt. Er erzählte mir, sie hätten ihn ihr kleines Wunder genannt, weil sie dachten, dass sie keine

Kinder bekommen könnten. An seine Eltern erinnere ich mich gar nicht, weil sie starben, als ich noch ganz klein war.

Plötzlich trifft es mich wie ein Schlag – Mom und Dad hatten auch beide ihre Eltern verloren. Trotzdem wirkten sie immer glücklich. Konnte das sein? Ich weiß noch, wie sie einander in die Augen sahen und sich anlächelten. Moms Augen waren hellblau, die meines Vaters hellgrün. Meine Augen sind blaugrün, und wenn ich in den Spiegel sehe, ist es, als schauten mich meine Eltern an.

Sechsundzwanzig // Adam

»Hast du was von Julian gehört?«, fragt Dr. Whitlock, sobald ich am Mittwoch ihr Büro betrete.

»Nein. Aber er hat kein Handy und keinen Computer, also höre ich nie was von ihm.«

»Er ist heute wieder nicht zur Schule gekommen.«

Sie runzelt besorgt die Stirn. Ich erzähle ihr nicht, dass Julian wahrscheinlich einfach schwänzt. Hat sie etwa vergessen, dass er sie in den ersten Wochen des Schuljahrs ständig sitzenließ?

»Das ist jetzt schon der dritte Tag in Folge. Ich habe bei ihm zu Hause angerufen und eine Nachricht auf dem Anrufbeantworter hinterlassen, aber keinen Rückruf erhalten.«

Drei Tage sind natürlich lang, selbst für Julian.

»Ich könnte bei ihm vorbeischauen.«

Dr. Whitlock sieht mich an. »Würdest du das tun? Das ist wirklich nett von dir.«

»Ich kann jetzt gleich hinfahren, wenn Sie wollen.«

Das ist viel besser, als sinnlos in Dr. Whitlocks Büro herumzuhocken. Ich sehe ihr an, dass sie Nein sagen will, und schiebe daher hastig hinterher:

»In der nächsten Stunde ist Mittagspause, also würde ich keinen Unterricht verpassen.«

»Na gut, in Ordnung.«

Ihre Augen huschen von links nach rechts und sie senkt die Stimme, als wäre ihr Büro verwanzt.

»Aber du darfst niemandem erzählen, dass ich dir das erlaubt habe.«

»Kein Problem, Dr. Whitlock.«

Die Leute machen sich immer viel zu viele Sorgen.

JULIAN

Ich ignoriere die Türklingel. Es ist sowieso immer ein Paketbote oder ein Verkäufer und nie jemand für mich. Als es noch einmal klingelt, und zwar mehrmals hintereinander, steige ich langsam aus dem Bett. Bei jeder Bewegung zucke ich zusammen. Mit vorsichtigen Schritten tappe ich zur Tür und werfe einen Blick durch den Spion.

»Was machst du denn hier?«, frage ich, als ich die Tür öffne.

»Was sind denn das für Manieren, Julian?«

Adam wirft mir einen gespielt vorwurfsvollen Blick zu und drängt sich an mir vorbei. Dann sieht er mich aus zusammengekniffenen Augen an.

»Was ist los mit dir?«

Ich weiche zurück, aus Angst, er könnte meine Schulter berühren. »Nichts.«

»Du siehst schrecklich aus.«

Der Schmerz ist auf ein erträgliches Maß abgeklungen, aber meine Nase läuft und ich habe Kopfschmerzen. Das passiert mir oft nach einer Strafe. Wenn die Wunden zu heilen beginnen, werde ich krank.

»Ich habe eine Erkältung. Oder die Grippe.«

»Warst du beim Arzt?«

»Nein.«

»Hast du was gegessen?«

»Äh … ja. Erdnussbutter und Marmelade.«

Adam schüttelt den Kopf, als würde ich ihn sehr enttäuschen, und sieht sich um.

»Hat dein Onkel eigentlich was gegen Technik?«

»Warum?«

»Kein Computer, kein Fernseher. Was machst du denn den ganzen Tag, wenn du krank bist?«

»Nichts.«

»Du Armer.«

Adam beginnt durchs Haus zu laufen, als wären wir auf dem Schulhof. Ich habe schreckliche Angst, er könnte etwas kaputt machen. Oder Russell könnte zur Tür hereinkommen. Das kann in zwei Tagen sein oder in fünf Minuten.

»Wo ist dein Zimmer?«

»Die letzte Tür in dem Flur da. Aber –«

Er läuft in die entgegengesetzte Richtung und bleibt vor dem Wohnzimmerschrank stehen. »Und was ist das?«

»Nicht anfassen!«

Doch Adam hat schon die Glastür geöffnet und berührt die Gegenstände auf den Regalbrettern – mehrere alte Fotoapparate, Dutzende von wertvollen Büchern, teures Porzellan und ein antiker silberner Revolver.

»Irgendwie seltsam«, murmelt Adam und nimmt den Revolver in die Hand. »Wer stellt denn eine Waffe zusammen mit seinem guten Geschirr aus?«

»Keine Ahnung. Er will nicht, dass man seine Sachen anfasst. Und er will keine fremden Leute im Haus haben.« Als Adam den Revolver zurücklegt und vorsichtig die Glastür schließt, atme ich erleichtert auf.

Dann flitzt er in die Küche und reißt den Kühlschrank auf, und ich werde wieder nervös. »Ist das alles?«, fragt er.

Ich nicke.

Adam nimmt das Glas heraus und mustert es stirnrunzelnd. »Wenn es wenigstens selbst gemachte Marmelade wäre, aber das ist ja ein *Fertigprodukt.*« Aus seinem Mund klingt das wie ein Schimpfwort. »Voller Zucker und Konservierungsstoffe.« Auch das sind Schimpfwörter.

»Mir geht es schon viel besser. Morgen komme ich bestimmt wieder in die Schule.«

»Soll ich dir noch ein bisschen Gesellschaft leisten?«

»Nein«, sage ich schnell und spitze die Ohren, um das Geräusch von Russells Auto nicht zu überhören. »Mein Onkel will wirklich keine fremden Leute im Haus haben.«

»Aber du bist krank. Er freut sich sicher, wenn du Besuch von einem Freund hast.«

»Der Grund ist ihm egal.«

Adam sieht mich ein paar Sekunden lang eindringlich an. Sein Blick erinnert mich an Dr. Whitlock und Mr Pearce und alle anderen Erwachsenen, die versuchen, meine Gedanken zu lesen.

»Na gut«, sagt er zögernd. »Dann gehe ich jetzt wieder.«

Siebenundzwanzig // Julian

Als ich am Donnerstag kurz vor der ersten Stunde zu unserem Klassenzimmer komme, ist die Tür abgeschlossen. Ich brauche einen Moment, bis ich das Schild sehe: »Unterricht heute in Labor 202«. Dort angekommen, bin ich zu spät dran, aber die meisten anderen sind es auch.

»Ich habe euch gestern gesagt, wo wir uns heute treffen«, meckert Ms West. »Könnt ihr euch eigentlich nie was merken?«

»Entschuldigung. Ich war gestern nicht da.«

»Ach, mit dir gibt es immer irgendein Problem.«

Ich setze mich an einen freien Tisch in der letzten Reihe und lasse den Kopf auf die Arme sinken. Wenig später räuspert sich jemand neben mir. Ich öffne die Augen und sehe Kristin, Alex und Violet vor mir stehen.

»Können wir vielleicht deinen Tisch haben? Er ist groß genug für drei Leute«, fragt Violet. Ihre runden schwarzen Augen blicken freundlich.

»Ja, sicher.«

Als ich gerade nach meinem Rucksack greife, fügt Kristin hinzu: »Es sei denn, du wartest auf deine tausend Freunde.«

»Nein, ich warte auf niemanden.«

Die drei wechseln einen Blick, und Kristin sagt höhnisch: »Ja, Julian. Das wissen wir.«

»Julian!«, ruft Adam mir aus einem Klassenzimmer zu. Ich bleibe stehen und werfe einen Blick durch die offene Tür. Er sitzt an seinem Tisch und grinst mich an.

»Komm rein!«

In der Klasse ist es laut und chaotisch, deshalb bleibe ich unschlüssig auf dem Flur stehen.

»Komm schon.«

Vorsichtig betrete ich den Raum.

Allison und ein anderes Mädchen, dessen Namen ich nicht weiß, stehen vor einem Podest. Ein paar Schüler sitzen an ihren Tischen, die unordentlich im Raum verteilt sind. Andere stehen herum oder laufen hin und her.

Adam klopft mit der flachen Hand auf den leeren Tisch neben ihm. Ich setze mich und frage: »Was ist denn hier los?«

»Wir spielen Theater. Wo wolltest du hin?«

Ich zucke mit den Achseln.

»Machst du wieder blau?«

Ich zucke erneut mit den Achseln.

»Irgendwann wirst du auffliegen.«

Adam hat natürlich Recht und ich habe panische Angst vor

diesem Tag, aber ich kann nicht anders. Als ich vorhin in den Pädagogik-Raum kam, hat Ms Carlisle angekündigt, wir würden heute Gruppenarbeit machen.

»Ich habe meiner Lehrerin gesagt, dass ich zur Krankenschwester muss.«

»Bist du denn immer noch krank?«

»Nein.«

»Du hast simuliert?«

»Na ja …«

»Dann bist du also schuld daran, dass die grimmige Krankenschwester immer so misstrauisch ist!« Er zeigt anklagend mit dem Finger auf mich.

»Ich gehe jetzt lieber wieder. Bevor eure Lehrerin zurückkommt.«

»Sie ist nicht hier. Sie macht mit ein paar Leuten Sprechtraining.«

»Ach so. Und wer hat dann Aufsicht?«

»Ich.« Dann ruft er mit lauter Stimme durch den Raum: »Okay, Leute, hört mal her.«

Die anderen verstummen und sehen zu, wie Adam einen zusammengefalteten Zettel aus einer Metalldose zieht. »Ein Hypochonder beim Arzt. Los geht's!«

Allison und das andere Mädchen steigen auf die Bühne und stecken die Köpfe zusammen. Dann greift sich das andere Mädchen wimmernd ans Knie. Die Klasse lacht, während die Szene weiterläuft.

Als Adams Handy piepst, ruft er: »Die Zeit ist um!« Dann ist jemand anders dran. Nach mehreren Durchläufen fragt er mich: »Willst du auch mal?«

Ich schüttele hastig den Kopf. »Nein, danke.«

»Was ist mit dir, Stef?«, sagt er zu einem Mädchen, das mir bisher gar nicht aufgefallen war.

Stef zupft verlegen an ihrem wirren Haar. »Ich weiß nicht …«

»Komm schon«, sagt Adam und springt auf. »Ich bin dein Partner.«

Ich weiß, dass er nur nett sein will. Adams Freunde sehen alle sehr gut aus, und Stef ist so jemand wie ich, jemand, mit dem man besser nicht redet, wenn andere es mitkriegen.

Stef läuft knallrot an, als die beiden nach vorne gehen.

»Julian«, ruft mir Adam zu, »lies uns einen Zettel vor.«

Alle starren mich an, während ich ein Papier aus der Dose ziehe. »Einen Pr-privat … D-detektiv … anheuern.«

Adam grinst und flüstert Stef etwas ins Ohr. Sie errötet wieder und bemüht sich vergeblich, ihr Haar glatt zu streichen. Die Szene, die die beiden spielen, ist wirklich lustig, und ich lache aus vollem Hals, zusammen mit dem Rest der Klasse. Wenn die Schule für Adam immer so ist, verstehe ich, warum er gern hingeht.

Als der Handy-Wecker piept, ergreift Adam Stefs Hand und die beiden verbeugen sich. Adam macht ein glückliches Gesicht. Er sieht nicht aus, als wollte er einfach nur nett sein oder als hätte er Mitleid mit ihr. Er macht ein glückliches Gesicht, als würde er sie genauso gern mögen wie alle anderen.

Achtundzwanzig // Adam

Es ist Freitagabend und wir quetschen uns in Jesses Wohnzimmer. Ich habe gerade vorgeschlagen, das Spiel zu spielen, allerdings aus rein egoistischen Motiven – ich wollte die Musik ausmachen, zu der kein Mensch tanzen kann.

»Also gut. *Jesse*«, sagt Charlie und bedenkt ihn mit einem Blick, bei dem Jesse unruhig wird. »Du musst Camilas …« Er legt eine Kunstpause ein, und Jesse grinst nervös. »… *Handtasche* ablecken.«

Jesse macht ein angewidertes Gesicht. »Im Ernst? Kann ich nicht etwas anderes von ihr ablecken? Irgendeinen Körperteil vielleicht?«

Ms Fry hat uns diese Woche einen Dokumentarfilm vorgeführt, in dem behauptet wurde, auf einer Handtasche befänden sich mehr Bakterien als auf einer Kloschüssel.

»Ich könnte mir eine gefährliche Krankheit einfangen.«

Charlie grinst höhnisch. »Pech gehabt.«

Nachdem alle eine Weile auf ihn eingeredet haben, gibt Jesse nach. Hinterher schneidet er eine Grimasse und trinkt sein Bier auf ex, als würde der Alkohol seinen Mund desinfizieren.

»Ich bin dran«, sagt Camila. Sie drückt ihr Kreuz durch und wirft ihr langes Haar nach hinten.

»Wieso du?«, protestiert Jesse. »Die Aufgabe wurde mir –«

»Ich musste mit ansehen, wie jemand mit seiner bakterienverseuchten Zunge meine Handtasche abgeschleckt hat.«

Jesse macht ein gekränktes Gesicht.

»Ich bin so was von dran.«

Camila weist mit einem spitzen roten Fingernagel auf mich und sagt: »Frage.«

Offenbar finden die anderen es mittlerweile langweilig, mich nackt zu sehen, denn in letzter Zeit muss ich keine Aufgaben mehr erfüllen, sondern Fragen beantworten. Sie hoffen wohl, mich irgendwann mal in Verlegenheit zu bringen, aber bisher sind sie damit grandios gescheitert.

»Erzähl uns von dem ersten Mal, als du dich in Gegenwart eines Mädchens ausgezogen hast. Wir wollen alle Details hören.«

»Schön«, sage ich. »Das war im Kindergarten.«

»Nein. Es zählt nicht, wenn deine Mom euch zusammen in die Badewanne gesteckt hat.«

»Das hier zählt. Es war was Sexuelles.«

»Du bist widerlich.«

»Aber es zählt. Also, ihr Name war Charlotte.«

»Charlotte King?«, fragt Allison.

»Yep.«

»Wir waren zusammen bei den Pfadfinderinnen«, erklärt Natalie.

»Können wir bitte beim Thema bleiben?« Camilas Blick bringt alle zum Verstummen.

»Charlotte und ich waren an dem Tag jedenfalls die einzigen Kinder im Schulbus«, fahre ich fort. »Wir saßen in der letzten Reihe, wo der Fahrer uns nicht sehen konnte, und spielten dieses Spiel, bei dem der andere dir irgendeinen Körperteil zeigen muss. Ich wollte ihre Scheide sehen. Sie wollte meine Füße sehen.«

Alle prusten los, und ich muss ihnen erklären, warum das ein echtes Problem war. Ich kam damals noch nicht gut mit meinen Schnürsenkeln zurecht – ich hatte motorische Probleme –, weshalb es ein harter Kampf war, meine Schuhe und Socken auszuziehen. Zwischendurch war ich nicht mehr sicher, ob ihre Scheide zu sehen den Aufwand lohnte.

»Ach, du Scheiße«, sagt Charlie mit einem fetten Grinsen. »Ich wette, sie steht immer noch auf Füße. Wahrscheinlich lutscht sie beim Sex gern an Zehen.«

»Das zählt nicht«, sagt Camila. Sie zieht einen Schmollmund, aber von so was lasse ich mich nicht beeindrucken.

»Ansonsten hätte ich noch eine Massage anzubieten«, sage ich. Charlie wirft mir einen finsteren Blick zu, um mich zum Schweigen zu bringen, während alle anderen rufen, das würde definitiv nicht zählen.

»Tja, mehr habe ich nicht zu bieten.«

Stille tritt ein, nachdem ich gerade öffentlich zugegeben habe, dass ich noch Jungfrau bin.

»Und was ist mit Kelly?«, fragt Emerald. Ihre blauen Augen blicken mit einem Mal sehr eindringlich.

Kelly ist ein weiteres Mädchen, das seine Sachen gepackt und die Stadt verlassen hat, nachdem es mit mir intim geworden war.

»So weit sind wir nie gekommen.«

»Aber sie hat ihren Keuschheitsring abgelegt.«

In der zehnten Klasse hatten Kelly und ich uns eines Tages beim Knutschen die T-Shirts ausgezogen, aber nachdem ich durch ihren BH ihre Brust berührt hatte, schämte sie sich so sehr, dass sie sich den Ring vom Finger zog und sagte, sie sei es nicht wert, ihn weiter zu tragen. Schuld und Ekel ist nicht gerade das, was man auf dem Gesicht eines Mädchens sehen möchte, nachdem man ihr probeweise sanft in die Brustwarze gekniffen hat.

»Ich habe die Frage beantwortet und damit basta«, sage ich, denn auf keinen Fall werde ich Kelly vor den anderen bloßstellen. »Jetzt bin ich dran!« Ich sehe Charlie mit einem fiesen Grinsen an.

»Oh, Gott«, stöhnt er.

Als ich zu meinem Auto gehe, ist es zwei Uhr morgens. »Nimmst du mich mit?«, ruft mir Camila hinterher. Ich drehe mich um. Ihre Augen glühen in der Dunkelheit wie die eines Panthers.

»Wo ist Matt?«

Sie stakst mit schwingenden Hüften in ihren High Heels auf mich zu. Bei jedem Schritt wogen ihre Brüste.

»Matt wollte nach Hause und ist einfach ohne mich gefahren.« Wieder zieht sie ihren bescheuerten Schmollmund. Ich habe Mitleid mit ihrem Bruder.

»Ach so. Ja gut.« Wir steigen in meinen Wagen, und ich werfe einen Blick in den Rückspiegel. »Oh, Mann. Sean hat mich zugeparkt. Ich gehe ihm Bescheid sagen.«

»Warte.« Sie greift nach meinem Arm.

»Was ist?«

Sie packt meinen Hinterkopf, zieht mich an den Haaren und presst ihre Lippen auf meine.

»Aua.«

Aus irgendeinem Grund fasst sie das als Ansporn auf, mich wieder an den Haaren zu ziehen und mich noch fester zu küssen. Eigentlich dürfte es mich nicht überraschen, dass sie auf diese Weise küsst, schließlich macht sie alles andere ebenso aggressiv. Jedenfalls ist der Kuss eher schmerzhaft als antörnend – zumindest am Anfang. Nach ein paar Minuten verknoteter Zungen und Fingernägeln, die mir die Haut zerkratzen, lösen wir uns atemlos voneinander.

»Adam?« Ihre spitzen Fingernägel nähern sich meinem Reißverschluss. »Ich will nicht deine *Füße* sehen.«

Neunundzwanzig // Adam

Am Montag in der Schule verhalten sich die Mädchen merkwürdig. Selbst Allison, die sonst die Sanftmut in Person ist und sich aus allen Konflikten raushält, wirkt gereizt. Camila und Emerald würdigen mich keines Blicks, und die anderen Mädchen starren mich an, als wäre ich der Inbegriff des Bösen.

»Hey, Ladys! Habt ihr euch gestritten?«, frage ich. »Das bringt doch nichts. Wollt ihr euch nicht aussprechen? Ehrlichkeit ist das Wichtigste, findet ihr nicht?«

Camila studiert ihre Fingernägel. Mit diesen Krallen hat sie ziemliche Kratzer an meinem Hals hinterlassen.

Emeralds Wangen bekommen rote Flecken.

»Camila weiß, was sie getan hat«, murmelt sie und wirft Camila einen eisigen Blick zu.

»Mein Gott«, zischt Camila. »Ich habe mich doch schon tausend Mal entschuldigt. Ich war betrunken! Außerdem ist er nicht dein Eigentum.«

Alle halten den Atem an und warten auf Emeralds Antwort, als wäre sie eine Kronzeugin vor Gericht.

Wenigstens kapiere ich jetzt, was los ist. »Ach, es geht um Brad.« Ich seufze. »Ihr könnt doch nicht wegen einem Typen eure Freundschaft aufs Spiel setzen. Girl Power, Mädels!« Meine Worte kommen anscheinend nicht so rüber, wie ich gedacht habe, denn alle starren mich an, als hätte ich den Verstand verloren.

»Nein, es geht nicht um …«, sagt Emerald, und alle beugen sich vor und lauern darauf, wie sie ihren Satz fortsetzt. »Ach was, vergiss es.« Sie sammelt ihre Sachen ein, steht auf und stolziert erhobenen Hauptes davon.

»Julian, lass dir eines sagen.« Wie jede Woche drehen wir auf dem Weg zu Dr. Whitlock unsere Runden durch die Schule. »Mädchen sind verrückt.«

Julian wirft mir einen skeptischen Blick zu.

»Wirklich! Meine Mutter hat mich zu einem Feministen erzogen, aber gestern ist mir klar geworden, dass Mädchen echt einen Sprung in der Schüssel haben.«

»Was ist passiert?«

»Die Mädchen sprechen nicht mehr mit mir! Die Hälfte von ihnen spricht nicht mit der anderen Hälfte, und Emerald spricht mit niemandem mehr. Am Donnerstag fahren wir mit der ganzen Stufe in ein Kunstmuseum. Das kann ja lustig werden.«

»Die Mädchen aus deiner Stufe mögen dich nicht?«

Julian sieht mich so mitleidig an, dass ich beinahe gelacht hätte.

»Die Mädchen in *meiner* Stufe mögen dich jedenfalls«, fügt er hinzu. Offenbar will er mich aufmuntern. »Sie reden ständig über dich.«

»Im Ernst?«

»Ja, sie reden über deinen, äh …« Er starrt verlegen zu Boden.

»Meinen was?«

»Na ja …«

»Jetzt spuck's schon aus, Julian, meinen *was*?«

»Deinen Mund.«

»Puh, da bin ich aber froh. »

»Ich wusste gar nicht, dass Jungs auch einen schönen Mund haben können. Du trägst ja noch nicht mal Lippenstift.«

Ich habe keine Ahnung, was ich darauf antworten soll. »Mädchen sind verrückt«, wiederhole ich daher einfach nur.

»Verrückter als Charlie?«

Das ist eine berechtigte Frage. »Na ja, anders verrückt. Charlie ist ständig angepisst, also weiß man bei ihm, woran man ist, aber Mädchen sind mir echt ein Rätsel. Ich meine, wir sollten eigentlich alle überglücklich sein. Wir haben heute unsere Briefe bekommen, aber irgendwie sind alle … Ich weiß auch nicht.«

»Was für Briefe?«

»Die Zulassung zum College. Kein großes Ding. Wir wussten eh, dass wir angenommen werden. Aber trotzdem.«

»Auf welches College wirst du denn gehen?«

»Risley. Das ist mit dem Auto ungefähr eine Stunde von

hier entfernt.« Julian macht ein Gesicht, als wäre er nicht gerade beeindruckt. »Ich weiß, ein bisschen langweilig, aber mich zieht es nicht in die Ferne. Meine Mom wohnt hier, all meine Freunde gehen nach Risley, also war es naheliegend.«

»Dann bleibst du zu Hause wohnen?«

»Nein, ich ziehe ins Studentenwohnheim. Das gehört zum Collegeleben dazu, finde ich. Was ist mit dir?«

»Mit mir?«

»Weißt du schon, wo du hinwillst?«

»Ich gehe nicht aufs College.«

»Warum nicht?«

»Meine Noten sind zu schlecht.«

»Nicht jeder, der aufs College geht, hat gute Noten.«

»Du schon.«

»Willst du denn aufs College?«

»Spielt das eine Rolle?«

Seine Frage bringt mich kurz aus der Fassung.

»Ob es eine Rolle spielt, was du willst? Natürlich!«

Wir gehen die Treppe runter und durch die Tür raus auf den Hof. Es ist kalt, also hüpfe ich auf der Stelle, um mich aufzuwärmen. Julian lehnt sich an die Backsteinwand.

»Natürlich wäre es schön, mal woanders hinzugehen«, sagt er leise. »Als Kind wollte ich immer …«

Ich schweige, um zu sehen, ob er den Gedanken beendet. Bei Julian muss man manchmal einfach nur abwarten, aber manchmal braucht er auch einen kleinen Stups. Als er nicht weiterredet, frage ich: »Als Kind wolltest du was?«

»Abenteuer erleben?« Er wirft mir einen argwöhnischen Blick zu, als hätte er Angst, dass ich ihn auslache.

»Ging mir genauso!« Ich nicke enthusiastisch, damit er weiterredet.

»Ich liebte Filme und Bücher über Menschen, die in ferne Länder reisen. Als Kind stand für mich fest, dass ich die ganze Welt bereisen würde. Aber wenn man älter wird, lernt man, dass man im Leben nur selten bekommt, was man sich wünscht. Nur weil man irgendwo hinwill, heißt das noch lange nicht, dass man auch hinkann.« Er holt tief Luft. »Als ich klein war ... gab es in unserem Garten ...«

»Ja?«

»... einen Wald aus Bambus und ... Da habe ich immer gespielt ... dass ich ein Forscher bin, der in fremde Länder reist.« Er steht da und hält seinen dürren Oberarm so, als wäre der Knochen gebrochen. »Ich vermisse mein altes Haus.«

Manchmal sagt Julian Dinge, die sich anfühlen wie ein Schlag vor die Brust. Ich wünschte, ich könnte sein altes Haus kaufen und es ihm schenken, aber dann wäre er immer noch traurig, weil das Haus leer wäre, also wünschte ich, ich könnte auch das ändern – ich wünschte, ich könnte wie Superman die Erde anhalten und die Zeit zurückdrehen.

»Wir können ja mal hinfahren«, schlage ich vor. An Julians Stelle hätte ich das gewollt. Andererseits ist es vielleicht auch zu schmerzhaft. Es hat irgendwie was von einem Friedhofsbesuch.

»Ich fahre manchmal hin.«

»Wirklich? Kennst du die Leute, die jetzt da wohnen?«

»Nein. Ich … ich bin noch nie näher rangegangen.«

Ich stelle mir vor, wie Julian vor dem Haus steht, in dem er mit seinen Eltern gelebt hat, und sich nicht traut, zur Tür zu gehen. *Jesus.*

»Wir sollten klingeln und uns vorstellen. Ich wette, sie würden uns reinbitten.«

»Ich weiß nicht …«

»Ist das deine übliche Schüchternheit oder willst du wirklich nicht? Wenn du wirklich nicht willst, ist das völlig in Ordnung. Dann sage ich nichts mehr.«

Er starrt zu Boden.

»Also?«

»Schüchternheit.«

»Du würdest gern mal reingehen?«

»Ja.«

»Dann machen wir das.«

Dreißig // Julian

»Hier abbiegen«, sage ich zu Adam.

»Okay.«

Ich fühle mich leer und abwesend, als ich die Hand ausstrecke und die Lüftungsschlitze am Armaturenbrett berühre. »Sieht aus wie ein Robotergesicht.«

Adam kichert. »Ich weiß.«

»Am Stoppschild rechts. Und dann ist es das dritte Haus links.«

»Das grüne?«

»Ja.«

Adam springt aus dem Auto, ich folge ihm langsamer.

Wir stehen vor meinem alten Haus. Meinem Zuhause. Es sieht noch fast so aus wie früher. Nur ein paar Dinge sind anders. Der Briefkasten. Der Kranz an der Tür. Die roten Vorhänge im Fenster.

Wir gehen zur Tür, aber auf halbem Weg bleibe ich stehen. »Vielleicht sollten wir …«

»Was?«

»Wieder gehen.«

»Ja? Wenn du das wirklich willst, dann gehen wir wieder.«

Ich weiß nicht, was ich will.

Adam tritt unruhig von einem Fuß auf den anderen, während er auf meine Antwort wartet. Da geht hinter ihm die Tür auf und ein Mädchen mit blondem Pferdeschwanz steckt den Kopf raus.

»Kann ich euch helfen?«

Adam wirbelt herum. »Brittany!« Natürlich kennt er sie. Die beiden umarmen sich, und Brittany erzählt, dass sie gerade ein Jahr Pause vom College macht und sich gern mal wieder mit ihm treffen würde. Dann sieht sie mich neugierig an.

»Das ist Julian, ein Freund von mir«, erklärt Adam. »Er hat früher hier gewohnt. Dürften wir vielleicht reinkommen?«

»Natürlich«, sagt sie, als wäre das eine ganz normale Frage.

Adam dreht sich zu mir um und wartet, bis ich mich in Bewegung setze und langsam über die Türschwelle trete.

Direkt hinter der Tür sollten Blumen stehen. Ihr Duft sollte stark sein, fast überwältigend. Stattdessen hängt ein scharfer Essensgeruch in der Luft, von dem einem die Augen brennen. Unter meinen Füßen sollte grüner Teppichboden liegen. Stattdessen sind es rotbraune Fliesen. An einer Wand sollte Moms Klavier stehen und darüber eines von Dads Gemälden hängen. Doch sind sie weg. Alles ist weg.

Ohne ein Wort an Adam oder das Mädchen laufe ich durch unser altes Wohnzimmer hinaus in den Garten. Ich hole tief

Luft, blinzle und dränge die Tränen zurück. Ich stehe in unserem Garten. Im Garten meiner Kindheit. Er sieht fast so aus wie in meiner Erinnerung, aber ein paar Dinge sind falsch. Der Garten ist kleiner als früher, so als hätte jemand auf allen drei Seiten den Zaun versetzt. Mein Bambuswald ist gar kein Wald, es sind nur ein paar grüne Stangen, nicht viel größer als ich. Früher habe ich mich darin verirrt, das weiß ich noch genau.

Ich schreite den Zaun ab und versuche, die Gefühle meiner Kindheit heraufzubeschwören. Damals glaubte ich, ich könnte mit Gedankenkraft Löffel verbiegen oder die Zeit zurückdrehen. Ich berühre die Astlöcher in den Zaunpfählen. Ich habe eine vage Erinnerung daran, dass ich das früher auch immer getan habe.

Vor dem dreieckigen Beet in einer Ecke des Gartens bleibe ich wie erstarrt stehen. Das Beet ist nicht bepflanzt, weil Winter ist, aber es wird immer noch von denselben Backsteinen eingerahmt wie früher. Ich knie mich ins Gras und schiebe meine Hände in die eiskalte Erde.

Ich erinnere mich.

Ich wache an einem Samstagmorgen auf, erfüllt von Vorfreude auf den neuen Tag. Ich packe meine Schaufel und renne nach draußen. Dann stehe ich genau an dieser Stelle. Meine Finger sind voller Erde. Die Luft ist warm, die Sonne scheint mir ins Gesicht. Ich weiß noch, wie ich mich umdrehe und meine Mutter sehe. Sie steht im Nachthemd auf der Veranda und beschattet ihre Augen.

»Alles in Ordnung?«, fragt Adam, als wir wieder im Auto sitzen.

Ich habe keine Lust zu reden und anders als sonst wäre es mir im Augenblick auch lieber, wenn Adam nichts sagen würde. Ich versuche verzweifelt, die Erinnerung zu greifen. Was geschah als Nächstes? Kam meine Mutter in den Garten? Hat sie etwas zu mir gesagt? Was haben wir an dem Tag gemacht?

Doch mir bleibt nur dieser eine Moment, meine Mutter auf der Veranda, ich im Garten. Ich knie im Gras und bin glücklich. Bisher wusste ich gar nicht, dass ich ein so tiefes Glücksgefühl empfinden kann.

»Ja, alles in Ordnung«, murmele ich schließlich. Und obwohl das nicht genug ist, füge ich hinzu: »Danke, Adam.«

Einunddreißig // Adam

Die Busfahrt verläuft ruhig und ich langweile mich zu Tode. Als wir am Museum ankommen, zerstreuen sich die anderen in alle Richtungen und ich muss allein herumlatschen – was noch langweiliger ist. Dann blafft mich ein Sicherheitstyp an, ich solle aufhören, in der Gegend herumzuhüpfen. Der Ausflug ist ein Desaster.

Ich erkläre dem Sicherheitstyp, dass ich nicht herumhüpfen würde, sondern mein Fuß eingeschlafen sei. So kommen wir ins Gespräch. Er heißt Gus und hat vier Kinder und neun Enkelkinder. Anschließend zeigt Gus mir eine Schwertsammlung, die nicht für die Öffentlichkeit zugänglich ist. Na gut, der Ausflug ist doch kein *totales* Desaster.

Als ich mich von Gus verabschiede, sehe ich Charlie und überrede ihn, mit mir rauszugehen und nach dem Labyrinth zu suchen, von dem unsere Lehrerin erzählt hat. Es soll einem Labyrinth in der Kathedrale von Chartres in Frankreich nachempfunden sein, dem kompliziertesten Labyrinth, das sich je ein Mensch ausgedacht hat.

Nachdem wir zwanzig Minuten lang durch die graue Kälte gestapft sind, sind wir endlich da.

»Was ist denn das für ein Scheiß?«, sagt Charlie.

Er hat Recht, das Labyrinth ist echt eine Enttäuschung. Ich hatte mir einen Irrgarten wie in *Shining* vorgestellt, mit hohen grünen Hecken und unzähligen Sackgassen, in denen man sich verstecken kann. Stattdessen besteht das Labyrinth aus flachen roten und schwarzen Steinplatten auf dem Boden. Sie bilden eine Art Pfad, der sich in unzähligen Kehren und Wenden zur Mitte windet.

»Das ist ja gar kein richtiges Labyrinth«, meckert Charlie. »Man kann nur einen einzigen Weg nehmen.«

Nachdem wir eine Minute lang den Schleifen gefolgt sind, erklärt er, das sei ihm zu blöd, und läuft raus, ohne sich um die Begrenzungslinien zu scheren.

»Du schummelst!«

»Mir doch egal. Ich geh wieder rein. Mir ist kalt.«

Ich ignoriere ihn und folge weiter dem verschlungenen Pfad. Ich habe keine Ahnung, wie weit es noch bis zum Mittelpunkt ist. Jedes Mal, wenn ich glaube, das Ziel fast erreicht zu haben, macht der Weg eine Schleife und ich entferne mich wieder von der Mitte.

Da höre ich mit einem Mal Schritte hinter mir. Ich werfe einen Blick über die Schulter. Es ist Emerald. Sie läuft mit kerzengeradem Rücken den Pfad entlang und würdigt mich keines Blickes. Vielleicht fasziniert sie mich deshalb so. Sie scheint sich immer im Griff zu haben, während ich mich meist nur schwer beherrschen kann.

Wir folgen den Kehren des Labyrinths – einmal ist Emerald nur eine Reihe von mir entfernt –, sagen aber immer noch kein Wort.

Irgendwann bin ich endlich am Ziel. Ich stehe in der Mitte des Labyrinths und lasse den Blick über das weite Feld und den wolkenverhangenen Himmel schweifen. Nach einer Weile tritt Emerald neben mich und sieht sich ebenfalls um. Kurz flackert Freude auf ihrem Gesicht auf, doch schon im nächsten Moment verdüstert sich ihre Miene wieder. Was auch immer Brad getan hat, er ist ein Idiot.

Sie wendet sich ab und will davongehen.

»Warte«, sagte ich. »Geh noch nicht.« Emerald bleibt stehen. »Wir haben uns schon so lange nicht mehr gesehen. Ich meine, wir sehen uns zwar jeden Tag, aber wir reden nicht miteinander. Es fühlt sich an, als wären wir Scheidungskinder, die bei verschiedenen Elternteilen aufwachsen müssten.«

»Und für wen von beiden entscheidest du dich?«

»Wie meinst du das?«

»Du hast dich ja offensichtlich für Camila entschieden.«

»Wie kommst du denn darauf?«

»Ich weiß, was zwischen euch läuft, Adam. Ich habe euch *gesehen.*«

»Du hast gesehen, wie wir uns geküsst haben?«

»Es sah nach wesentlich mehr als küssen aus.« Das wäre es

vermutlich auch geworden, wenn Camila nicht, fünf Sekunden nachdem sie mir die Hand in die Hose geschoben hatte, in mein Auto gekotzt hätte.

»Seid ihr jetzt eigentlich zusammen?«

»Nein.«

»Aber der Kuss hat dir gefallen?« Emeralds Tonfall ist sehr eindringlich, und obwohl sie sich nicht vom Fleck gerührt hat, fühle ich mich in die Enge gedrängt.

»Ja, sicher. Warum –«

»Sie weiß genau, dass ich dich mag!« Emerald hat in meiner Gegenwart noch nie die Fassung verloren, aber jetzt schreit sie so laut, dass ihre Stimme über das Feld schallt.

»Was? Was hast du da gerade gesagt?«

»Camila weiß es und trotzdem hat sie dich geküsst.«

»Aber du bist doch mit Brad zusammen.«

»Oh, Gott. Du kapierst wirklich gar nichts!« Sie wirbelt herum und läuft davon. Ich hole sie ein und stelle mich ihr in den Weg, so dass wir einander ansehen.

»Was kapiere ich nicht?«

»Es gibt keinen Brad.«

»Es gibt keinen Brad?«

»Nein.«

»Aber du hast so viel von ihm erzählt. Ich habe das Gefühl, Brad zu kennen.«

»Es gibt keinen Brad!« Tränen schimmern in ihren Augen, ihr Atem geht schneller, und ihre Wangen sind von roten Flecken übersät. So aufgewühlt habe ich Emerald noch nie erlebt.

»Warum hast du nichts gesagt?«

»Das ist alles so peinlich.«

»Was ist peinlich?«

»Ich wollte dich eifersüchtig machen, aber du bist ja nicht zu normalen Gefühlen fähig.«

»Warte mal … Weiß Camila, dass es Brad nicht gibt?«

»*Alle* wissen, dass es Brad nicht gibt! Kannst du bitte mal beim Thema bleiben?«

»Du magst mich?«

Sie starrt zu Boden und murmelt: »Ja.«

»Das heißt, du bist in mich verliebt?«

Die Röte breitet sich von ihren Wangen über ihren Hals aus und lässt sogar ihre Leberflecke verschwinden.

»Ja.«

»Seit wann?«

»Schon immer!«

Emerald hebt den Blick und sieht mir in die Augen. Sie ist so wunderschön, dass mir die Brust wehtut, als hätte ich einen Asthmaanfall oder einen Herzinfarkt.

Als ich meine Lippen auf ihre presse, weiten sich ihre blauen Augen überrascht. Sie erwidert den Druck und stellt sich mindestens genauso ungeschickt an. Etwa eine Minute lang küssen wir uns grob, als ginge es um unser Leben und nicht darum, Spaß zu haben.

Dann streiche ich ihr übers Haar und verlangsame das Tempo. Unser Kuss wird sanfter und tiefer. Sie zieht den Kopf ein kleines Stück zurück, bis unsere Lippen sich nicht mehr berühren. Ihre blauen Augen werden dunkler, ihr Blick ist ein Laserstrahl, und sie sieht aus, als wollte sie mir etwas sagen. Vielleicht das Wichtigste, was ich je in meinem Leben gehört habe. Sie holt Luft. Atmet aus. Schweigt.

Ich lege meine Hände auf ihre Wangen und küsse sie abermals. Ich wünschte, um uns herum stünden hohe grüne Hecken mit Sackgassen, in denen man sich verstecken könnte. Diesmal allerdings aus einem völlig anderen Grund als vorhin. Wir küssen uns immer weiter. Ich spüre ihr Lächeln auf meinen Lippen.

Zweiunddreißig // Julian

Ms West sitzt an ihrem Tisch und starrt ins Leere. Ihr geht es offensichtlich nicht gut, aber ich bin erleichtert. Es sieht nicht so aus, als würde sie mich heute drannehmen.

Ein paar Jungs beginnen zu tuscheln. Sie fordern sich gegenseitig dazu heraus, Ms West zu fragen, was wir tun sollen, doch niemand traut sich. Nach einer Weile fragt ein anderer Junge, ob er zur Krankenschwester gehen dürfe, und Ms West brüllt ihn so heftig an, dass alle den Kopf einziehen. Anschließend herrscht wieder Totenstille. Ms West starrt weiter stumm vor sich hin.

Als endlich die Klingel läutet und die anderen Schüler aus dem Raum strömen, gehe ich zu ihrem Tisch. Das Herz klopft mir hart gegen die Rippen. »Ms West?«

»Was?«

Aus der Nähe sieht sie noch unheimlicher aus. Ihre Augen schimmern, ihre Haut glänzt wie Wachs.

»*Was?*«, herrscht sie mich an.

»Geht … es Ihnen gut?«

Sie zieht ihre schwarz geschminkten Augenbrauen hoch. Ihr Kinn bebt.

Dann beginnt sie zu weinen. Ich weiß nicht, was ich tun soll. Ich habe Angst, etwas Falsches zu sagen und dass sie mich dann wieder anschreit.

»Heute ist der Geburtstag meines Sohns.«

Jetzt verstehe ich, was mit ihr los ist. »Das tut mir leid.«

»Er war zwölf. Er war doch erst zwölf.«

Mit einem Mal wirkt sie viel jünger und zerbrechlicher als sonst, aber ich weiß immer noch nicht, was ich sagen soll. Mein Vater hat nie ernsthaft mit mir darüber gesprochen, was passiert, wenn jemand stirbt. Ich erinnere mich nur an eine beiläufige Bemerkung von ihm, dass man nach dem Tod woanders hinkomme. Manchmal frage ich mich, ob Mom und Dad vielleicht doch nicht spurlos verschwunden sind. Ob sie nicht immer noch lesen und malen und singen, nur eben an einem anderen Ort.

Ich ziehe ein Taschentuch aus der Box auf ihrem Tisch und halte es ihr hin.

Ms West wischt sich die Tränen vom Gesicht und verschmiert das Make-up unter ihren Augen.

Der Sekundenzeiger der Wanduhr tickt laut. Wieder läutet die Klingel, aber es kommen keine neuen Schüler in den Raum.

»Man denkt immer, es würde leichter werden«, murmelt sie. »Es ist jetzt achtzehn Jahre her. Ich weiß noch, wie ich mit ihm schwanger war. Heute wäre er dreißig. Kannst du dir das vorstellen? Dreißig?«

Meine Mom hat mal gesagt, dass das Leben ein endloser Kreislauf sei und man deshalb keine Angst vor dem Tod zu haben brauche. Der Tod sei nur die Wiedergeburt in einer anderen Welt. Manchmal versuche ich mir Mom und Dad als Neugeborene in dieser anderen Welt vorzustellen, wo sie das ganze Leben noch vor sich haben.

»Es geht ihnen … Es geht ihm bestimmt gut«, sage ich. »Ihr Sohn ist jetzt in einer anderen Welt.«

»Ja.« Ms West nickt und wischt sich noch einmal mit dem Taschentuch übers Gesicht. »Man muss das Schicksal annehmen. Wir haben eine Aufgabe auf dieser Welt, und wir sterben erst, wenn wir sie erfüllt haben. Auch wenn es mir schwerfällt, das zu akzeptieren, er hatte seine Aufgabe offenbar erfüllt.«

Ich habe schon öfter gehört, dass Leute solche Dinge gesagt haben. Am liebsten hätte ich Ms West gefragt, wie sie das meint. Was für eine Aufgabe? Wie kann sie sicher sein, dass ihr Sohn sie erfüllt hatte? Woher weiß sie, dass er nicht vorher gestorben ist?

Ms West hat sich inzwischen wieder beruhigt, aber falls sie weiß, wo ihr Sohn jetzt ist, verrät sie es mir nicht. Diese Frage stelle ich mir am häufigsten – nicht *warum* meine Eltern gestorben sind, sondern *wo* sie jetzt sind. Manchmal, wenn ich nicht schlafen kann und mich bemühe, an etwas Schönes zu denken, stelle ich mir die magische Zwischenwelt vor, in der

Elians Schiff für einen kurzen Moment schwebt, bevor es an einem ganz anderen Ort wiederauftaucht. Vielleicht bleibt die Zeit in diesem Augenblick stehen und Elian sieht all die anderen Welten, die für uns unsichtbar sind. Vielleicht sieht er manchmal sogar meine Eltern.

Dreiunddreißig // Adam

Seit mittlerweile zwei Wochen grinse ich, als hätte ich mir den Kiefer verrenkt. Ich kann nicht anders. Emerald und ich sind zu einem dieser nervigen Pärchen mutiert, die in der Öffentlichkeit herumknutschen und nur Augen füreinander haben, so dass alle anderen kotzen müssen oder von der Brücke springen wollen – das sagt jedenfalls Charlie. Gestern in der Schule hat er mich angeblafft, ich solle eine Beruhigungspille schlucken und mich wieder einkriegen. Aber das geht nicht. Ich *kann* einfach nicht. Ich bin überglücklich, und ich wüsste nicht, warum ich das vor irgendwem verstecken sollte.

Trotzdem habe ich mir vorgenommen, ihm heute Nachmittag nicht auf die Nerven zu gehen. Sobald ich durch die Haustür trete, kreischen unzählige Kinderstimmen, ich solle auf einer Felsinsel (aka einem Sofakissen) Zuflucht suchen, sonst würde mich die Weltraumsäure verätzen. Charlies Geschwister sind Aliens, die auf einem vom Untergang bedrohten Planeten ums Überleben kämpfen. Im oberen Stockwerk ist man in Sicherheit, aber man kommt nur schwer dorthin, weil der gesamte Fußboden aus Weltraumsäure besteht. Die meisten von ihnen haben bereits einen Arm oder ein Bein verloren. Jetzt rutschen sie auf Sofakissenrettungsbooten durch die Gegend.

Ein paar Minuten lang mache ich begeistert bei ihrem Spiel mit. Dann kommt Charlie die Treppe heruntergepoltert. Er ignoriert die Warnschreie seiner Geschwister, dass seine Füße schmelzen und er sterben wird.

Wir steigen in mein Auto und ich dimme mein Grinsen herunter. Ein paar Minuten später fragt Charlie: »Warum fährst du hier lang?«

»Wir holen Julian ab.«

»Was?!« Er kreischt fast genauso schrill wie seine Geschwister. »Hängt er sich schon wieder an uns dran?«

»Er hängt sich nicht an uns dran. Ich habe ihn eingeladen.«

»Ich bringe Carver doch auch nicht mit.«

»Carver ist *elf.*«

»Ich raff es nicht. Julian ist doch nicht normal – er sagt nie was und starrt uns immer nur an! Der ist total komisch.«

»Julian ist nicht komisch. Er ist einer der nettesten Menschen, die ich kenne.«

Charlie seufzt schwer. »In den letzten beiden Wochen hast du jede freie Minute mit Emerald verbracht, und jetzt lädst du Julian ein. Wir verbringen nie mehr Zeit zu zweit.«

Einen Moment lang bin ich zu verblüfft, um zu antworten. Dann pruste ich los, was nicht unbedingt die sensibelste Reaktion ist. Charlie sieht aus, als wollte er mich schlagen. Als ich mich von meinem Lachkrampf erholt habe, sage ich: »Tut mir leid. Du hast natürlich Recht. Wir müssen unbedingt mal wieder einen Abend zu zweit verbringen.« Er wirft mir einen misstrauischen Blick zu. »Nein wirklich, Schatz. Ich führe dich ins Restaurant aus und hinterher …« Ich ziehe vielsagend die Augenbrauen hoch, und jetzt schlägt Charlie mir tatsächlich mit der Faust auf den Oberarm.

»Aua, aua.«

Als wir in die Straße einbiegen, steht Julian an der Ecke, halb versteckt hinter einem Baum.

»Siehst du?«, sagt Charlie. »Er ist komisch.«

Das ist wirklich etwas komisch, aber ich mache Charlie nicht das Vergnügen, ihm zuzustimmen.

»Julian ist eben höflich. Du könntest auch mal auf der Straße auf mich warten, damit ich nicht immer reinkommen und dich holen muss.«

Charlie macht ein beleidigtes Gesicht. »Ich dachte immer, du kommst gern rein.«

»Mensch, das war ein Witz.« Aber eigentlich meine ich es schon ein bisschen ernst. Selbst Emerald kommt aus dem Haus, sobald sie mein Auto sieht.

Julian schlendert lächelnd auf uns zu, doch dann erstarrt sein Gesicht. Ich folge seinem Blick. Charlie hat die finstere Miene aufgesetzt, mit der er die Neuntklässler in der Mensa in verängstigte Mäuse verwandelt. Ich schlage ihm mit dem

Handdrücken gegen die Schulter, aber sein Ausdruck wird nur minimal freundlicher.

JULIAN

Während wir fürs Lasertag anstehen, wirft mir Charlie immer wieder bitterböse Blicke zu. Wahrscheinlich ist er sauer, weil Adam schon wieder den Eintritt für mich bezahlt hat. Diesmal geht es um viel Geld: zwanzig Dollar.

Als wir drankommen, sagt uns der Mitarbeiter hinter der Theke, dass es im roten Team nur noch Platz für zwei Spieler gebe. Einer von uns müsse sich dem blauen Team anschließen oder wir müssten vierzig Minuten bis zum nächsten Spiel warten.

»Ist es für dich okay, wenn Julian und ich zusammen spielen?«, sagt Adam.

»Mir egal«, brummt Charlie und macht ein wütendes Gesicht.

Der Mitarbeiter führt uns in eine Umkleide und verteilt die Ausrüstung. Alle bekommen eine Schutzweste mit roten oder blauen Markierungen und legen sie an. Ich folge ihrem Beispiel. Die Weste erinnert an den Brustpanzer eines Footballspielers. Eine Pistole ist über ein Kabel mit der Weste verbunden. Neben mir kniet ein Mann vor einem strahlenden Jungen und hilft ihm, die Ausrüstung anzulegen.

Der rothaarige Mitarbeiter ruft: »Alle mal herhören!« Die Leute verstummen, und er erklärt die Regeln.

»Es ist kein Körperkontakt erlaubt! Ihr dürft euch in der Arena nicht hinsetzen oder -legen! Wer einen Gegner in der Todeszone trifft …«, er schlägt sich gegen Kopf und Brust, »… bekommt zehn Punkte. Wer die Lampe über der gegnerischen Basis trifft, bekommt *hundert* Punkte! Wenn die Pistole blinkt, habt ihr keine Munition mehr! Dann müsst ihr zum Aufladen zurück zur Basis! Wenn ihr getroffen werdet, müsst ihr auch zurück zur Basis, um ein neues Leben zu bekommen! Alles klar?«

Die Spieler johlen und recken ihre Pistolen in die Luft.

»Hast du alles verstanden?«, fragt Adam mich, und Charlie murmelt irgendwas von wegen Babysitter.

»Ich glaube schon«, sage ich, auch wenn es ganz schön viele Regeln waren und ich noch nie Lasertag gespielt habe und deshalb bestimmt nicht gut sein werde.

Als Erstes führt der Mitarbeiter das blaue Team in die Arena. Dann sind wir dran. Wir versammeln uns in einem dunklen Raum mit schwarzen Wänden. Nur ein paar bunte Spiralen sorgen für etwas Licht. Adams Zähne und Fingernägel leuchten weiß. Ich strecke die Hand aus. Meine Fingernägel sind auch weiß.

Ein Alarmsignal ertönt. Eine mechanische Lautsprecherstimme verkündet: »Das Spiel beginnt in drei … zwei … eins!«

Adam prescht los, die anderen folgen ihm. Der Raum leert sich, und bald bin nur noch ich übrig. Am liebsten hätte ich die Basis nicht verlassen, aber es ist auch ein bisschen unheimlich, hier ganz allein auf die Rückkehr der anderen zu warten. Plötzlich kommt Adam in den Raum gerannt und erschreckt mich zu Tode.

»Mir nach«, befiehlt er. Ich folge ihm, und wir laufen einen dunklen Gang entlang. Adam bewegt sich schnell und selbstsicher. Er scheint die Arena in- und auswendig zu kennen. »Runter!« Jemand schießt auf uns.

Wir biegen geduckt um eine Ecke und pressen uns gegen die Wand. Mein Herz rast.

»Wir müssen zu ihrer Basis«, flüstert Adam so ernst, dass ich lachen muss. Mit einem Mal habe ich Spaß an der Sache, auch wenn ich mich immer noch ein bisschen grusele. So wie früher, wenn ich mit Dad Verstecken im Dunkeln gespielt habe.

Adam grinst mich mit schimmernd weißen Zähnen an. »Bereit?«

Ich nicke.

Als er aus unserem Versteck hervorspringt, schießt ein kleines Mädchen in einer blauen Weste auf ihn. Sein Brustpanzer piept. »Verdammt! Ich muss mir ein neues Leben holen.« Er verschwindet in der Dunkelheit.

Unschlüssig stehe ich einen Moment lang da und renne

schließlich geduckt in irgendeinen Gang. Ich sehe niemanden, aber die anderen können nicht weit sein. Jetzt, wo ich allein bin, beginnt mein Herz wieder zu rasen.

Wo ist Adam?

Ich biege noch einmal ab und schleiche immer weiter. Plötzlich stehe ich unter einer blauen Lampe. Die gegnerische Basis. Ein paar Sekunden lang starre ich wie gebannt darauf. Dann ziele ich und schieße. Zu meiner Überraschung treffe ich.

Hinter mir höre ich elektronisch klingende Schüsse. Ich ducke mich und husche um eine Ecke. Ich versuche, unsere Basis zu finden, aber die Gänge sehen alle gleich aus. Da füllt sich die Arena plötzlich mit dichtem Nebel, und ich kann kaum noch was sehen. Ich habe wieder dieses beklemmende Gefühl, als wäre ich blind und direkt neben mir lauerte eine Gefahr, vor der ich fliehen würde, wenn ich nur etwas sehen könnte.

Wie erstarrt stehe ich da und warte, bis sich der Nebel lichtet.

Aus dem Dunst löst sich eine Gestalt. Es ist Charlie. Er ist viel größer als ich und trägt eine blaue Kampfweste und einen Helm. Einen Moment lang rührt sich keiner von uns beiden. Dann hebt er langsam die Pistole und schießt mir in den Kopf.

Vierunddreißig // Adam

Als ich nach Hause komme, sitzt Mom vor dem Fernseher und brüllt ihm Antworten entgegen. Damit will sie demonstrieren, dass sie den Kandidaten von *Familien-Duell* haushoch überlegen ist. Bei meinem Anblick lächelt sie, holt *Vier gewinnt* hervor und klopft neben sich auf die Couch.

»Du warst viel unterwegs in den letzten Tagen«, sagt sie, nachdem ich mich gesetzt habe. Da ich ziemlich sicher bin, dass sie mir mit dieser Bemerkung Informationen zu Emerald aus der Nase ziehen will, antworte ich mit einem unverbindlichen: »Ja, und?«

Sie scheint zu kapieren, dass ich nicht über das Thema reden möchte, denn als Nächstes fragt sie, wie es Julian geht.

»Prima. Am Samstag waren wir Lasertag spielen und er war richtig gut!« Sie lächelt. »Aber vor ein paar Wochen ist er ziemlich krank gewesen. Ich meine, er ist öfter krank, aber als ich bei ihm vorbeigeschaut habe, ging es ihm echt dreckig.«

»Das hast du mir ja gar nicht erzählt! Was hatte er denn?«

»Mach dir nicht immer gleich einen Kopf«, sage ich, aber dafür ist es jetzt zu spät. »Er hat einfach oft Grippe.«

Mom springt auf und will plötzlich nicht mehr *Vier gewinnt* spielen, was kein gutes Zeichen ist. Stattdessen wühlt sie in dem Schrank herum, in dem sie ihre homöopathischen Mittel aufbewahrt. »Bring ihm diese Tropfen mit.«

»Okay, ich gebe sie ihm Montag in der Schule.«

»Du weißt doch, dass du sie nicht mit in die Schule nehmen kannst.«

Sie hat natürlich Recht. Die Lehrer mögen es nicht, wenn man braune Glasfläschchen mit einer alkoholisch riechenden Flüssigkeit mit sich herumträgt.

»Stimmt. Ich wollte eh gleich noch zu Emerald. Wir können ja bei ihm vorbeifahren.«

»Was? Du gehst noch mal weg? Du bist doch gerade erst nach Hause gekommen.«

»Ich war mit Matt, Joe, Eric und den anderen unterwegs. Emerald hat den ganzen Tag gelernt, deshalb haben wir uns noch gar nicht gesehen.«

Mom wirkt enttäuscht, deshalb sage ich: »Warum rufst du nicht Denise an?«

»Es ist Samstag.«

»Und?«

»Sie hat sicher was mit ihrem Mann vor«, antwortet Mom steif. »Aber das ist schon okay. Ehrlich.«

Sie steckt die Tropfen in eine Papiertüte und gibt sie mir.

»Danke.« Ich drücke ihr einen Kuss auf die Wange und gehe.

Als ich gerade zum zweiten Mal klingeln will, wird die Tür zu Julians Haus aufgerissen. Dahinter steht ein Mann im Anzug – er ist nicht ganz so groß wie Charlie, dafür aber breiter. Der Blick aus seinen dunklen Augen ist ungeduldig, so als würde ich ihn bei etwas Wichtigem stören.

»Hallo«, sage ich. »Ist Julian zu Hause?«

»Und du bist?« Er hat eine Nachrichtensprecher-Stimme, tief und ohne jeden Akzent.

»Oh, tut mir leid. Sie müssen Julians Onkel sein. Ich bin Adam.«

Ich warte, dass er mich hereinbittet. Hier draußen ist es schweinekalt. Stattdessen macht er einen Schritt vor. Sein massiger Körper füllt den gesamten Türrahmen aus.

»Ich wollte ihm nur das hier vorbeibringen.« Ich halte die Papiertüte hoch.

Er nimmt sie und wirft einen Blick hinein. »Was ist das?«

»Flüssiges Chlorophyll und Astragaluswurzel. Das sind pflanzliche Heilmittel zur Stärkung der Abwehrkräfte. Als ich neulich hier war, ging es ihm nicht gut. Und da er so oft erkältet –«

»Als du neulich hier warst?«

Bei seinem Tonfall gefriert mir das Lächeln auf den Lippen. Mir fällt ein, dass Julian gesagt hat, sein Onkel wolle keine fremden Leute im Haus haben. Hoffentlich bekommt er jetzt keinen Ärger.

»Ja, aber ich bin gleich wieder gegangen. Ich wollte nur sehen, wie es ihm geht, weil er nicht in der Schule war.«

»Du gehst mit Julian zur Schule?«

»Yep.«

»In dieselbe Stufe?« Er mustert mich skeptisch, was ich gut nachvollziehen kann. Für einen Neuntklässler bin ich definitiv zu alt.

»Nein, ich bin in der Zwölften.«

»So, so, in der Zwölften.«

»Yep. Ich meine: Ja, Sir.«

»Und du verbringst viel Zeit mit Julian.«

»Ja.«

»Adam, richtig?« Ich nicke. »Adam, ich möchte nicht, dass Julian sich mit den falschen Leuten einlässt. Das verstehst du doch sicher.«

Ich habe keine Ahnung, was ich darauf antworten soll. Ich bin ziemlich sicher, dass mich noch nie ein Erwachsener angeschaut und gedacht hat, ich würde zu den »falschen Leuten« gehören.

»Machen Sie sich keine Sorgen. Wegen mir gerät er bestimmt nicht auf Abwege. Ich nehme nicht mal Aspirin, wenn ich Kopfschmerzen habe.«

»Ich frage mich nur, warum jemand in deinem Alter sich mit einem Jungen in Julians Alter abgibt.«

Mir läuft ein Schauer über den Rücken.

»Was hast du für ein Interesse an ihm?«

»Interesse? Wir sind Freunde.«

»Ja, natürlich. Jeder will mit jemandem wie Julian befreundet sein.« Er verzieht die Lippen zu einem Lächeln und zwei Reihen weißer Zähne kommen zum Vorschein. Aber irgendwas an seinem Tonfall ist komisch. Seine Bemerkung klingt fast sarkastisch.

»Warum sollte ich nicht mit Julian befreundet sein wollen?«

»Er sollte sich Freunde in seinem Alter suchen. Und du auch.«

Julians Onkel drückt mir die Papiertüte in die Hand und schlägt mir die Tür vor der Nase zu.

»Es können dich nicht immer alle mögen, Adam«, sagt Emerald, nachdem ich mich ins warme Auto gesetzt und ihr erzählt habe, was passiert ist.

»Es geht mir nicht darum, gemocht zu werden. Er hat mir quasi vorgeworfen, seinen Neffen zu *belästigen.*«

»Hat er das gesagt?«

»Nicht wörtlich, aber er hat solche Andeutungen gemacht.«

»Was hat er denn gesagt?«

»Das Problem war nicht so sehr, *was* er gesagt hat. Ich habe einfach ein ungutes Gefühl. Wie ein Reh in einem dieser Tierfilme, das die Ohren spitzt, obwohl es den Wolf noch gar nicht sieht. Aber es spürt, dass da eine Gefahr ist.«

Emerald prustet los.

»Im Ernst«, fahre ich fort. »Er wollte mich auch nicht ins Haus lassen. Als wäre ich ein Vampir oder ein Zeuge Jehovas oder so was.«

»Vielleicht hatte er nicht aufgeräumt.«

»Das bezweifle ich sehr. Du solltest mal sehen, wie ordentlich sein Wohnzimmer ist.«

Als ich vor Emeralds Haus halte, steigt sie nicht aus. Stattdessen spielt sie an den Roboter-Lüftungsschlitzen herum. Warme Luft bläst ihr ins Gesicht.

»Mom ist bei Rusty.«

»Schon wieder?«

»Ja. Seit fast einer Woche.«

»Meine Mom würde mich nie eine Woche lang allein lassen.« Ich lache. »Sie hätte Angst, ich würde irgendwas anstellen.«

»Willst du nicht bei mir übernachten?«, fragt Emerald unvermittelt.

»Äh …«

»Was auch immer du jetzt denkst, darum geht es mir nicht.«

»Ich denke gar nichts.«

Sie zieht eine makellose Augenbraue hoch.

Eine Stunde später kommt Emerald aus der Dusche. Sie trägt ein weißes Nachthemd und sieht aus wie eine wohlerzogene junge Dame aus dem 19. Jahrhundert. Dieser Gedanke sollte mich eigentlich nicht erregen, aber er tut es. Ihr Bauch und ihre Schenkel schimmern durch den feuchten Stoff, und das nasse Haar fällt ihr über die Schultern. Auch das turnt mich an.

Sie kriecht neben mich ins Bett und legt den Kopf auf meine Brust.

»Ich bin froh, dass du hier bist«, murmelt sie.

»Ich auch.« Ich beuge mich über sie und küsse den Leberfleck unter ihrem rechten Auge.

»Nachts ist es im Haus furchtbar still.«

Ich küsse sie auf die Wange.

»Das ist unheimlich.«

Ich küsse sie auf die Schulter.

»Adam?«

»Ja?«

»Ich liebe dich.«

Da ist wieder dieses Gefühl – Asthma und Herzinfarkt.

»Ich dich auch.«

Fünfunddreißig // Julian

Russell erwartet mich in meinem Zimmer. Er lächelt, aber etwas stimmt nicht, etwas, was ich eher spüre als sehe.

»Wo warst du?«, fragt er.

»In der Bücherei.«

»In der *Bücherei.*« Er nimmt das abgenutzte *Elian Mariner*-Buch von meinem Bett. Ich habe vergessen, es wieder in den Koffer zu räumen.

»So was liest du?« Als ich nicke, lacht er. »Weißt du, wer vorhin hier war?«

»Nein …«

»Adam.« Mir wird schlecht, als säße ich in einem Auto, das auf eine Wand zurast.

»Er hat erzählt, dass er schon mal hier war. Im Haus.« Sein Lächeln wird breiter. Es wirkt aufgesetzt, wie die Maske eines Clowns. Ein gruselig verzerrtes Grinsen.

»Ich … ich habe ihn nicht hereingebeten.«

»Dann ist er bei uns eingebrochen?« Russell holt sein Telefon aus der Tasche. »Soll ich die Polizei rufen?«

Langsam schüttle ich den Kopf.

»Also hast du ihn hereingelassen.«

Ich zupfe an meinem Ärmel herum.

»Antworte!«

Ich nicke, und die dicke Ader an seinem Hals zuckt.

»Was hast du ihm erzählt?«

»Erzählt?«

»Bist du taub?«

»Worüber?«

»Darüber, warum du zu Hause warst.«

»Nichts.«

»Wirklich nicht? Gar nichts?«

»Ich habe nur gesagt, dass ich krank bin.«

»Stelle ich vielleicht zu viele Regeln auf?«

»Nein.«

»Vielleicht ist es das.« Er stützt das Kinn in die Hand, als würde er ernsthaft nachdenken. »Ich weiß ja, dass du Schwierigkeiten hast, dir zu viele Dinge auf einmal zu merken.« Er lacht. »Aber hier geht es nicht um Vergesslichkeit, oder? Du hast ihm gesagt, er soll wieder gehen, also wusstest du, dass er nicht hier sein durfte. Richtig?«

»Ich weiß nicht.«

»Du weißt nicht«, wiederholt er mit einem kleinen Lächeln.

»Ja.«

Die Welt vor meinen Augen verschwimmt, und alles steht für einen Moment still. Dann kommt der Schmerz, so heftig, dass er mir die Luft aus den Lungen presst. Ich liege auf dem Boden, meine Wange pocht. Als ich mich auf die Seite rolle und versuche, mich aufzurichten, dreht sich mir der Magen um.

Russell steht mit meiner Muschel in der Hand über mir. Er hat mich noch nie ins Gesicht geschlagen. Noch nie. Wieder verschwimmt die Welt vor meinen Augen. Diesmal trifft die Muschel meinen Mund. Die Lippen platzen auf, und ich gehe wieder zu Boden. Wie betäubt schlage ich die Hände vors Gesicht. Blut läuft mir über die Finger.

Mein Blick zuckt hoch. Russell wirkt noch wütender. Sein Körper dehnt sich aus und zieht sich zusammen wie eine Amöbe.

Russell hebt die Muschel ein drittes Mal hoch.

Ich werfe die Arme schützend über den Kopf.

Es kracht und splittert.

Ich spähe unter meinen Armen hindurch und sehe eine Delle in der Wand. Meine Muschel liegt in tausend Stücke zersprungen auf dem Boden. Ich rühre mich nicht, bis Russell mit schweren Schritten aus dem Zimmer geht, ich rühre mich nicht, bis er sein Auto anlässt und davonfährt.

Ich weiß nicht, wie spät es ist oder wie lange ich schon hier stehe. Ich weiß nur, dass mein Haar nass ist und meine Beine taub und dass mir die kalte Luft in der Lunge brennt. Ich stehe breitbeinig über meinem Fahrrad gegenüber von meinem alten Haus, aber ich sehe nicht richtig hin. Es ist einfach da, ein verschwommener Fleck im Hintergrund.

Im Grunde beobachte ich nur meinen Atem, der in durchsichtigen weißen Wölkchen aus meinem Mund strömt. Wenn mein Atem eine Liste wäre, würde sie aus Zahlen bestehen. Eins. Zwei. Drei. Eine Liste mit Beweisen, dass ich lebe.

Ich bin immer noch mit Zählen beschäftigt, als ein Auto angefahren kommt. Es wird langsamer und hält an. Ich bemerke es kaum. Seit ich hier in der Dunkelheit stehe, sind viele Autos an mir vorbeigefahren. Dann sagt jemand meinen Namen. Ich muss husten, und eine feuchte Wolke kommt aus meinem Mund.

»Julian?«, wiederholt die Stimme. Eine Autotür schlägt zu, und dann steht Adam vor mir. Bevor ich ihn fragen kann, was er hier macht, sagt er: »Brittany hat mich angerufen. Was ist los?«

Im Dunkeln kann ich sein Gesicht nicht sehen, aber seine Stimme klingt besorgt. »Mensch, Julian, es ist arschkalt. Wie lange stehst du hier schon?«

Vielleicht hätte ich darauf eine Antwort, wenn die Zeit in Atemzügen gemessen würde. Ich habe sie nämlich alle gezählt. Adam starrt mich eine Weile an und strafft dann die Schultern, als hätte er eine Entscheidung getroffen.

»Komm«, sagt er. »Steig ein.«

Er öffnet die Tür auf der Beifahrerseite, und das Licht der Innenbeleuchtung fällt auf unsere Gesichter.

»Scheiße«, ruft er aus. »Was ist dir denn passiert?«

Er sieht von meinem Gesicht zu meinem T-Shirt. Ich folge seinem Blick und sehe, dass es voller Blutspritzer ist.

»Was ist passiert?«, wiederholt er, doch ich starre nur auf die dunkelroten Spritzer auf meiner Brust.

Adam hebt die Hände wie ein Verbrecher, der beweisen will, dass er unbewaffnet ist. Dann berührt er leicht meine Schulter, hilft mir vom Fahrrad und führt mich zum Auto. Ich bewege meine eiskalten Finger. Erst jetzt merke ich, dass ich den Lenker die ganze Zeit fest umklammert habe.

Mit schnellen Bewegungen hebt Adam mein Fahrrad in den Kofferraum und setzt sich auf den Fahrersitz. Er zieht den Gurt über meine Brust, schnallt mich an und dreht die Heizung auf. Der Robotermund glüht auf – ein roter Kreis, vor Entsetzen weit aufgerissen. Adam macht genau dasselbe Gesicht.

Anstatt zu mir oder zu ihm nach Hause zu fahren, biegt er in Emeralds Einfahrt. Er steigt aus, öffnet die Beifahrertür, als könnte ich das nicht selbst, und führt mich ins Haus.

Emerald sitzt im Nachthemd in einem Wohnzimmersessel. Sie springt hoch, reißt schockiert die Augen auf, und plötzlich steht sie vor mir und stellt dieselbe Frage wie Adam:

»Was ist *passiert*?«

Ich fühle mich, als stünde ich nackt in einem Raum voller angekleideter Menschen. Adam nimmt mich bei der Schulter und schiebt mich auf die Couch. Dann kniet er sich vor mich hin und mustert mein Gesicht, aber ich schäme mich viel zu sehr, um ihm in die Augen zu sehen.

»Hat dein Onkel dir das angetan?«

Adams Frage überrumpelt mich. Warum denkt er, dass es Russell war? Mir könnte alles Mögliche passiert sein. Ich könnte hingefallen sein. Jemand könnte mich überfallen haben. Mitschüler könnten mich verprügelt haben. Doch er klingt so, als *wüsste* er, dass es Russell war.

Ohne es wirklich zu wollen, nicke ich.

Adam springt auf, zieht sein Telefon aus der Tasche und tippt eine Nummer ein.

Ich gerate in Panik. »W-wen rufst du an?«

»Die Polizei.«

»Nein, nicht!«, flehe ich.

»Ich zeige ihn an.« Alle Muskeln in seinem Gesicht sind angespannt. »Das Arschloch gehört in den Knast.«

»Nein!«

»Wieso nicht?«, brüllt er zurück. »Natürlich gehört er in den Knast!«

Mir geht auf, dass er wütend ist. Erstaunt sehe ich ihn an. Ich wusste nicht, dass Adam überhaupt wütend werden kann.

Emerald steht immer noch vor uns und sieht besorgt von mir zu Adam. Dann setzt sie sich neben mich auf die Couch. Sie nimmt meine Hand und sagt: »Beruhig dich.«

Ich weiß nicht, ob sie damit mich oder Adam meint, aber keiner von uns beiden beruhigt sich. Ich fange an zu zittern, er sieht noch wütender aus.

Ohne Emerald zu beachten, fragt Adam: »Warum? Warum willst du nicht, dass ich die Polizei anrufe?«

»Weil ich es nicht will.« Was natürlich kein richtiger Grund ist. Ich weiß nur nicht, wie ich es erklären soll. Ja, Russell ist manchmal wütend, aber das heißt nicht, dass ich ihn hasse. Bei dem Gedanken, er könnte ins Gefängnis kommen, wird mir ganz schlecht.

»Du weißt ja nicht, wie viel er für mich tut«, murmele ich schließlich und hoffe, dass Adam mich vielleicht versteht, auch wenn das unwahrscheinlich ist. Adam hat keine Ahnung, wie es ist, bei jemandem aufzuwachsen, der sich nicht um dich kümmern *müsste*.

»Russell mag keine Kinder, aber er hat mich trotzdem bei sich aufgenommen. Es ist nicht leicht für ihn, ein Kind im Haus zu haben. Vor allem nicht so eins wie mich.«

»So eins wie dich«, wiederholt Adam kalt.

»Ja. Ich bin nicht … Du weißt schon.«

»Du bist nicht was?«

»Na, du weißt schon. Ich falle anderen zur Last. Du kennst mich doch!«

»Hat Russell das gesagt?« Adams Gesichtsmuskeln zucken, als wären sie es nicht gewohnt, eine finstere Miene zu machen.

»Adam«, sagt Emerald beschwörend. »Wenn Julian nicht will, dass du die Polizei anrufst, kannst du nicht anrufen. Es ist seine Entscheidung.«

Einen Moment lang sieht er sie einfach nur an. Dann dreht er sich um, reißt die Tür zum Garten auf, stürmt nach draußen und lässt die Tür offen. Eiskalter Wind weht herein. Wenig später kommt er zurück und beginnt, im Wohnzimmer auf und ab zu laufen.

»Adam, hör auf«, sagt Emerald scharf. »Du machst ihm Angst.«

Er erstarrt und wirft mir einen entschuldigenden Blick zu. Dann fährt er sich durchs Haar, kniet sich hin und legt mir eine Hand auf das nervös zuckende Bein.

»Hey. Ich bin nicht wütend auf dich«, sagt er.

Ich nicke. Das weiß ich.

»Aber wir müssen Russell anzeigen.«

Es gibt so vieles, was Adam nicht versteht. Er hat mir erzählt, dass er seinen Vater nie kennengelernt hat, also weiß er nicht, dass Väter gewisse Pflichten haben. Aber vor allem weiß er nicht, wie es sich anfühlt, nirgendwo sonst hinzukönnen. Ich versuche gar nicht erst, ihm das zu erklären, sondern sage nur: »Bitte nicht.«

Er holt tief Luft. »Okay, okay.«

Dann steht er auf und geht davon. Er bleibt lange weg, und irgendwann frage ich mich, ob er überhaupt zurückkommen wird. Doch schließlich taucht er wieder auf. Er kniet sich ein zweites Mal vor mich hin, diesmal mit einem feuchten Waschlappen in der Hand, legt eine Hand auf meinen Hinterkopf und drückt mir den Waschlappen vorsichtig gegen die Lippe.

Wasser läuft mir über das Kinn, und Tränen schießen mir in die Augen.

»Tue ich dir weh?«

Ich schüttle den Kopf und blinzle. Die Tränen rollen mir über die Wangen. Ich spüre Emeralds Hand. Sie streicht mir in kleinen Kreisen über den Rücken, während Adam mir behutsam das Blut vom Gesicht wäscht.

Nichts von dem, was die beiden machen, tut weh. Trotzdem ist es, als würde etwas in meiner Brust bersten. Die Kälte löst sich auf. Ihre Hände sind weich. Alles ist still, bis auf die Schluchzer, die von irgendwo tief in mir aufsteigen. Ich habe schon oft vor Schmerz geweint und ich habe vor Angst geweint, aber diese Tränen sind anders, tiefer. Es fühlt sich an, als würde ich entzweibrechen.

Ich rechne damit, dass die Geräusche, die ich von mir gebe, die beiden in die Flucht schlagen, aber Emeralds Hand bleibt da, wo sie ist, und Adams Hand bleibt da, wo sie ist. Er wäscht immer noch mein Gesicht, obwohl es längst sauber sein müsste.

Irgendwann versiegen die Tränen und ich fühle mich ganz leer, aber es ist eine angenehme Leere. Ich bin ganz leicht, und wenn Emeralds Hand nicht auf meinem Rücken läge und Adams Hand nicht auf meinem Hinterkopf, würde ich wahrscheinlich davonschweben.

Ich lausche meinen abgehackten Atemzügen, und plötzlich bin ich zu müde, um die Augen offen zu halten. Ich sehe kaum noch etwas, als Adam mir aufhilft und mich den Flur entlangführt. Wir gehen in ein Zimmer, das Emerald gehören muss. Es riecht irgendwie nach Mädchen, so wie meine Mutter früher roch, wenn sie aus der Dusche kam, und überall stehen Porzellanschmetterlinge herum.

Ich kann mich kaum noch auf den Füßen halten. Emerald sagt, ich solle mich setzen, und zeigt auf das ungemachte Bett. Ich sinke auf eine weiche Decke und höre aus der Ferne, wie Adam sagt, ich solle die Arme hochheben. Ich gehorche und er zieht mir das T-Shirt über den Kopf. Dann streift er mir ein neues über, das sauber und warm ist. Ich bin so müde wie noch nie zuvor, erschöpft bis in jede einzelne Körperzelle.

Mir fallen die Augen zu, und einer von ihnen, entweder Adam oder Emerald, schiebt mich rückwärts aufs Bett. Einer von ihnen zieht mir die Schuhe von den Füßen. Einer von ihnen hält mir ein Coolpack an die Wange, und ich bin müde, so unendlich müde. Einen von ihnen zieht mir die Decke zum Kinn, und der Geruch nach meiner Mutter wird stärker. Dann gibt mir einer von ihnen einen Kuss auf die Stirn, und ich bin eingeschlafen, bevor einer von ihnen das Licht ausschalten kann.

ADAM

»Ich *muss* die Polizei anrufen«, sage ich zu Emerald, während wir ins Wohnzimmer gehen. Sie nimmt meine Hand und zieht mich zur Couch.

»Er will es aber nicht.«

»Es ist mir egal, was er will.«

»Adam.«

»Ich meine es ernst. Ich bin nicht sicher, ob Julian weiß, was das Beste für ihn ist. Den Typ sollte man nicht mehr in seine Nähe lassen.«

»Menschen machen Fehler.«

»Fehler?«

»Ich will damit nur sagen, dass Eltern manchmal falsche Entscheidungen treffen. Nicht jede Familie ist so perfekt wie deine, weißt du.«

Worum geht es hier überhaupt? Das ist doch ein ganz anderes Thema. Wir reden total aneinander vorbei. »Julians Onkel hat ihn verprügelt. Er hat geblutet, verdammt noch mal.«

»Und was passiert, wenn du die Polizei rufst? Was glaubst du? Vielleicht muss sein Onkel für ein paar Tage ins Gefängnis. Und dann? Dann kommt er wieder nach Hause, und für Julian wird alles nur noch schlimmer.«

Dasselbe habe ich schon Millionen Mal von Mom gehört, also hat Emerald vielleicht Recht, aber das ist mir egal. Ich will von ihr hören, dass wir es wenigstens versuchen müssen. Es ist vielleicht nicht die klügste Idee, nur immer noch besser, als nichts zu tun.

»Irgendwas müssen wir doch tun.« Ich entziehe ihr meine Hand.

»Adam …« Emerald macht ein verletztes Gesicht. »Ich kann doch nichts dafür.«

»Ich bin ja auch nicht auf dich wütend.« Bin ich wirklich nicht. Wut ist Zeitverschwendung. »Ich fühle mich nur so hilflos.«

Wir sitzen schweigend da, ohne einander zu berühren, bis sie sagt: »Es ist spät … Bist du müde?«

»Ja.«

Sie greift nach meiner Hand, und wir gehen in ihr Zimmer. Einen Moment lang stehen wir in der Tür und beobachten den schlafenden Julian. Das Coolpack liegt immer noch auf seinem Gesicht.

Plötzlich schluchzt er auf, als hätte er Angst oder Schmerzen.

Ich gehe zum Bett und berühre seine Schulter. Sofort beruhigt er sich. Als sein Atem wieder gleichmäßig geht, kriechen Emerald und ich unter die Decke, links und rechts von Julian.

ZWEITER TEIL

Sechsunddreißig // Adam

Die Osterferien beginnen in – ich werfe einen Blick auf die Uhr – oh, Mann, erst in vierzig Minuten. Die Lehrer sind schon den ganzen Tag nicht mehr richtig anwesend. In der siebten Stunde legt Ms Fry eine DVD ein, die Charlie von zu Hause mitgebracht hat – einen Film über irgendeinen Typen, der mit einer Machete ständig irgendwelche Leute niedermetzelt, weil er sich für irgendwas rächen will. Ich bin ziemlich sicher, dass der Film nicht pädagogisch wertvoll ist, aber wen kümmert's: Ms Fry sieht eh nicht von ihrem Computer auf.

»Langweilig!«, rufe ich, als ich es nicht mehr ertrage.

»Halt die Klappe.« Am liebsten hätte Charlie mir gegen den Arm geboxt, das sehe ich ihm an. »Der Film ist superspannend.«

Der Killer – ich weiß immer noch nicht, ob er gut oder böse sein soll – zieht die Machete aus dem Bauch eines Mannes und wischt sie an seinem Ärmel ab.

»Warum tun sie das eigentlich immer?«, frage ich.

»Was?«

»Nachdem sie jemanden erstochen haben, wischen sie die Klinge an ihrer Kleidung ab. Warum? Damit sich das nächste Opfer nicht mit irgendwas ansteckt?«

»Adam«, stöhnt Charlie. »Sei endlich still!«

Ich halte es kaum noch aus. Ich tripple mit dem Fuß und starre auf die Uhr, bis endlich, endlich die Klingel läutet. Dann flitze ich raus auf den Flur, werde von einem Lehrer zurechtgewiesen, weil ich im Schulgebäude renne, und springe durch die Tür nach draußen. Julian steht neben meinem Auto, das Manuskript von *Hamlet* in der Hand. Obwohl es mittlerweile fast zwei Monate her ist, dass sein Onkel ihn verprügelt hat, und ich ihn erst heute Morgen gesehen habe, bleibe ich stehen und schaue ihn ein paar Sekunden an.

Als er ein paar Tage nach dem Vorfall wieder in die Schule kam, war seine Lippe geschwollen und auf seiner Wange prangte ein riesiger Bluterguss.

»Dr. Whitlock wird sich über dein Gesicht wundern«, sagte ich zu ihm. Er hatte keine richtigen Termine mehr bei ihr – wir liefen im Prinzip die ganze Stunde durch die Schule –, aber die letzten fünf Minuten verbrachte er immer bei Dr. Whitlock.

»Dann gehe ich eben nicht hin.«

»Vielleicht sollten wir ihr erzählen, was passiert ist.«

Er machte ein so verzweifeltes Gesicht, dass er aussah wie ein Wahnsinniger.

»Wenn du das tust, dann … dann …« Julian hatte offenbar

große Mühe, sich eine passende Drohung auszudenken. »Dann bin ich nicht mehr dein Freund.«

So was habe ich seit der Grundschule nicht mehr gehört. Damals war es ein beliebtes Erpressungsmittel, jemandem die Freundschaft zu entziehen.

Julians Drohung mochte zwar kindisch klingen, aber es wunderte mich nicht, so was von ihm zu hören. Er ist nur vier Jahre jünger als ich, aber oft kommt es mir vor, als wäre ich doppelt so alt wie er. Oder er halb so alt wie ich. Ich dachte immer, dass Kinder, die sich durchbeißen müssen, schneller erwachsen werden, aber wenn das der Fall wäre, müsste Julian hundert Jahre alt sein. Vielleicht stimmt ja auch das Gegenteil. Vielleicht macht dich Schmerz nicht erwachsener, sondern hemmt dich in deiner Entwicklung.

Ich versprach Julian, Dr. Whitlock nichts zu sagen. Seitdem haben wir nicht mehr über das Thema gesprochen, aber ich habe viel darüber nachgedacht. Ich habe überlegt, mich Dr. Whitlock trotz meines Versprechens anzuvertrauen. Ich habe überlegt, meiner Mom davon zu erzählen. Und ich habe überlegt, Russell zur Rede zu stellen. Ich habe mir ausgemalt, wie ich in das große Haus stürme und ihm sage, er solle verdammt noch mal die Finger von Julian lassen.

Aber letztlich habe ich nichts von alldem getan.

Ich weise mit dem Kinn auf das Manuskript in Julians Hand. »Wow! Die Aufführung rückt näher, was?«

Er nickt und klettert auf die Rückbank.

»Wurden die Rollen schon verteilt?«

»Ja. Ich spiele den Edelmann. Er berichtet Hamlets Mutter von Ophelias Wahnsinn.«

»Du hast eine Sprechrolle?«

Er nickt.

»Das ist ja toll!«

»Es sind nur ein paar Zeilen.«

»Ja, okay, aber ihr seid fast vierhundert Schüler, und du hast eine der wenigen Sprechrollen bekommen. Das ist großartig!« Er macht ein verlegenes und gleichzeitig glückliches Gesicht – ein typisches Julian-Gesicht.

Gleich darauf schieben sich die anderen auf die Rückbank, und Emerald setzt sich auf den Beifahrersitz. Sie ist wunderschön. Ihr hochgestecktes Haar entblößt ihren weißen Hals, und ihr kurzer Rock entblößt ihre langen Beine. Ich setze mein Verrenkter-Kiefer-Grinsen auf und küsse sie, während Charlie so tut, als müsse er kotzen. Jesse stöpselt seinen iPod ins Autoradio, und ein Song, den wir zur Abwechslung mal alle kennen und mögen, schallt durch den Innenraum.

Nachdem wir die anderen abgesetzt haben, werfe ich Emerald einen Blick zu und sie lächelt so verschwörerisch, dass ich sie schon wieder küssen muss. Mir ist leicht schwindelig und ich fühle mich, als hätte ich zu viel Koffein oder Brausepulver zu mir genommen. Emerald lacht, ich glaube, ihr geht es ähnlich. Wahrscheinlich denkt auch sie an unsere Rucksäcke im Kofferraum.

Ich habe Mom erzählt, ich würde mit Charlie wandern gehen. Sicher hätte sie nichts dagegen, dass ich ein paar Tage mit Emerald in die Natur fahre, aber sie würde viele neugierige Fragen stellen und uns peinliche Ratschläge geben, und das braucht kein Mensch. Wir kommen gut allein klar: Sobald ich auch nur einen flüchtigen Gedanken an Sex verschwende, spürt Emerald es mit hellseherischer Sicherheit und ruft mich zur Vernunft.

»Und was hast du deiner Mom erzählt?«, frage ich.

»Sie merkt es eh nicht, wenn ich weg bin«, antwortet Emerald in ihrem üblichen geschäftsmäßigen Tonfall und dreht den Ring an ihrem Zeigefinger. Er ist ein Geburtstagsgeschenk ihrer Großmutter und, soweit ich weiß, das Einzige, was sie von ihrer Familie bekommen hat.

Vielleicht wird Emerald nie vollkommen offen mit mir reden und mir ihre intimsten Geheimnisse anvertrauen – anscheinend hält sie es für würdevoller, wenn andere ihre rätselhafte Art entschlüsseln müssen. Aber jetzt, wo wir jede freie Minute miteinander verbringen, durchschaue ich sie ziemlich gut, und ich weiß, dass der kühle Tonfall nur aufgesetzt ist. Das Verhalten ihrer Mutter ist ihr nicht gleichgültig. Sie mag finden, dass Eltern auch nur Menschen sind, die Fehler machen, aber es verletzt sie trotzdem, dass ihre Mutter nicht zu wissen scheint, dass sie existiert.

»Emerald?«

»Mhm?«

»Ich bin nicht blind, weißt du.«

Sie sieht mich an. Ihre blauen Augen schimmern verdächtig feucht, und sie nimmt meine Hand und drückt sie.

Wir fahren aus der Stadt raus. Es geht bergauf, die Straße wird breiter, der Himmel höher. Bei Sonnenuntergang erreichen wir die Hütte. Ich bin ganz aufgekratzt: Im echten Leben sieht sie noch besser aus als auf der Webseite. Sie ist klein und gemütlich und steht unter den größten Bäumen, die ich je gesehen habe.

Den ersten Tag verbringen wir mit Wandern. Ich fühle mich, als wären wir allein auf einem fremden Planeten, auf dem alles viel größer ist als auf der Erde. Wir sind winzig, aber weil es *unser* Planet ist, sind wir gleichzeitig riesengroß.

Am zweiten Tag laufen wir quer durch den Wald zu einem See, der von hohen Felsen umgeben ist. Wir ziehen uns bis auf die Unterwäsche aus und springen ins türkisfarbene Wasser. Dann küssen wir uns unter Wasser, was nicht annähernd so toll ist, wie ich gedacht habe. Ich verschlucke mich und spüre Emeralds Lippen gar nicht richtig. Wir schwimmen zu einem Wasserfall, tauchen darunter hindurch und entdecken eine Höhle, in der es nach Moos und uralten Steinen riecht. Hier macht das Küssen viel mehr Spaß.

Den dritten Tag wandern wir wieder durch den Wald. Wir sind meilenweit von der Hütte entfernt, als ich über einen toten Ast stolpere. Zum Glück breche ich mir keine Knochen, denn dann hätte Emerald mich zurücktragen müssen. Während ich mich auf einem Baumstamm ausruhe, verkündet sie feierlich, sie sei jetzt bereit für Sex – sobald ich dafür bereit sei.

Ich nicke ernst und schlage vor, sofort zurück zur Hütte zu gehen.

Emerald liegt auf dem Rücken, das Haar auf dem Kissen aufgefächert wie das einer Meerjungfrau. Seit ich denken kann, finde ich ihr Haar toll. Sie trägt es immer zu unzähligen Zöpfen geflochten oder komplizierten Knoten geschlungen, als hätte sie zu Hause ein ganzes Team aus Friseuren. Trotzdem mag ich es am liebsten, wenn sie es offen trägt, so wie jetzt. Wie es sonst niemand zu Gesicht bekommt.

Emerald, die nackt vor mir auf dem Bett liegt, ist ein unwirklicher Anblick. Ich *darf* sie nicht nur anschauen, es wird sogar von mir *erwartet*, dass ich sie anschaue. Sie macht keine Anstalten, ihre Nacktheit zu verbergen, aber sie liegt stocksteif da und hat roten Flecken im Gesicht, auf dem Hals und auf der Brust.

»Du schämst dich.« Ich spreche den Gedanken in dem Moment aus, als er mir kommt.

»Natürlich.« Sie greift nach dem Laken und zieht es bis zum Kinn. Ich versuche, es wieder wegzuziehen, aber sie ist stärker als gedacht.

»Ich bin auch nackt, und ich schäme mich nicht«, sage ich.

»Du bist eben nicht zu normalen Gefühlen fähig.« Sie zieht

sich das Laken über den Kopf und als sie weiterredet, klingt ihre Stimme erstickt. »So was wie Nervosität und Schüchternheit und Eifersucht sind dir fremd. Von dir prallt alles ab.«

»Ich habe sehr wohl Gefühle.« Vielleicht rege ich mich nicht ständig über irgendwelche Lappalien auf wie andere, aber ich bin nicht kalt und gefühllos.

Emerald linst unter dem Laken hervor. »So meinte ich das nicht. Ich habe mich blöd ausgedrückt.«

Ich lege mich neben sie aufs Bett, stütze den Kopf in eine Hand und warte, dass sie weiterredet.

»Du bist irgendwie … unverwüstlich.«

Ich lache. »Unverwüstlich?«

»Du lässt dich durch nichts aus der Ruhe bringen. Deswegen mögen dich alle so gern. Die Leute fühlen sich in deiner Gegenwart wohl, weil du in dir ruhst. Du bist so stark. Was anderen wehtut, kann dir nichts anhaben. Manchmal wirkt es fast, als brauchst du niemanden, als kommst du prima allein klar. Ich meine, falls das mit uns … äh … was wird, dann freust du dich, aber wenn es nichts wird, wäre das für dich auch in Ordnung. Du würdest nicht leiden. Jedenfalls nicht so wie ich.«

Es ist, als stünden wir wieder in der Mitte des Labyrinths – an jenem magischen Ort, an dem Emerald ihre soldatische Haltung aufgibt und mir ihre geheimsten Gefühle anvertraut.

»Emerald.« Ich berühre ihre Wange und tippe auf die Leberflecke, die mich an Punkte beim Malen-nach-Zahlen erinnern.

»So siehst du mich vielleicht, aber so bin ich nicht. Ich brauche dich genauso wie du mich.«

Sie glaubt mir nicht – das merke ich –, doch sie *will* mir glauben. Ihre Hand wandert zu meinem Nacken und zieht mich zu sich herunter. Meine Hand wandert zum Laken. Diesmal lässt sie zu, dass ich es wegziehe.

Siebenunddreißig // Adam

Nach der Schule schlendern Emerald und ich Hand in Hand über den Parkplatz. Wir waren fünf Tage in der Hütte – nicht annähernd lang genug. Ihre Schultern hängen zur Abwechslung entspannt herab, und sie wirft mir zärtliche Blicke zu. Ich gebe ihr einen Kuss, schließe das Auto auf, und wir warten auf die anderen.

Jesse springt als Erster auf die Rückbank. Er greift sofort nach dem Audiokabel und stöpselt es in seinen iPod.

Kurz darauf lässt sich Charlie auf die Rückbank fallen.

»Hey, Mann«, begrüße ich ihn. »Warum bist du heute nicht mit deinem Auto gekommen?«

Vor kurzem hat sich Charlie endlich das eigene Auto gekauft, auf das er jahrelang gespart hat.

»Willst du mich loswerden oder was?«, blafft er.

Camila steigt auf seiner Seite ein, und er muss in die Mitte rutschen. Emerald und ich sehen uns an. Normalerweise würde Allison ihm jetzt beruhigend den Rücken tätscheln, aber leider sind sie und Charlie zurzeit mal wieder getrennt.

»Ich dachte nur, du wärst total darauf aus, selbst zu fahren. Schließlich hast du mein Auto zwei Jahre lang niedergemacht«, sage ich in scherzhaftem Ton.

Charlie schaut auf sein Telefon. »Schreib deiner Mutter endlich mal eine Nachricht. Wenn du ihr nicht antwortest, schreibt sie mir. So ging das die ganzen Osterferien. Ich habe echt keinen Bock mehr, für dich zu lügen.«

Er starrt aus dem Fenster und sein Gesicht verdüstert sich noch etwas mehr, als er Julian auf uns zukommen sieht.

»Der schon wieder. Warum musst du ihn immer nach Hause fahren?«

Beim Anblick von Julians besorgtem Gesicht werde ich wütend. »Weißt du was, Charlie? Wenn es dir nicht passt, musst du ja nicht mitfahren.«

Im Wagen wird es still. Charlie sieht mich an, als hätte ich Hochverrat begangen. Als hätte ich mit Allison geschlafen.

»Schön.« Er packt seinen Rucksack, aber weil er zwischen Jesse und Camila eingequetscht ist, kann er keinen würdevollen Abgang machen. Während er über Jesse hinwegklettert, flucht er laut vor sich hin. Dann rauscht er an Julian vorbei, der ein ängstlich-verwirrtes Gesicht macht.

»Was soll der Scheiß?«, frage ich.

Emerald tätschelt mir beruhigend den Rücken.

JULIAN

»Und, gab's heute was Interessantes?«, fragt Adam am Dienstag, als wir den Flur entlanggehen.

»Nein, eigentlich nicht.« Aber ich bin froh, dass die Schule wieder angefangen hat. Die Osterferien waren die längste und einsamste Woche meines Lebens.

»Wie laufen die Proben für die Aufführung?«

»Ms Cross hat geschimpft, weil niemand seinen Text gelernt hat.«

Adam lacht. »Hat sie wirklich geglaubt, die Leute würden in den Osterferien lernen?«

»Ja.«

Er lacht wieder. »Und wie läuft's bei dir?«

»Ganz gut.«

Die erste Zeile fällt mir leicht, aber nach der Replik von Hamlets Mutter muss ich zehn Zeilen hintereinander sprechen, von denen ich nur Bahnhof verstehe. In den Ferien habe ich viel geübt, und ich dachte, ich würde es wenigstens schaffen, den Text abzulesen, aber als ich in der ersten Englischstunde vor der Klasse stand, verschwammen die Worte auf dem Papier zu lauter schwarzen Flecken. Nachdem ich bei jedem zweiten Wort ins Stottern geraten bin, hat Ms Cross gesagt, ich solle bitte zu Hause weiterüben.

»Adam?«

»Ja?«

»Hast du schon mal was von einer Stadt namens Alma in Colorado gehört?«

»Nein, ich glaube nicht.«

»Und Sky Valley in New Mexico?«

»Auch nicht. Warum fragst du?«

Im Notizheft meiner Mutter gibt es eine Liste mit Städten. Mom hat die Städte mir gegenüber nie erwähnt, jedenfalls nicht, soweit ich mich erinnern kann, aber irgendeine Bedeutung müssen sie ja haben. Warum sollte sie sie sonst aufgeschrieben haben? Vielleicht sind es Städte, die sie mal besucht hat. Leider habe ich keine Ahnung, wo sie vor meiner Geburt überall gewesen ist.

»Willst du einen Roadtrip machen oder was?«, fragt Adam.

»Nein. Ich habe kein Auto. Und keinen Führerschein.«

Adam grinst. »Ich weiß.«

»Aber ich würde gern mal hinfahren. Dort ist es bestimmt schön.«

Wir biegen um eine Ecke und stehen plötzlich Ms West gegenüber. Ich zucke zurück und trete Adam auf einen seiner roten Sneaker. Er stolpert und wäre fast hingefallen. Als er sich wieder gefangen hat, ist Ms West verschwunden.

Nachdem ich mit Ms West über ihren Sohn und die Aufgabe, die jeder Mensch im Leben zu erfüllen hat, gesprochen hatte, war sie in der nächsten Schulstunde wie immer: launisch und gemein. Der Hass schoss in kleinen Salven wie Torpedos aus ihr heraus. Aber ich glaube, ich weiß jetzt, warum sie uns so sehr hasst. Weil wir leben und ihr Sohn tot ist.

In letzter Zeit begehrt die Klasse immer öfter gegen sie auf. Die anderen widersetzen sich ihren Anweisungen und spielen ihr Streiche, um sich für ihre Gemeinheiten zu rächen. Irgendwie ist das ungerecht. Dass sich ihr eigenes Unglücklichsein auch noch gegen sie wendet.

»Adam? Glaubst du, wir haben im Leben eine Aufgabe?«

Er sieht mich verwirrt an. »Was für eine Aufgabe?«

Enttäuscht zucke ich mit den Achseln. Wenn Adam es nicht weiß, dann weiß es niemand.

Im Flur kommt uns ein Mädchen mit geröteten Augen entgegen. Sie sieht aus, als hätte sie geweint. Während sie an uns vorbeigeht, schenkt Adam ihr ein Lächeln. Ihr Gesicht hellt sich auf, und sie lächelt zurück.

Hass kehrt immer wieder zu dir zurück, aber Freundlichkeit auch.

Achtunddreißig // Julian

Ein paar Schüler rennen um die schwarze Eisenleiter herum, über die man zu meinem Geheimzimmer gelangt. Ich habe Angst, sie könnten auf die Idee kommen, hochzuklettern und die Möbel zu verrücken. Vielleicht würden sie dann die losen Bretter hinter dem Schrank entdecken, sie beiseiteschieben und durch das Loch klettern. Vielleicht würden sie mein Geheimzimmer entdecken, und dann wüsste die ganze Schule davon und ich könnte mich nicht mehr dort oben verstecken.

Es ist Montag, und die Aufführung ist in einer knappen Woche. Jeder, der eine Sprechrolle hat, muss heute nach der Schule länger dableiben. Wir proben zum ersten Mal in der Aula. Mittlerweile können alle ihren Text, selbst die Hauptrollen, nur ich habe immer noch Schwierigkeiten. Sogar dann, wenn ich den Text vom Blatt ablese.

»Sprich lauter«, sagen Ms Cross und die anderen Englischlehrerinnen immer wieder, doch dann kommt nur lautes Stottern aus meinem Mund. Ich möchte mich in Luft auflösen oder mich wegbeamen, aber ich stehe im Rampenlicht auf einer Bühne und alle starren mich an.

Um sechs Uhr lassen uns die Lehrer endlich gehen. Anstatt den anderen aus der Aula zu folgen, sehe ich mich hastig um und klettere dann die Leiter zu meinem Geheimzimmer hoch.

Oben warte ich, bis alle weg sind. Dann klettere ich wieder runter. Ich bin ganz allein im Backstagebereich. Überall liegen Requisiten herum, und an der Wand steht ein Klavier. Am liebsten hätte ich mich drangesetzt und etwas gespielt, nur leider kann ich kein Klavier spielen. Mom hat versucht, es mir beizubringen, aber ich hatte Schwierigkeiten mit dem Notenlesen und habe ziemlich schnell aufgegeben.

Als ich durch den Vorhang auf die Bühne trete, höre ich eine Stimme.

»Er wird die ganze Aufführung ruinieren!«

Ich spähe um eine große Holzburg und sehe orangefarbenes Haar. Kristin steht neben Alex, der den Hamlet spielt.

»Man sollte doch meinen, dass drei Wochen ausreichen, um *dreizehn* Zeilen auswendig zu lernen, findest du nicht?«

Sie beugt sich vor, legt ihm eine Hand auf den Arm und flüstert ihm etwas ins Ohr. Er weicht ein Stück zurück. Ihre Fischaugen huschen in meine Richtung und sie entdeckt mich hinter der Burg.

»Ja, Julian«, sagt sie. »Wir reden von dir.«

Draußen regnet es in Strömen. Die Tropfen sind groß und kalt, und das Haar klebt mir am Kopf. Mit einem Mal hält ein schwarzer Jeep mit quietschenden Bremsen neben mir.

»Soll ich dich mitnehmen?«, brüllt Charlie durch das geschlossene Fenster.

Ich zögere kurz und öffne die Beifahrertür.

»Du machst mir die Sitze nass«, blafft er, sobald ich Platz genommen habe. Charlie ist nie freundlich, aber heute Abend ist sein Gesichtsausdruck noch finsterer als sonst. Er macht mir Angst.

»Tut mir leid. Ich kann wieder aussteigen.«

»Schon gut«, zischt er und fährt los. »Was ist los? Warum bist du nicht bei Adam mitgefahren?«

»Ich hatte Theaterprobe. Und du?«

»Adam ist ein Idiot.«

»Nein, ist er nicht.«

Charlie umklammert das Lenkrad, als wollte er es aus der Verankerung reißen, und wirft es dann wütend herum. Er biegt viel zu schnell ab, und wir hängen eine Sekunde lang in der Luft. Dann rasen wir durch eine tiefe Pfütze neben der Straße. Das Herz wummert mir in den Ohren, und ich habe Angst, dass mir schlecht wird.

»Vielen Dank, Charlie. Du kannst mich hier rauslassen.«

»Ich habe gesagt, dass ich dich mitnehme, also bringe ich dich auch nach Hause. Und jetzt halt die Klappe.«

Er reißt einen Hebel hinter dem Lenkrad nach unten, und der

Scheibenwischer erhöht seine Geschwindigkeit. Dann lenkt Charlie den Jeep vom Seitenstreifen zurück auf die Straße. Ich halte mir den Bauch und kämpfe gegen die Übelkeit an.

»Tut mir leid«, sage ich nach längerem Schweigen. »Ich weiß ja, dass ich allen auf die Nerven gehe.« Ich habe keine Ahnung, warum ich das sage. Ich merke doch, dass Charlie sich nicht unterhalten will. »Deshalb nehme ich auch nicht den Schulbus.«

Er sieht mich scharf an. »Hast du Probleme im Bus? Machen dich die anderen fertig?«

»Nur ein Junge. Das war schon immer so. Von Anfang an.«

»Das geht schon das ganze Jahr so?«

»Nein, von Anfang an. Seit dem Kindergarten.«

»Was macht er denn?« Aus irgendeinem Grund wirkt Charlie jetzt noch wütender. Er beißt sich auf die Lippen.

»Manchmal schlägt er mich. Aber das ist schon in Ordnung. Ich weiß, dass er –«

»Wie kann es in Ordnung sein, wenn dich jemand *schlägt*?«

»Er ist nur unglücklich.«

»Unglücklich?« Charlie klingt so verächtlich, dass ich anfange zu stottern.

»Nie-niemand will anderen Menschen we-wehtun. Wer anderen we-wehtut, ist nur un-unglücklich.«

»Oder ein Arschloch.«

Ich beobachte das Hin und Her der Scheibenwischer. Sie kommen kaum gegen den Regen an.

»Charlie, bist du …«

»Was?«

»Glücklich?«

Für einen Moment wirkt er verdattert, so als wäre das die persönlichste Frage, die ihm je jemand gestellt hat. Der Regen ist so stark, dass ich seine Antwort kaum verstehe.

»Nein.«

»Warum nicht?«

»Ich weiß nicht.«

Wir fahren langsam durch graue, nasse Straßen.

»Das tut mir leid.«

»Ja, ja. Kann dir doch egal sein.«

»Es ist mir aber nicht egal. Ich möchte, dass du glücklich bist.«

Seine Miene wechselt zwischen Wut und etwas, das wie Scham aussieht.

Als er vor meinem Haus hält, geht gerade ein besonders heftiger Guss nieder. Meine Hand liegt schon auf dem Türgriff, als er murmelt: »Sag Bescheid, wenn ich dich mal wieder mitnehmen soll …«

Er starrt auf das Lenkrad. Seine Finger öffnen und schließen sich.

»Danke, Charlie. Das ist nett.« Dann öffne ich die Tür und renne durch den Regen zum Haus.

Neununddreißig // Julian

Nach der Schule laufe ich zum Parkplatz, um Adam nicht zu verpassen. Die anderen sitzen schon auf der Rückbank. Charlie thront in die Mitte, also ist er wohl nicht mehr sauer auf Adam.

»Hi, Julian«, ruft Jesse, und Adam fragt gleichzeitig: »Hast du heute keine Probe?«

»Äh … nein.«

»Wirklich nicht? Die Aufführung ist doch in zwei Tagen.« Er mustert mich im Rückspiegel, als ahnte er, dass ich lüge, und wollte mich aus dem Auto werfen.

»Ich habe es nicht geschafft«, gestehe ich leise. Ich schäme mich so sehr, dass ich niemanden ansehe. »Ms Cross musste die Rolle jemand anderem geben.«

»Warum hast du mir nichts gesagt?« Adam legt den Gang ein. »Ich hätte dir geholfen, den Text zu lernen.«

Ich hebe den Kopf und sehe, wie mir Emerald einen mitfühlenden Blick zuwirft. Schnell starre ich wieder zu Boden.

»Ist doch egal«, sagt Charlie. »Hattest du überhaupt Lust, bei dem Quatsch mitzumachen?«

»Nein.« Auch das ist gelogen. Ich hatte schon Lust – wenn auch vor allem deswegen, weil Adam es toll fand, dass ich eine Sprechrolle bekommen hatte. »Nicht wirklich.«

Nachdem Adam die anderen abgesetzt hat, bringt er mich nicht heim, sondern fährt zu sich. Im Haus geht er geradewegs zu dem Computer, der im Wohnzimmer steht.

»Ich suche den Text raus«, sagt er und setzt sich. »Und dann üben wir deine Rolle.«

Selbst wenn es dafür nicht zu spät wäre, will ich mich vor Adam nicht blamieren. Auf keinen Fall werde ich in seiner Gegenwart etwas vorlesen. Ich bin schließlich nicht mehr in der zweiten Klasse.

»Nein.«

Meine Weigerung scheint ihn zu überraschen. Er zieht den zweiten Stuhl unter dem Schreibtisch hervor.

»Julian.« Sein Tonfall ist ungewöhnlich streng. »Komm schon.«

Meine Füße bewegen sich wie von selbst, bis ich neben ihm am Schreibtisch sitze. Frustriert lasse ich den Kopf auf die ausgestreckten Arme sinken.

»Der Text ist wirklich nicht ganz einfach«, sagt Adam nach ein paar Minuten. »Setz dich hin. Ich will nur, dass du mir vorliest, okay?«

»Ich kann das nicht.«

Er zieht mich am Kragen, bis ich den Kopf hebe und auf den Bildschirm blicke.

»Versuch's einfach.«

Ich versuche es und komme tatsächlich bis zur dritten Zeile.

»Ein St-stohr-halm är-gret? Ich hab doch gesagt, ich kann das nicht!«

Ich lasse den Kopf wieder auf die Arme fallen.

»Doch, du kannst. Lief doch super. Setz dich gerade hin.«

Ich gehorche.

»Lies das Wort da noch mal.« Er hält seine Zeigefinger rechts und links daneben, so dass ich den Rest nicht sehen kann.

»St-stohr-halm.«

»Strohhalm«, verbessert er.

»Strohhalm, ach so.«

»Und das nächste Wort?«

»Keine Ahnung.«

Wieder hält er die Zeigefinger so, dass ich nur ein einzelnes Wort sehe.

»Ä-ärgert?«

»Richtig. Jetzt lies die Zeile noch mal von vorn.«

»Ein Strohhalm ärgert s-sie; sie sp-spricht verworren.«

Ich linse zu Adam. Er nickt, also lese ich weiter.

»Siehst du?« Er lächelt. »Du kannst es. Du bist einfach nur über ein Wort gestolpert. Jetzt noch mal von vorn.«

ADAM

In der Mittagspause gehe ich statt in die Mensa in den Englisch-Trakt. Ms Cross sitzt in ihrem Klassenzimmer, isst ein Sandwich und tippt mit der freien Hand auf ihrem Laptop herum. Ich klopfe an den Türrahmen.

»Adam!« Ein Lächeln lässt ihr Gesicht erstrahlen. »Wie geht es meinem Lieblingsschüler?«

»Das sagen Sie doch bestimmt zu allen.«

»Nein«, erwidert sie ernst.

Ich ziehe einen Stuhl vor ihren Tisch und setze mich. »Da ich Ihr Lieblingsschüler bin, habe ich mich gefragt …«

Sie kneift in gespieltem Misstrauen die Augen zusammen.

»… ob ich mit Ihnen mal über Julian Harlow reden könnte.«

»Ich glaub es nicht.« Sie legt ihr Sandwich auf einer Serviette ab.

»Was glauben Sie nicht?«

»Geht es darum, dass ich ihm die Rolle des Edelmanns wiedergeben soll?«

»Woher wissen Sie das?«

»Du bist der Dritte, der deswegen heute zu mir kommt.«

»Ehrlich? Wer war denn noch hier?«

»Emerald und ein junger Mann, der anonym bleiben möchte.«

»Ach, kommen Sie schon. Mir können Sie es doch sagen.«

»Charlie Taylor.«

»*Charlie?*« Ich muss lachen.

»Und ich sage dir dasselbe, was ich den anderen beiden gesagt habe. Julian ist ein lieber Junge. Ich habe ihm die Rolle gegeben, weil … Ach, egal. Was ich sagen will: Die Rolle ist zu schwer für ihn.«

»Ist sie nicht.«

»Wir proben seit fast einem Monat, und er ist immer noch nicht in der Lage –«

»Aber nur, weil er nervös ist. Gestern Abend hat er den Text fehlerfrei aufgesagt.«

Sie sieht aus, als gibt ihr das zu denken, also rede ich weiter.

»Bitte tun Sie ihm den Gefallen. Er war sehr enttäuscht. Können Sie ihm nicht noch eine Chance geben? Er möchte Ihnen beweisen, dass er es kann.«

»Na, schön. Aber weißt du, Adam, vielleicht ist es einfach zu schwer für ihn. Vielleicht kann er es wirklich nicht. Ich möchte nicht, dass er sich auf der Bühne blamiert.«

»Er kann das.«

JULIAN

Ich setze mich auf eine umgedrehte Kiste in dem improvisierten Gang, der mit Stellwänden an der Längsseite der Aula abgetrennt ist. Er dient als Umkleidekabine, weil nicht alle Schüler in den Backstagebereich passen. Um mich herum ziehen circa fünfzig Schülerinnen und Schüler ihre Kostüme an und schminken sich. Der Geräuschpegel ist ohrenbetäubend.

Gestern hat Ms Cross gesagt, sie würde mir noch eine Chance geben, und bei der anschließenden Probe habe ich es tatsächlich geschafft, meinen Text aufzusagen! Ich war so … erleichtert, aber jetzt, kurz vor der Aufführung, bin ich nur noch nervös. Ich höre, wie die Eltern und Geschwister ins Foyer strömen, und alle paar Minuten kommt ein Kind in den Gang und überreicht einem Schauspieler oder einer Schauspielerin eine rote Nelke. Die Eltern können sie kaufen und sie vor der Aufführung hinter die Bühne bringen lassen.

Plötzlich ruft jemand mit panischer Stimme in den allgemeinen Trubel hinein: »Was machen denn die Zwölftklässler hier?«

»Was?«, brüllt jemand anders zurück.

»Zwölftklässler! Da draußen! Total viele!«

Eine Horde Neuntklässler rennt zu einem Spalt zwischen den Trennwänden und späht hindurch.

»Ach, du Scheiße!«, stöhnt ein Junge. »Die wollen uns einen Streich spielen. Ganz sicher!«

»Oh Gott, ausgerechnet *die.*« Kristin klingt geschockt. »Was wollen die denn hier?«

Neugierig stehe ich auf und versuche, ihnen über die Schulter zu blicken, aber vor dem Spalt herrscht ein zu großes Gedränge. Da höre ich meinen Namen. Die anderen Schüler weichen ein Stück beiseite, und ich sehe Adam, der mich angrinst und zu sich winkt. Alle im Gang starren mich an. Ich versuche ihre Blicke zu ignorieren und schiebe mich durch die Gruppe Neuntklässler. In der Aula herrscht ein unglaubliches Gedränge.

Adam und Emerald halten Händchen und lächeln mich an. Neben ihnen stehen Charlie, Allison, Camila, Matt, Jesse und noch ein paar andere von Adams Freunden.

»Was macht ihr denn hier?«, frage ich.

Adam sieht mich halb amüsiert, halb genervt an. Charlie macht ein ähnliches Gesicht, nur in einer etwas härteren Variante.

»Dreimal darfst du raten.«

»Keine Ahnung. Du hast gesagt, die Theateraufführungen wären schrecklich. Und dass die älteren Schüler nicht kommen würden.«

»Wir sind hier, weil wir dich sehen wollen, du Idiot«, sagt Charlie, aber er lächelt dabei.

»Oh. Ach so.«

»Musst du nicht langsam mal dein Kostüm anziehen?«, fragt Adam.

»Stimmt.«

Charlie zeigt auf die improvisierte Umkleide. »Na dann, Abmarsch!«

»Okay. Bis später!« Ich winke ihnen zu und schiebe mich wieder durch das Gedränge. Die nervöse Übelkeit, die ich eben noch empfunden habe, ist wie weggeblasen. Stattdessen breitet sich Wärme in mir aus. Menschen, die mir wichtig sind, werden mir zusehen. Ihre Blicke sind ein Sicherheitsnetz. Selbst wenn ich abstürzen sollte, fangen sie mich auf.

ADAM

Die Aufführung ist wie erwartet eine Katastrophe. Schon nach fünf Minuten kann ich nicht mehr still sitzen und rutsche auf meinem Sitz hin und her. Charlie tritt mir brutal auf den Fuß.

»Arschloch«, zische ich ihm zu und verziehe das Gesicht, doch das scheint ihn nur zu amüsieren. Fünf Sekunden später zapple ich schon wieder herum. Nicht, weil ich ihn ärgern will, aber es ist ein netter Nebeneffekt.

Während auf der Bühne eine dilettantisch gespielte Szene nach der anderen abläuft, werde ich immer unruhiger. Ich muss ständig daran denken, was Ms Cross gesagt hat: Sie möchte nicht, dass Julian sich blamiert. Vielleicht war es ein Fehler, ihn zu dem Auftritt zu drängen. Was, wenn er seinen Text vergisst? Wie wird er sich dann fühlen?

Julian ist erst im vierten Akt dran. Endlich kommt er auf die

Bühne. Er trägt eine Samtjacke mit Puffärmeln, eine Kniehose und scheußliche lila Strumpfhosen. Charlie prustet los, und jetzt trete *ich* ihm brutal auf den Fuß.

Als Julian seine erste Zeile aufsagt, greife ich nach Emeralds Hand. Geschafft!

Hamlets Mutter spricht ihre Replik, und ich drücke Emeralds Hand ganz fest, während ich im Kopf die Wörter mitspreche, als könnte ich sie Julian per Telepathie schicken. Er sagt seinen Text, vielleicht nicht mit der allerbesten Betonung, aber die Worte kommen fehlerfrei und klar verständlich aus seinem Mund.

Als er von der Bühne geht, beginne ich laut zu applaudieren, was bei einer so düsteren Szene natürlich total unangebracht ist. Emerald sieht mich verblüfft an und fängt dann ebenfalls an zu klatschen. Im nächsten Moment springen Charlie, Camila und alle anderen Zwölftklässler, die wir hergeschleppt haben, von ihren Sitzen auf und jubeln Julian zu.

Vierzig // Adam

Julian und ich befinden uns wieder mal auf einem unserer endlosen Spaziergänge zu Dr. Whitlocks Büro, als er fragt:

»Willst du wissen, wo ich mittags meine Pause verbringe?«

Ich sehe ihn überrascht an. »Klar.«

»Ich kann es dir zeigen, aber …«

»Aber was?«

»Es muss unser Geheimnis bleiben.«

»Jetzt machst du mich aber neugierig.«

»Du darfst niemandem davon erzählen.«

»Okay.«

Er wirkt immer noch misstrauisch, also setze ich hinzu: »Versprochen.«

»Gut.« Jetzt lächelt er. »Dann komm.«

Wir gehen in die Aula und ich folge ihm hinter die Bühne, wo er flink eine Eisenleiter hochklettert. Gleich darauf stehen wir auf einem zugerümpelten Dachboden voller Requisiten. Julian verschwindet hinter einen Schrank und schiebt zwei lose Bretter beiseite wie ein Zauberer einen Vorhang.

Ich beuge mich vor und spähe in die Dunkelheit.

»Da hinten ist ja noch ein Raum!«, rufe ich aus. Aber ich habe keine Ahnung, wie wir dort hingelangen sollen, ohne uns den Hals zu brechen. Unter uns geht es zehn Meter in die Tiefe, und nur ein paar herumliegende Bretter führen über den Abgrund.

Julian zwängt sich durch das Loch und balanciert über eins der Bretter. Als er das Ende erreicht, geht er in die Knie, als stünde er auf einem Sprungbrett. Ich rufe: »Julian, nicht!«, aber er hat sich schon abgedrückt.

Er landet in dem anderen Raum, dreht sich um und macht ein besorgtes Gesicht. »Vielleicht war das doch keine gute Idee«, sagt er. »Du müsstest springen und …«

»Was?«

»Du fällst doch so oft hin und tust dir weh. Selbst wenn du nur den Flur entlanggehst.«

Wenn jemand anders so was gesagt hätte, wäre ich beleidigt gewesen, aber ich weiß, dass Julian sich aufrichtig Sorgen um mich macht. Ich schätze die Entfernung ab, es ist nur ein knapper Meter.

»Ich glaube, das schaffe ich gerade noch.«

Julian wirkt nicht überzeugt, doch er tritt einen Schritt zurück, um mir Platz zu machen. Als ich neben ihm gelandet bin, lächelt er mich erwartungsvoll an, also sage ich: »Cool hier.« Aber es ist nicht cool. Wir stehen mit eingezogenem Kopf in einem engen Raum in einer dunklen Ecke des Dachbodens, und es riecht nach Staub und Moder. »Hier verbringst du jeden Tag deine Mittagspause?«

Er nickt.

Das ist noch deprimierender als der Raum selbst. Wir sind noch nicht mal zwei Minuten hier oben, und ich bekomme schon Beklemmungen. Ich tigere hin und her, werfe einen Blick aus dem Fenster, tigere wieder hin und her und stoße in einer Ecke mit dem Fuß gegen einen Stapel Papier – genauer gesagt einen Stapel Notizhefte.

»Was ist das?« Ich bücke mich und hebe ein Heft auf.

»Das? Nichts … Das sind nur …«

Ich schlage das Heft auf und sehe Julians krakelige Handschrift. Sie ist nicht mehr ganz so hieroglyphenhaft wie früher, und mit etwas Mühe kann man sie ganz gut entziffern.

Ich trete zu dem kleinen runden Fenster und beginne zu lesen. Obwohl es in dem Raum schummerig ist und ich mich total beengt fühle, setze ich mich auf den Holzboden und verschlinge Seite um Seite.

Als ich nach einer Weile den Kopf hebe, merke ich, dass Julian mich beobachtet und dabei auf seinem Daumen herumkaut.

»Wie machst du das?«, frage ich.

Er sieht mich beunruhigt an. »Wie mache ich was?«

»So zu schreiben. Wo nimmst du das alles her?« Die Geschichte hat mich genauso in den Bann gezogen wie die *Elian Mariner*-Bücher in meiner Kindheit. Ich habe es immer geliebt, in eine ganz andere Welt einzutauchen. Als Julian ein ängstliches Gesicht macht, wird mir klar, dass ich deutlicher werden muss.

»Die Geschichte ist gut, Julian. Richtig gut.«

Für einen Moment erstarren seine Gesichtszüge, dann lächelt er breit.

Ich stehe auf und gebe ihm das Notizheft zurück.

Die Klingel läutet, sehr viel gedämpfter als sonst.

»Hast du Hunger?« Das Bild von Julian, der hier oben im Dunkeln sitzt und seine Brote isst, lässt mich nicht los.

»Ja.« Julian nickt.

»Kommst du mit in die Mensa? Warum allein essen, wenn man Freunde hat?«

JULIAN

Ich spüre die neugierigen Blicke meiner Klassenkameraden, als ich zum ersten Mal die Mensa betrete.

Der große Saal ist voller Schüler, und Adam geht so schnell, dass ich Angst habe, ihn in der Menge zu verlieren. Ich muss joggen, um mit ihm mithalten zu können.

Als wir an seinen Tisch kommen, haben wir Schwierigkeiten, einen Platz zu finden. Adam quetscht sich neben Emerald und beginnt sich sofort mit ihr zu unterhalten, also unterhalte ich mich mit niemandem.

Plötzlich fragt Jesse, ob ich mir seinen neuen Lieblingssong anhören will. Ohne eine Antwort abzuwarten, schiebt er mir einen Kopfhörer in ein Ohr.

»Klingt toll«, sage ich.

Dann reden wir über Musik, und Adam bietet mir die Hälfte seines Gemüsesafts an. Camila sagt, er solle mich in Ruhe lassen, aber ich trinke den Saft trotzdem, und Adam macht einen Witz und alle lachen. Ich auch, und es ist wie beim Tanzen auf Emeralds Party – dieselbe elektrisierende Verbindung.

Dieses Gefühl trage ich noch den ganzen Tag mit mir herum. Fast habe ich den Eindruck, dass ich es sehen kann, wie bei Engeln auf alten Gemälden, die von einem goldenen Schimmer umgeben sind. Das Gefühl ist auch noch da, als ich von der Schule nach Hause komme. Ein Sicherheitsnetz aus Glück.

Im ersten Moment bemerke ich ihn gar nicht. Russell. Er steht in der Küche, dunkel wie ein Schatten und völlig reglos. Bis auf den pulsierenden Wurm an seinem Hals.

Einundvierzig // Julian

»Du bist früh dran. Fährt der Schulbus eine neue Route?«, sagt Russell.

»Ja.«

Er starrt mich an, als sähe er mir an, dass ich lüge.

»Was hast du da an?«

»Wie bitte?«

»Welchen Teil meiner Frage verstehst du nicht?«

»Ich verstehe sie ja, aber … Das ist ein T-Shirt.«

»Das sehe ich.« Er lächelt. »Wo hast du es her?«

»Von einem Freund aus der Schule.«

»Einem Freund?« Ein kurzes, ungläubiges Lachen. »Meinst du Adam?«

»… Ja.«

»Er kommt also hier ins Haus, und jetzt schenkt er dir auch noch Kleider?«

»Er kommt nicht ins Haus.«

»Er war noch nie hier im Haus?«

»Er war nur das eine Mal hier. Seitdem nicht mehr.«

»Und warum schenkt dir dieser Junge Kleider?«

»Ich weiß nicht.«

»Was will er dafür haben?«

»Nichts.«

Die Ader an Russells Hals zuckt, wie an dem Abend, als er meine Muschel zertrümmert hat.

»Du lügst.«

Ich weiche einen Schritt zurück.

»Was musst du für ihn tun?«

»Ich weiß nicht.«

»Du weißt nicht, was du für ihn tust?«

»Nichts. Ich tue nichts für ihn.«

»Er muss doch irgendwas von dir wollen. Niemand macht einfach so Geschenke.«

»Tut mir leid.«

»Das ist keine Antwort.«

»Ich habe keine Antwort.«

»Hast du dich beschwert? Hast du Lügen über mich erzählt?«

»Nein.«

»Warum dann?«

»Vielleicht fand er, dass meine Kleider mir zu klein sind.«

»Dann hast du dich also doch beschwert.«

Ich schüttle den Kopf.

»Lüg mich nicht an. Ich glaube keine Sekunde, dass dieser Junge sich ohne jeden Grund für dich und deine Kleidung interessiert. Wieso sollte er das tun?«

»Ich weiß nicht.«

»Julian!« Er spuckt meinen Namen voller Verachtung aus. »Warum interessiert sich dieser Junge für dich?«

»Ich weiß es nicht.«

»Was verheimlichst du mir?«

»Er will nur nett sein. Wir sind Freunde.«

»Ich kenne dich von klein auf.« Sein Mund verzieht sich zu einer Art Lächeln. »Du hast keine Freunde.«

Tränen schießen mir in die Augen, aber nicht, weil ich traurig bin. Ich bin –

»*Warum* schenkt er dir Kleidung?«

– wütend. »Er dachte wohl, ich könnte sie gebrauchen.«

»Warum?«

Wut ballt sich in meinem Magen zusammen. »Weil mir meine zu klein ist.«

»Und woher weiß er das?«

Meine Hand ballt sich zur Faust. »Weil er Augen im Kopf hat!«

Ich habe noch nie erlebt, dass Russell schockiert ist. Aber jetzt ist er es – der Mund offen, die Augen aufgerissen. Einen Moment lang sagt keiner von uns beiden etwas.

Dann löst sich die Erstarrung, und er läuft rot an. »Geh sie holen.«

»W-was?«

»Zum letzten Mal: Geh sie holen!«

»Aber ich habe nichts getan.«

»Dieser Junge, Adam, hat dir Flausen in den Kopf gesetzt! So hast du noch nie mit mir geredet.« Russell geht mit langen Schritten zum Schrank, reißt die untere Schublade auf und greift nach der Rute. »Zieh dein T-Shirt aus.«

Vor meinem inneren Auge sehe ich Adams wütendes Gesicht an dem Tag, als Russell mich mit der Muschel geschlagen hat. Mein Herz ist eine Faust, die sich öffnet und schließt und immer größer wird. »Ich habe nichts getan!«

Die Rute verschwimmt vor meinen Augen. Rot brennender Schmerz. Ungerechter Schmerz. Schmerz, den ich nicht verdient habe. Ich gehe zu Boden. Ich knie in Adams Wut.

Als ich aufwache, tut mir alles weh. Ich sehe zur Kommode, aber da ist kein Geld und keine Muschel. Der Mut, den ich gestern Abend empfunden habe, ist wie weggeblasen. Jetzt bereue ich, Russell Widerworte gegeben zu haben. Ich habe einen langen Schulweg vor mir, also muss ich sehen, dass ich aus dem Bett komme.

Jede Bewegung ist langsam. Jede Bewegung schmerzt.

Ich habe es gerade geschafft, meine Turnschuhe anzuziehen, als Russell in der Tür auftaucht.

»Ich fahre dich heute zur Schule.«

Das hat er noch nie getan. Kein einziges Mal.

»Danke«, sage ich.

Während wir schweigend durch die Stadt fahren, wird mir übel. Ich habe Angst, dass ich mich im Auto übergeben muss.

Russell würde furchtbar wütend werden, wenn ich mich auf seine Ledersitze übergebe. Ich schlinge die Arme um den Bauch und versuche, an etwas Schönes zu denken.

Der Parkplatz ist voller Schüler, aber statt mich rauszulassen, stellt Russell den Motor ab.

»Wir gehen ins Sekretariat. Ich melde dich ab.«

»Was? Ich … ich gehe nicht mehr zur Schule?«

»Nora hat sich bereit erklärt, dich aufzunehmen.«

Ich will nicht bei Russells Schwester wohnen. Ich will hier nicht weg. Vor allem nicht jetzt, wo ich endlich Freunde gefunden habe. Aber offenbar ist der Tag gekommen, vor dem ich mich immer gefürchtet habe. Ich habe es zu weit getrieben, und Russell setzt mich vor die Tür.

»Ich habe fünf Jahre lang versucht, dich zu erziehen. Aber du bist einfach hoffnungslos *verdorben.*«

Im Sekretariat füllt Russell mehrere Formulare aus. Während wir auf meine Zeugnisse warten, schließe ich die Augen. Wenn ich mich konzentriere, kann ich Löffel verbiegen oder die Zeit zurückdrehen.

Irgendwann sitzen wir wieder im Auto, und ich kann nichts dagegen tun.

Als Russell den Schlüssel dreht, frage ich: »Darf ich mich noch von Adam verabschieden?« Ich habe Angst, dass Russell mich hier auf dem Parkplatz schlägt, so wütend sieht er aus.

Dann lacht er. »Du glaubst wirklich, er wäre dein Freund, was?«

Ich antworte nicht.

»Adam ist doch derselbe Junge, bei dessen Mutter du früher gewohnt hast, nicht?«

Ich nicke.

»Der Junge, dem du so wichtig warst, dass er dich in all den Jahren kein einziges Mal angerufen hat? Der Junge, der seine Mutter angefleht hat, dich rauszuwerfen, damit er sein Zimmer wieder für sich allein haben kann? Adam ist nicht dein Freund, Julian. Du musst dir immer vor Augen halten, wer in all den Jahren für dich da gewesen ist.«

Ich starre aus dem Fenster. Die erste Stunde hat angefangen, der Parkplatz ist leer.

»Hast du seine Nummer?«, fragt Russell.

Ich nicke vorsichtig.

Er holt sein Handy aus der Tasche und gibt es mir.

»Beeil dich.«

Das hatte ich nicht gemeint. Ich möchte reingehen und mich persönlich von Adam verabschieden. Aber im Leben bekommt man fast nie, was man sich wünscht.

Ich ziehe das Notizheft, in dem ich Adams Nummer notiert habe, aus dem Rucksack und tippe sie ein. Ich rechne nicht damit, dass Adam während des Unterrichts drangeht, und so ist es auch. Sofort schaltet sich die Mailbox ein, und eine Roboterstimme bittet mich, eine Nachricht zu hinterlassen.

»Hallo, Adam«, sage ich, während Russell mich genau beobachtet. »Ich wollte dir Bescheid sagen, dass ich zu Russells

Schwester ziehe und … Ich wollte mich von dir verabschieden.«

»Warte hier«, sagt Russell, als wir in der Einfahrt neben seinem Haus halten. Ich bleibe im Wagen sitzen und starre mit leerem Blick auf die Windschutzscheibe. Nach einer Weile beginne ich die Minuten zu zählen. Zehn, zwanzig, dreißig.

Da klopft Russell ans Beifahrerfenster und zeigt mit dem Daumen rückwärts aufs Haus.

Heißt das, ich kann bleiben?

Ich folge ihm ins Haus und weiter in mein Zimmer. Der Deckel meines Schrankkoffers steht offen. Der Koffer ist leer. Der Inhalt befindet sich in zwei Umzugskartons. Russell zeigt auf eine leere Reisetasche und sagt: »Pack deine Kleider.«

Wie betäubt nehme ich meine Anziehsachen aus dem Schrank.

Als ich den Reißverschluss der Reisetasche zuziehe, kommt er zurück und lehnt sich in den Türrahmen.

»Du hast viele Jahre hier bei mir gewohnt. Du hattest niemanden, und ich habe dich aufgenommen.«

Ich nicke.

»Nach dem Tod deiner Eltern wollte ich dir helfen. Ich war kaum älter als du, als mein Vater starb.«

»Ich weiß. Es tut mir leid.«

»Als du klein warst, kamen deine Eltern hin und wieder mit dir zu Besuch.«

»Ich … erinnere mich.«

»Ihnen war es völlig egal, wie du dich aufgeführt hast, wie viel Chaos du angerichtet hast, wie laut du gewesen bist. Sie haben *gelächelt*, wenn du ihnen ins Wort gefallen bist.« Russells Augen glänzen vor Wut. »Und von mir haben sie erwartet, dass ich mich den Launen eines Kindes unterwerfe. Ich sollte alles stehen- und liegenlassen, nur weil du *singen* wolltest.« Er steigert sich in seine Wut hinein, und sein Körper schwillt an. »Keiner von euch dreien war zufrieden, bis nicht alle dir ihre ungeteilte Aufmerksamkeit geschenkt haben.« Die Ader an seinem Hals beginnt zu pulsieren. »Sie haben dich *verdorben.*«

Er holt tief Luft.

»Aber seit du bei mir wohnst …«, seine Stimme klingt wieder etwas ruhiger, »… hast du dich zum Positiven entwickelt. Ich weiß nicht, was in letzter Zeit schiefgelaufen ist.«

Er zieht einen Gegenstand aus seiner Tasche.

»Ich glaube, es ist noch nicht zu spät.«

Ein schweres, metallisch glänzendes Vorhängeschloss.

»Ich glaube, ich kann dir immer noch eine Lektion erteilen.«

Er sieht mich an, als wäre ich ein Gemälde oder eine Statue oder ein toter Gegenstand, der seinen Blick nicht erwidern kann. »Steig in den Koffer.«

»Was?«

»Steig in den Koffer.«

»Aber … ich … ich ziehe doch zu Nora.«

»Nein, Julian, das tust du nicht.«

Zweiundvierzig // Julian

Mein Blick huscht von Russell zum Koffer und vom Koffer zur Tür. Er scheint meine Gedanken lesen zu können, denn sein Gesicht verzieht sich zu einer abscheulichen Fratze.

»Hör auf, dich zu wehren!«

Ich überlege krampfhaft, was ich sagen kann, um ihn zu besänftigen, aber mir fällt nichts ein. Stattdessen flackert eine Erinnerung an Ms Wests Biologieunterricht in mir auf. In einem kranken Gehirn blockiert irgendwas die Synapsen, so dass keine Informationen durchkommen.

»Ich will dir eine letzte Chance geben.«

Russells Stimme klingt beinahe freundlich. Verstört sehe ich ihn an.

»Oder willst du weg von mir?«

»Du meinst, ich darf hierbleiben? Du schickst mich nicht weg?«

»Nein«, antwortet er. »Ich schicke dich nicht weg.«

Tränen der Erleichterung schießen mir in die Augen. Eine weitere Ablehnung hätte ich nicht verkraftet.

»Willst du, dass ich dir noch eine Chance gebe?«

Ich nickte hastig.

»Eine letzte Chance. Mehr bekommst du nicht.«

»Danke.«

Ich steige in den Koffer, knie mich hin und beuge mich vor, bis mein Gesicht den kalten Metallboden berührt. Dann drehe ich die Knie zur Seite und zwänge mich in den engen Raum. Kurz denke ich verzweifelt, dass ich mich umdrehen und eine bequemere Position einnehmen sollte, aber da schließt sich schon der Deckel. Metall schabt über Metall, als das Schloss zuschnappt. Das Geräusch hört sich dumpf an, wie aus weiter Ferne.

Ich versuche meine Hände freizubekommen, die unter meinem Oberkörper klemmen, doch es ist zu eng. Zu dunkel. Zu warm. Ich kann mich nicht bewegen. Vor Angst beginne ich zu schwitzen. In dem engen Raum klingt mein Atem viel zu laut. Und er geht viel zu schnell. Bald wird die Luft verbraucht sein.

Ich versuche wieder, meine Arme zu befreien, und stoße mit dem Ellbogen gegen die Metallwand. Meine Hüften sind verdreht und tun weh, aber ich kann sie nicht bewegen.

Es ist zu dunkel.

Ich höre meinen Herzschlag in den Ohren, so schnell und laut, dass ich mich frage, ob ich sterbe. Dann reißt ein Muskel in meiner Schulter und irgendwie gelingt es mir, mich umzudrehen. Und da sehe ich es. Licht.

Als ich mit neun zum Sommercamp fuhr, fand ich kurz vor der

Abreise in einer Ecke meines Zimmers eine Packung Leuchtsterne. Ich klebte die Sterne in den Deckel meines Koffers. Nur warum? Dort würde ich sie doch nie sehen können.

Mein abgehacktes Lachen hallt von den Wänden des Koffers wider. Jetzt kann ich ein bisschen besser atmen. Ich sehe hoch und beobachte, wie der Deckel zurückweicht und sich immer weiter entfernt, bis er sich auflöst. Ich liege unter einem endlosen Sternenhimmel.

ADAM

Nachdem ich zwei Minuten vor Julians Klassenzimmer auf und ab gelaufen bin, verliere ich die Geduld und klopfe. Seine Lehrerin steckt den Kopf durch die Tür.

»Julian ist heute nicht da«, sagt sie und schließt die Tür. Super. Das bedeutet, dass ich eine geschlagene Stunde lang in Dr. Whitlocks Büro herumhocken muss.

Mein Telefon vibriert, eine wütende Nachricht von Charlie. Seine Chemielehrerin hat ihn mal wieder zusammengestaucht. Während ich ihm antworte, laufe ich gegen einen Mülleimer und falle auf den Hintern. Als ich mich wieder aufgerappelt habe, sehe ich, dass ich eine Nachricht auf der Mailbox habe.

»Das ist doch total seltsam«, sage ich zum dritten Mal zu Dr. Whitlock. »Julian hätte mir von einem bevorstehenden Umzug erzählt.«

»Ich weiß nicht, was ich sagen soll, Adam.«

Dr. Whitlock sitzt an ihrem gelben Schreibtisch und blättert in einer dicken Akte. »Sein Onkel hat die Papiere heute Morgen unterschrieben.«

»Er nimmt Julian kurz vor dem Ende des Schuljahrs von der Schule? Vier Wochen vor den Ferien? Finden Sie das etwa normal?«

»Nein«, sagt sie. »Das ist tatsächlich etwas seltsam.«

JULIAN

Ich wache von einem pulsierenden Schmerz auf. Meine Ellbogen, Schultern und Knie tun schlimmer weh als alle Wunden, die mir Russell je mit der Rute zugefügt hat. Ich habe Durst. Mir ist heiß. Ich habe jedes Zeitgefühl verloren. Mein Atem geht immer noch stoßweise, röchelnd, als hätte ich eine Erkältung. Die Sterne leuchten schwächer, aber vielleicht kann ich auch nicht mehr klar sehen.

Nein, sie sind eindeutig schwächer geworden.

Und da fällt es mir ein: Sie müssen Licht aufnehmen, um zu

leuchten. Ich starre zur Decke, den Hals schmerzhaft verrenkt, und beobachte ängstlich, wie die Sterne langsam immer dunkler werden, bis sie schließlich ganz erlöschen.

Es ist zu dunkel. Ich kann nicht atmen.

Ich würde gern schreien, aber Russell könnte mich hören. Ich drücke meine Hände gegen das Metall. Ich muss hier raus!

Da ertasten meine Finger eine Öffnung. Ein kleines, rundes Loch.

Statt Erleichterung zu empfinden, dass ich atmen kann, stelle ich mir vor, wie Russell Löcher in den Schrankkoffer bohrt, den mir meine Eltern geschenkt haben, und mir wird übel.

Ich ziehe die Knie ein kleines Stück zur Brust. Ich muss aufs Klo. Bald ist der Druck schlimmer als alle Wunden und schmerzenden Gelenke.

Gerade als ich denke, dass ich es nicht mehr aushalten kann, höre ich, wie das Schloss geöffnet wird. Der Deckel hebt sich, ich richte mich auf und schnappe nach Luft. Ein Glas Wasser schwebt vor meinem Gesicht. Ich packe es mit zitternden Händen und trinke, dann stoße ich hervor: »Toilette.«

Russell beobachtet mich mit distanzierter Neugier. Als er nickt, taumle ich ins Badezimmer. Meine hastigen, unbeholfenen Schritte erinnern mich an Adam.

Nachdem ich auf der Toilette war, sinke ich zu Boden und lege das Gesicht auf die kalten Kacheln. Die Wände, der Boden und das Licht sind grellweiß. Ich kann die Arme und Beine ausstrecken, und die Kacheln sind wunderbar kühl.

Russells Schatten fällt auf mich. »Steh auf.«

Ich will das Badezimmer nie wieder verlassen, aber ich stemme mich hoch und wanke zum Bett.

»Wo willst du hin?«, fragt er.

Ich huste. Meine Kehle ist völlig ausgetrocknet. Ich wünschte, ich hätte mehr Wasser getrunken. »Schlafen?«

Er schüttelt den Kopf und zeigt auf den Koffer.

»Es tut mir leid«, stammle ich und beginne zu weinen.

»Du wehrst dich immer noch.« Er dreht sich um und geht aus dem Zimmer. Ich sinke aufs Bett. Wenig später spüre ich einen abrupten Schmerz auf dem Rücken

»Nein! Bitte nicht!« Ich drehe mich um und will die Arme heben, aber meine Muskeln gehorchen mir nicht, und so trifft die Rute mein Gesicht. Sie peitscht immer wieder auf mich ein. »Ich ziehe zu Nora!«

Die Rute verharrt in der Luft, und der Ausdruck auf Russells Gesicht ist beängstigender als je zuvor.

»Du willst von mir weg?«

»Nein.« Ich schüttle den Kopf. »Nein.«

Er hält die Rute in die Höhe. Sein Gesicht ist wie versteinert. »Nach allem, was ich für dich getan habe, willst du von mir weg?«

»Nein!« Ich schüttle wieder den Kopf, aber er scheint mich nicht zu hören. Die Rute drischt immer wieder auf mich ein. »Es tut mir leid.« Ich stehe auf und stolpere zum Koffer.

Er schlägt mich immer noch, während ich hineinsteige.

Dreiundvierzig // Julian

Bis vor kurzem drang noch etwas Licht in den Koffer, zwei bleistiftdünne Strahlen, die durch die Luftlöcher fielen, aber jetzt ist es stockdunkel. Mir ist heiß. Ich habe Durst. Ich habe Hunger. Panik überkommt mich, und ich will schreien.

Denk an was Schönes.

Wenn ich an was Schönes denke, kann ich atmen. Ich denke an Elian Mariner. Ich stehe auf seinem Schiff, und das Schiff kann überallhin fliegen.

Ich atme leichter, und bald habe ich mich so sehr beruhigt, dass ich in einen Dämmerschlaf falle. In meinem Kopf kommen und gehen die Gedanken. Meine Mutter … mein Vater … Emerald … Adam.

Wie viel Zeit ist vergangen?

Ich weiß es nicht.

Nach einer Weile kann ich nur noch an eins denken: Ich muss aufs Klo. Ich zähle bis sechzig. Zehnmal bis sechzig. Zehn Minuten. Zwanzig. Dreißig. Vierzig. Fünfzig. Es ist keine Entscheidung. Ich habe keine Wahl. Ich kann es nicht zurückhalten.

Man kann sich seine Erinnerungen nicht immer aussuchen. Zum Beispiel Moms Gesichtsausdruck, als ich wütend auf sie war und gesagt habe, ich hätte Dad lieber als sie. Oder an Dads Gesichtsausdruck, als ich wütend auf *ihn* war und gesagt habe, ich hätte Mom lieber. Es ist, als wären all diese Erinnerungen miteinander verbunden, als hingen sie an einem Strang. Wenn man sich eine anschaut, kommen die anderen hinterher. Alles Schlechte, was man im Leben gesagt oder getan hat.

Einmal entdeckte ich beim Spazierengehen ein paar Babyfrösche. Mom verbot mir, sie mit nach Hause zu nehmen, also versteckte ich sie in meiner Jackentasche. Ein anderes Mal fand ich das Nest eines Rotkehlchens mit drei Eiern darin. Dad sagte, ich solle es nicht anfassen, aber ich nahm es heimlich mit in die Schule, um es im Sachkundeunterricht vorzuführen.

Als ich die Frösche aus der Jackentasche holte, waren sie tot.

Als ich in der Schule ankam, sagte meine Lehrerin, dass die Vogelmutter nicht zu dem Nest zurückkehren werde, selbst wenn ich es wieder in den Baum legen würde. Die Vogeljungen würden sterben, bevor sie schlüpfen konnten.

Es war nicht meine Absicht gewesen, die Frösche zu töten. Es war nicht meine Absicht gewesen, die Vogeljungen zu töten.

Mom und Dad versuchten mich zu trösten. Dad nahm mich in den Arm und sagte: »Wein nicht, sonst bekommst du Kopfschmerzen.« Aber ich hatte schon Kopfschmerzen. Er massierte mir mit farbverschmierten Fingern die Stirn, und Mom sagte: »Es war keine Absicht, es war ein Unfall.« Doch »Unfall« ist kein Wort, das man sagt, wenn ein Lebewesen stirbt – schon gar nicht, wenn man selbst schuld an seinem Tod ist.

An diesem Erinnerungsstrang hängen weitere Unfälle. In der zweiten Klasse hatte ich einen Unfall in der Schule, und Mom musste mir eine trockene Hose bringen. Einmal habe ich aus Versehen rote Farbe über die Couch geschüttet, und auch das nannten Mom und Dad einen Unfall. Dann kam die Sozialarbeiterin und sagte, meine Eltern hätten einen Unfall gehabt. Es war keine Absicht, es war ein Unfall.

Das Schloss wird geöffnet. Manchmal meine ich nur, das Geräusch zu hören, doch diesmal bilde ich es mir nicht ein. Der Deckel geht auf. Russell muss direkt über mir stehen, aber ich sehe nur ein grelles Licht, das mir Tränen in die Augen treibt. Grelles Licht ist gut. Es bringt die Sterne zum Leuchten. Je länger der Deckel offen steht, umso besser.

Mir wird ein Glas Wasser in die Hand gedrückt, ich stürze es herunter. Als mein Blick klar wird, sehe ich Russells verächtliche Miene. Er rümpft die Nase und verzieht das Gesicht. Ich schäme mich zutiefst. Er sagt nur: »Ab unter die Dusche.«

Meine Arme und Beine schmerzen noch mehr als vorher, aber das Wasser fühlt sich gut an. Ich nehme die Seife und wasche meinen stinkenden Körper und mein Haar. Dann stehe ich unter der Dusche, bis nur noch kaltes Wasser kommt.

Meine Zunge ist pelzig, und ich habe einen schlechten Geschmack im Mund. Die Badezimmertür steht offen, Russell ist nirgends zu sehen. Ich verliere keine Zeit mit Zähneputzen, sondern quetsche mir etwas Zahnpasta direkt in den Mund. Sie schmeckt süßlich und hat fast die Konsistenz von Essen. Ohne nachzudenken, schlucke ich sie herunter.

Ich muss husten, und in diesem Moment fällt Russells Schatten auf den Badezimmerboden.

Hastig wende ich mich ab, aber ich spüre seinen Blick im Rücken. Er wirft mir eine Jogginghose vor die Füße. Ich ziehe sie an, wanke zum Koffer und steige hinein. Dann sehe ich zu ihm hoch. Ich versuche ihm mit meinem Blick zu bedeuten: »Siehst du? Ich wehre mich nicht«, doch sein kaltes, starres Gesicht bleibt ausdruckslos. Er schließt den Deckel. Als ich hochsehe, leuchten die Sterne hell.

Vierundvierzig // Julian

Wie viele Tage sind vergangen?

Ich weiß es nicht.

Der Ablauf ist immer gleich. Vom Licht aufwachen, Hunger haben, Wasser trinken, zur Toilette gehen. Manchmal schaffe ich es zu warten, bis er kommt.

Manchmal nicht.

Der Deckel geht auf, das grelle Licht lässt meinen Blick verschwimmen.

»Gut«, sagt Russell. Heute habe ich es geschafft.

Nachdem ich auf der Toilette war, sinke ich zu Boden. Dort sitze ich immer noch, als er einen Teller neben mich stellt. Ein Käse-Schinken-Brot. Mein Blick verschwimmt, diesmal allerdings vor Dankbarkeit. Ich kann mich nicht erinnern, dass er mir je etwas zu essen gemacht hätte.

Ich versuche mich zu bedanken, aber die Worte wollen nicht heraus, also nicke ich nur und hoffe, dass er mich versteht. Das Brot schmeckt gut, doch plötzlich dreht sich mir der Magen um und ich muss würgen.

Das Wohlwollen auf seinem Gesicht ist verschwunden. »Iss langsamer.«

Als ich noch einen Bissen nehme, muss ich wieder würgen. Russell macht einen Schritt auf mich zu, um mir das Brot wegzunehmen, und ich presse es unwillkürlich an meine Brust. Die Ader an seinem Hals pulsiert, als er mir das Brot aus den Händen reißt und es in den Müll wirft.

Ich habe es wieder getan. Ich habe mich gewehrt. Hör auf, dich zu wehren.

Zitternd stehe ich auf und taumle zum Koffer. Er ist geschlossen. Mit beiden Händen hebe ich den schweren Deckel an und steige hinein. Dann höre ich das Geräusch des zuschnappenden Schlosses. Ich starre auf die finstere Innenseite des Deckels und beginne zu weinen.

Eine Erinnerung, klar und deutlich. Meine Mom hatte mich morgens zum Kindergarten gebracht. Während des Mittagsschlafs liege ich auf meiner Matratze und vermisse meine Eltern auf jene tiefe, schmerzliche Art, mit der man jemanden vermisst, der gestorben ist. Ich beginne zu weinen und rufe nach ihnen. Ich muss damals drei oder vier Jahre alt gewesen sein, und ich weiß noch genau, dass ich fest glaubte, sie könnten mich hören, ganz egal, wo sie gerade waren. Meine Gedanken würden wie durch Magie zu den Wolken aufsteigen und zu ihnen finden. Mom und Dad würden hören, dass ich nach ihnen rief, und mich abholen kommen.

Mittlerweile weiß ich zwar, dass es sinnlos ist, aber ich kann nicht anders. Ich tue es wieder. Ich flüstere Namen und schicke sie in die Welt hinaus. Verzweifelt sende ich eine Nachricht, von der ich weiß, dass sie ungehört verhallen wird.

ADAM

»Was ist denn los mit dir?«, fragt Emerald. Wir liegen in ihrem Bett unter der Schmetterlingsdecke. Ihr Kopf ruht auf meiner Brust, und ich fahre ihr mit den Fingern durchs offene Haar, das ihr über die nackten Schultern fällt. »Hast du deine Tropfen genommen?«

»Ja. Warum?«

»Du bist heute so unruhig.«

»Ich bin immer unruhig.«

Doch ich weiß, was sie meint. Ich bin definitiv unruhiger als sonst, nur fühlt es sich nicht an wie meine übliche ADHS-Zappeligkeit, mehr wie –

»Bist du nervös?«

»Nein.«

Emerald weiß genau, dass es kaum etwas gibt, was mich nervös macht.

»Du wirkst aber nervös.«

Ich gebe ihr einen Kuss, um uns beide von meiner merkwürdigen Unruhe abzulenken.

»Warum hast du mir heute eigentlich nicht geantwortet?«, fragt Emerald nach einer Weile. »Ich habe dir tausend Nachrichten geschrieben.«

Ich vergrabe stöhnend das Gesicht in den Händen.

»Nicht schon wieder, Adam. Sag mir, dass das nicht wahr ist.«

»Also, es war so: Ich sitze im Auto und stecke mein Telefon ein, übersehe dabei allerdings, dass ein Becher Wasser im Flaschenhalter steht. Ich trinke mein Wasser sonst nie aus Plastikbechern! Immer nur aus der Flasche!«

»Du hast dein Telefon ins Wasser fallen lassen.«

»Und Mom sagt, sie hat jetzt endgültig genug. Diesmal bekomme ich kein neues.«

»Ich kann sie verstehen.« Emerald lacht. »Das ist dein wievieltes Telefon in diesem Jahr? Dein zehntes?«

»Mein viertes«, korrigiere ich.

»Versuch's mal mit Reis.«

»Was?«

»Steck dein Telefon in eine Schüssel mit ungekochtem Reis. Der Reis saugt die Feuchtigkeit auf.« Sie küsst mich auf die Brust und legt ihren Kopf dann wieder ab. »Du weißt meine Nummer doch auswendig, oder?«

Emerald ist das wichtig, weil ich so viele Telefone verliere oder schrotte. Das behauptet sie jedenfalls. In Wahrheit findet sie es bestimmt nur romantisch.

»Natürlich.«

Sie gibt mir noch einen Kuss, und ein paar Minuten lang schweigen wir. Dann fragt sie: »Und du hast immer noch nichts von Julian gehört?«

»Nein. Echt seltsam. Er ist jetzt seit über einer Woche weg und hat sich nicht gemeldet.«

»Aber er hat dich doch angerufen, bevor er losgefahren ist, oder?«

»Ja …«

»Vielleicht hat er grad nur keine Zeit. Wegen dem Umzug und so.«

»Vielleicht.« Aber das glaube ich nicht. Ich habe ein ungutes Gefühl, das einfach nicht weggehen will, wie hartnäckige Zahnschmerzen. »Ich fahre morgen bei ihm vorbei und frage nach der Telefonnummer seiner Tante.«

Emerald richtet sich auf und sieht mich an. »Glaubst du, sein Onkel wird dir die Telefonnummer geben?«

Nein, das glaube ich nicht. Schon aus reiner Boshaftigkeit nicht. »Ich werde ihn eben dazu bringen müssen.«

Emerald sieht mich zugleich amüsiert und besorgt an. »Ich komme mit.«

»Nein.« Ich will nicht, dass sie sich diesem Typen nähert. »Ich komme schon klar.«

JULIAN

Ich weiß noch, wie ich einmal Zahnschmerzen hatte und die Welt sich für mich auf einen halben Zentimeter Schmerz reduzierte. Es gab nichts mehr außer dem Schmerz. Diese Art von Schmerz durchdringt dein Wesen, die Art von Schmerz kannst du nur loswerden, indem du dir den Zahn aus dem Mund reißt und ihn wegschmeißt.

Dasselbe Gefühl habe ich jetzt auch, allerdings am Rücken, rechts unterhalb der Rippen. Mein ganzer Körper tut weh, aber der Schmerz scheint an diesem Punkt zusammenzulaufen.

Langsam, ganz langsam entstehen immer mehr solcher Punkte, und ich weiß nicht mehr, welcher der schlimmste ist. Eine Sekunde lang denke ich an etwas anderes als den Schmerz, doch dann ist der Gedanke auch schon wieder weg. Der Schmerz ist wie ein Lied in deinem Kopf, ein Lied ohne Text. Ein monotoner Trommelschlag, ein dumpfes Wummern, Schmerzschmerzschmerzschmerz. Ich kann ihn nicht abstellen. Ich kann ihn mir nicht rausreißen.

Russell öffnet den Deckel. »Ab unter die Dusche«, sagt er. »Du stinkst.«

Der Schmerz ist zu groß, ich kann mich nicht bewegen.

»Worauf wartest du?!«

Ich entfalte meine Arme und Beine. Ich habe nicht die Kraft zu schreien, aber der Schrei hallt in meinem Kopf.

Tränen laufen mir übers Gesicht, als ich langsam meine Hose ausziehe und in die Badewanne krieche. Ich bin zu schwach, um die Wasserhähne aufzudrehen. Russell legt einen Rasierer auf den Wannenrand und verlässt das Badezimmer. Ich kann nicht nach dem Rasierer greifen. Ich kann nicht aufrecht sitzen, der Schmerz ist zu groß. Ich falle nach hinten.

Als ich in der kalten Wanne liege, höre ich die Türklingel.

Fünfundvierzig // Adam

Ungeduldig drücke ich ein zweites Mal auf die Klingel. Russells protziges Auto steht in der Einfahrt, also muss er zu Hause sein. Endlich geht die Tür auf. Julians Onkel sieht aus, als würde er gerade eine schwere Zeit durchmachen. Seine Klamotten sind zerknittert, er ist unrasiert und das schwarze Haar hängt ihm strähnig ins Gesicht.

»Ja?«, fragt er mit einem angespannten Lächeln.

Das ist der Mann, der Julian verprügelt hat. Dieser Mann, der so groß und kräftig ist, dass Charlie neben ihm wie ein Zwerg aussehen würde. Ich schlucke meine Wut runter und will nach der Telefonnummer fragen, aber stattdessen kommt etwas ganz anderes aus meinem Mund.

»Könnte ich mal kurz in Julians Zimmer? Ich habe ihm ein Buch ausgeliehen und brauche es zurück.«

Er lacht, als wäre das ein guter Witz.

»Du hast Julian ein *Buch* geliehen?«

»Ja.«

»Er hat all seine Sachen mitgenommen.«

»Er hat mir gesagt, dass er das Buch vergessen hat. Dass es noch in seinem Zimmer liegt.«

»Tatsächlich?« Seine dunklen Augen verengen sich zu Schlitzen. »Wann hat er das gesagt?«

»Äh … Vor ein paar Tagen«, antworte ich. Er starrt mich an, als wüsste er, dass ich lüge. Ich versuche, mich an ihm vorbeizuschieben, was natürlich eine dumme Idee ist. Schließlich wird die Telefonnummer nicht an einem Zettel an der Wand von Julians Zimmer hängen.

Russell drängt mich nach draußen und zieht die Tür mit einem Knall hinter sich zu.

»Ich habe gesagt«, er bleckt die Zähne und kommt meinem Gesicht ganz nah, »dass das Buch nicht *hier* ist.«

Ich bin verdammt froh, dass Julian nicht mehr bei ihm wohnt, denn ich finde Russell wirklich beängstigend, und Julian muss er noch viel mehr eingeschüchtert haben.

Ich trete einen Schritt zurück und hebe die Hände. »Schon gut, schon gut. Ich bin ja nicht taub. Wie auch immer, ich habe die Telefonnummer seiner Tante verloren. Können Sie sie mir geben? Dann bin ich auch schon wieder weg.«

»Du hast ihre Nummer *verloren*?« Er hat die nervige Angewohnheit, deine Worte in einem so ungläubigen Ton zu wiederholen, dass du selbst an ihnen zu zweifeln beginnst.

»Ja …«

»Julian hat doch deine Nummer, oder?«

»Sicher.«

»Dann würde er dich wohl anrufen, wenn er das Bedürfnis hätte, mit dir zu reden.«

Er reißt die Tür auf, verschwindet nach drinnen und knallt sie mir wie beim ersten Mal vor der Nase zu.

JULIAN

Ich dachte, ich hätte gehört, wie Russell mit jemandem redet, aber jetzt ist es im Haus wieder absolut still.

»Was soll das werden?«, brüllt er, als er ins Badezimmer kommt. »Du liegst ja nur da!«

Ich versuche zu antworten, doch ich bin zu schwach. Ich höre, wie die Hähne aufgedreht werden, und dann fällt Wasser auf meinen Körper, eiskaltes Wasser wie an dem Tag, als es so stark geregnet und Charlie mich im Auto mitgenommen hat. Russell brüllt weiter herum, befiehlt mir, mich einzuseifen, mich zu rasieren, mir die Haare zu waschen. Ich versuche, die Arme zu heben, aber sie tun zu sehr weh. Ich beginne zu weinen.

»Wenn du nicht vorhast, dich zu waschen, kannst auch gleich wieder aus der Wanne kommen.«

Jede Bewegung schmerzt, und ich bin unendlich langsam. Die Schlafanzughose anzuziehen, ist eine Qual. In den Koffer zu steigen, noch mehr. Als sich der Deckel schließt, wird es stockdunkel.

Denk an was Schönes.

Elian. Ich bin auf seinem Schiff. Ich kann überallhin.

Doch dann zerbricht das Bild.

Der Koffer schrumpft und ich mit ihm. Ich gelange an einen anderen Ort. Eine Zwischenwelt. Den Punkt im Weltraum, wo Elian eine Sekunde lang schwebt, bevor er woanders wiederauftaucht. Ich bin ein Inuk mitten auf dem Meer, der in Panik gerät, weil er die Küste nicht mehr sieht.

Ich bin an einem Ort, an dem man verschwindet.

Sechsundvierzig // Julian

Meine Halbmond-Lampe muss kaputt sein oder die Birne durchgebrannt, denn im Zimmer ist es stockdunkel. Dad sitzt auf meiner Bettkante, offenbar hat er mich weinen gehört. Er streicht mir das verschwitzte Haar aus der Stirn. Es ist viel zu heiß. Warum ist es so heiß?

Es ist Sommer … Wir haben uns das Feuerwerk angesehen. Wir sind am Strand spazieren gegangen. Ich habe die größte Muschel gefunden, die ich je gesehen habe. Mom hat gesagt, streng genommen sei es gar keine Muschel, sondern eine Seeschnecke. Dann hat sie gemeint, ich solle sie mir ans Ohr halten, um das Meer zu hören. Die Luft ströme durch die Kammern der Muschel und erzeuge ein Rauschen.

Es ist zu heiß. Ich fühle mich krank. Ich habe Kopfschmerzen. Ich will einen kalten Waschlappen auf der Stirn. Ich will fernsehen. Ich will, dass Mom kommt. Ich versuche Dad das alles zu sagen, aber er murmelt nur: »Du musst jetzt schlafen.«

»Ich kann nicht.«

Er ignoriert mich wie immer, wenn ich sage, dass ich nicht schlafen kann. Aber diesmal stimmt es wirklich. Ich bin krank. Mir tut alles weh.

Dad stellt mir eine Frage: »Wie viele Sterne?«

»Ich weiß nicht.«

»Du kennst doch die Regeln.« Seine Stimme ist sanft. »Wie viele?«

Ich blicke hoch zum tiefschwarzen Himmel.

»Ich sehe keine Sterne.«

Siebenundvierzig // Julian

Wie viel Zeit ist vergangen? Kein Licht fällt mehr ein. Habe ich es verpasst? Ist es noch zu früh? Wie lange bin ich schon in der Muschel? Ich irre endlos durch ihre Kammern, ich halle von den Wänden wider wie ein Echo. Ich bin nicht real.

Ich bin nass. Ich habe Hunger. Er kommt nicht zurück.

Es ist dunkel.

Ich habe Angst.

Ich komme hier nie mehr raus.

Ich schreie und kratze an den Wänden der Muschel. Schmerz explodiert in meinem Körper, Knochen brechen, aber ich trommle weiter gegen die Wände.

Dann falle ich.

Mein Gesicht schlägt gegen etwas Kaltes. Metall.

Meine Finger ertasten zwei kleine Löcher. Ich versuche einen Finger hindurchzuschieben, aber er stößt auf etwas Glattes, Hartes, Kaltes. Ich habe die Muschel umgekippt. Ich muss sie wieder aufrichten, sonst ertrinke ich. Ich ramme meine Schulter gegen die Wand, aber die Muschel ist zu schwer. Ich kämpfe gegen Metall, Schwerkraft, Wellen. Ich bin so müde.

Mein Atem wird schneller und flacher.

Ich höre das Meer in der Muschel rauschen.

ADAM

Ich schrecke hoch und schlage wild um mich. Ich weiß nicht mehr, worum es in dem Albtraum ging, aber ich erinnere mich noch gut an das Gefühl zu ersticken. Ich springe aus dem Bett. Schlafen kann ich jetzt eh nicht mehr. Ich verlasse das Haus auf Zehenspitzen, um Mom nicht zu wecken, und steige in mein Auto. Ich will zu Emerald, doch dann fällt mir ein, dass sie um diese Zeit wahrscheinlich auch schläft.

Alles ist geschlossen, also fahre ich ziellos durch die Gegend. Irgendwie gelange ich zu Julians Haus. Der Schein der Straßenlaternen spiegelt sich in den großen Fenstern, die in zwei symmetrischen Reihen angeordnet sind. Sie schimmern wie Zähne. Im Haus brennt kein Licht, was nur logisch ist, schließlich ist es weit nach Mitternacht. Russells Auto steht nicht in der Einfahrt, aber es könnte natürlich in der Garage sein.

Ich gehe zur Tür und drücke auf die Klingel. Als das Läuten durchs Haus hallt, zieht sich mir ängstlich der Magen zusammen. Russell wird mich umbringen, weil ich ihn um diese Zeit aus dem Bett hole. Aber das ist mir egal. Jetzt gibt es kein Zurück mehr. Ich werde erst wieder gehen, wenn er mir die Telefonnummer gegeben hat.

Doch es geht kein Licht an, und kein aggressives Arschloch reißt die Tür auf. Offenbar ist niemand zu Hause. Trotzdem gehe ich nicht zurück zu meinem Auto. Irgendetwas hält mich zurück.

Was ich als Nächstes tue, ist so unglaublich blöd, dass ich mir in Gedanken schon mal eine Verteidigung zurechtlege. Wenn die Polizei kommt, werde ich sagen, dass ich vergessen habe, meine ADHS-Medikamente zu nehmen, und Impulsivität ein Symptom der Krankheit sei. Ich kann nichts dafür, dass ich das Fenster eines Freundes eingeschlagen habe.

Keine Alarmanlage heult los, also schiebe ich die Hand durch das Loch in der Scheibe und versuche mich nicht an den scharfen Kanten zu schneiden. Ich entriegle das Fenster und öffne es. Dann hieve ich mich hindurch und lande mit einem lauten Knall auf dem Boden. Der geborene Einbrecher bin ich nicht.

Ich rapple mich auf und rechne damit, dass Russell ins Zimmer gestürmt kommt und mich anbrüllt, weil ich es gewagt habe, sein Haus zu betreten. Vielleicht schießt er sogar auf mich, weil er mich für einen Kriminellen hält. Ich rühre mich nicht vom Fleck.

Im Haus bleibt es totenstill.

Ich atme tief durch. In Julians Zimmer riecht es streng. Ich schalte das Licht ein. An der Wand steht eine Reisetasche.

»Julian?«, rufe ich, obwohl ziemlich klar ist, dass niemand zu Hause ist. Sonst wäre derjenige nämlich längst auf meinen grandiosen Auftritt aufmerksam geworden.

Ich gehe an der Kommode und dem Schrankkoffer vorbei ins Bad. Dann schleiche ich ins Wohnzimmer und wieder zurück in Julians Zimmer. Ich hebe die Reisetasche an – sie ist schwer, also ist sie gepackt.

Ich laufe im Zimmer auf und ab. Hier ist nichts, aber irgendwas stimmt nicht – das spüre ich. Ich ziehe die Schubladen der Kommode auf. Ich habe keine Ahnung, wonach ich suche. Ich knie mich vor den Schrankkoffer, um ihn zu öffnen.

Der Koffer liegt auf der Seite, also wuchte ich ihn aufrecht hin. Er ist viel schwerer, als ich gedacht hätte. Ich starre ihn eine Sekunde lang an und wundere mich über das Vorhängeschloss und die Luftlöcher in der Seite. Dann kommt mir ein Gedanke … Ein so schrecklicher Gedanke, dass mir das Herz in den Kopf schießt und dort weiterschlägt. Das pochende Geräusch verdrängt alle anderen Gedanken.

Ich rüttle vergeblich an dem Schloss. Hastig sehe ich mich im Zimmer um. Auf der Kommode liegt ein Schlüssel. Ich nehme ihn und schiebe ihn mit zitternden Fingern ins Schloss. Das Schloss springt auf, und ich hebe den Deckel an.

Achtundvierzig // Adam

Meine Ohren dröhnen, als hätte ein Flugzeug direkt neben mir die Schallmauer durchbrochen. Ich kann nichts mehr hören. Alles ist weiß. Ich bin taub. Ich bin blind. Mein Puls ist verlangsamt, mir ist so kalt, dass ich mich nicht bewegen kann.

Julian ist in dem Koffer.

Er liegt in einer total verrenkten Haltung da. Seine Arme und sein Rücken sind übersät von blutigen Striemen und blaulila Prellungen. Unter seiner Nase und neben dem Mund klebt angetrocknetes Blut. Jede einzelne Rippe ist sichtbar, und seine Schulterblätter stehen hervor wie kleine Flügel.

Aus dem Koffer schlägt mir derselbe strenge Geruch wie im Zimmer entgegen, nur viel intensiver – eine ekelhafte Mischung aus Schweiß und Blut und Urin. Julian bewegt sich nicht. Seine Lider zucken nicht, als Licht auf sie fällt. Ich kann nicht sehen, ob er atmet.

Dann nehme ich eine winzige Bewegung des Brustkorbs wahr, so schwach, dass ich nicht weiß, ob ich sie mir einbilde. Und ich höre ein leises Schnaufen.

Julian schlägt die Augen auf.

Vor Erleichterung bekomme ich weiche Knie. Er lebt, aber er scheint mich nicht zu sehen. Er blinzelt, als starre er direkt in die Sonne.

Er versucht verzweifelt sich aufzurichten, schafft es aber nicht. Ich will ihm helfen, doch er schreckt vor mir zurück und kauert sich in den Koffer. Da kommt mir ein schrecklicher Gedanke: Russell. Russell hat das getan, und er kann jeden Moment zurückkommen. Ich suche in meinen Hosentaschen nach dem Telefon, bis mir einfällt, dass es auf meinem Nachttisch in einer Schüssel Reis steckt.

Ich beginne mit Julian zu reden, sage immer wieder seinen Namen und bemühe mich trotz meiner Panik um einen beruhigenden Tonfall. Dann schiebe ich ihm die Hände unter die Achseln, und diesmal lässt er es geschehen. Ich hebe ihn aus dem Koffer und versuche, keine Stelle zu berühren, wo seine Haut verletzt oder blau ist, obwohl das völlig unmöglich ist. Ich stelle Julian auf die Füße und will ihn aufrecht halten, doch seine Beine geben nach, und er rutscht zu Boden.

»Bitte«, stößt er hervor. »Mach den Deckel auf.«

»Julian, du bist draußen. Du bist nicht mehr in dem Koffer.«

»Mach den Deckel auf. Für die Sterne.«

Er redet wirres Zeug.

»Julian.«

Er robbt auf den Koffer zu und will den Deckel öffnen, aber er kann die Arme kaum heben.

»Schon gut, Julian. Du musst da nicht wieder rein.«

Er versucht weiter verzweifelt, den schweren Deckel anzuheben, und murmelt etwas von Sternen. Ich will ihm auf die Füße helfen, doch er zuckt zurück und hält sich schützend die Arme vors Gesicht.

»Julian!« Russell kann jeden Moment zurückkommen. »Wir müssen hier weg.«

Er blinzelt und sieht mich an. Irgendetwas scheint in diesem Moment zu ihm durchzudringen. »Adam?«

»Ja.«

»Du siehst mich?«

»Ich sehe dich.«

Er nickt und schließt die Augen.

Ich hebe ihn mühelos hoch. Ich versuche mir einzureden, dass das Adrenalin mir übermenschliche Kräfte verleiht, aber ich fürchte, Julian ist einfach nur schrecklich leicht.

Während ich ihn aus dem Haus zum Auto trage, erschlafft sein Körper, und ich glaube, er hört auf zu atmen.

Ich renne mit Julian auf dem Arm durch die Automatiktür der Notaufnahme. In mir hämmert der Gedanke, dass ich alles falsch mache. Sein Kopf schlägt hin und her wie bei einer Stoffpuppe – ich sollte langsamer gehen und seinen Nacken stützen, aber ich habe solche Angst. Er ist total schlaff und seine Haut ganz kalt und feucht wie die eines Reptils.

Kurz bleibe ich stehen und lasse den Blick durch den großen

weißen Raum schweifen. Niemand ist zu sehen. Wo sind die Horden von Patienten mit Knochenbrüchen und Kopfwunden? Wo sind die schwangeren Frauen, die schreiend ihren Bauch umklammern, während sie im Rollstuhl zum Kreißsaal geschoben werden? Und wo, verdammt noch mal, sind die Ärzte?

Hinter einer Glasscheibe am anderen Ende des Wartesaals sitzt eine Frau und tippt seelenruhig etwas in ihren Computer. Ich renne los und rufe: »Können Sie mir bitte mal helfen?«

Sie hat mich gesehen – unsere Blicke sind sich begegnet –, doch ihr Gesicht bleibt ausdruckslos. Sie steht langsam auf, dreht sich um und verschwindet durch eine Tür in der Rückwand.

»Hey!« Ich drehe mich in der leeren Notaufnahme im Kreis.

Einen Moment später schwingt eine Flügeltür auf, und die Frau und ein bärtiger Mann schieben ohne jede Eile ein Krankenhausbett auf mich zu. Vielleicht soll mich ihre Langsamkeit beruhigen, aber sie hat genau den entgegengesetzten Effekt.

»Es geht ihm wirklich schlecht«, rufe ich.

Sie nehmen mir Julian ab und legen ihn auf das Bett. Ich folge ihnen durch die Schwingtür. Sie schieben das Bett mit derselben Gleichgültigkeit wie zuvor einen Gang entlang. Währenddessen bemühe ich mich, ihre Fragen zu beantworten, aber meine Antworten klingen, als wäre ich betrunken. Mein Gestammel ist total wirr.

Die beiden schieben Julian in einen kleinen Untersuchungsraum, wo die lethargische Empfangslady Julian eine Blutdruckmanschette um den mageren Arm wickelt. Als ein Piepsen ertönt, flüstert sie dem bärtigen Typen etwas zu, und mit einem Mal kann von Gleichgültigkeit keine Rede mehr sein. Ihre Verwandlung von apathisch zu hektisch macht mir Angst.

Plötzlich tauchen aus dem Nichts zehn bis zwölf Schwestern und Pfleger auf und bewegen sich durch den Raum wie Balletttänzer, die eine komplexe Choreografie einstudiert haben. Sie prallen nie zusammen und reden in einer Art Geheimsprache miteinander. Ich drücke mich an die Wand und versuche, nicht im Weg zu stehen.

Eine Frau schiebt eine Nadel in Julians Handrücken und klebt sie fest, während eine andere ihm eine Sauerstoffmaske anlegt. Ein großer Mann, der aussieht wie ein Arzt, rollt einen viereckigen Kasten in den Raum und pappt unzählige runde Aufkleber auf Julians Brust, bis kaum noch nackte Haut zu sehen ist. Jeder Aufkleber ist über einen Draht mit dem Kasten verbunden. Ein Pfleger nimmt das Kabel der Blutdruckmanschette, das immer noch von Julians Arm baumelt, und verbindet es mit einer weiteren Maschine. Eine Krankenschwester befestigt eine weiße Wäscheklammer an Julians Zeigefinger.

Fünf Minuten später ist Julian über unzählige Kabel mit einem guten Dutzend Maschinen verbunden. Er ist ein Cyborg. Ein Versuchskaninchen in einem wissenschaftlichen Experiment.

Dann machen plötzlich alle einem jungen Mann Platz. Er beugt sich über Julians Gesicht, hebt mit dem Daumen ein Augenlid an und leuchtet ihm mit einer Taschenlampe in die Pupille. Julian blinzelt, öffnet den Mund, als wollte er etwas sagen, und verliert wieder das Bewusstsein.

Ohne den Blick von Julian abzuwenden, fragt mich der Arzt: »Was ist passiert?«

Jetzt klingt mein Bericht schon etwas kohärenter: *Er war in einem großen Metallkoffer eingesperrt. Ich habe ihn gefunden.* Er fragt nach Einzelheiten, die ich nicht kenne. *Ich weiß nicht, wie lange er in dem Koffer gelegen hat. Ich weiß nicht, wann er zum letzten Mal etwas gegessen oder getrunken hat. Ich weiß nicht, woher seine Verletzungen stammen.*

Der andere Arzt entfernt die Drähte von Julians Brust, lässt die Aufkleber kleben, und verkündet, das EKG sei unauffällig.

»Was heißt das?«

»Mit seinem Herz ist alles in Ordnung«, erklärt der zweite Arzt. »Aber sein Blutdruck ist viel zu niedrig.«

Ich verfolge das Kabel an Julians Oberarm zu einem schwarzen Monitor, auf dem grünen Zahlen aufleuchten.

Eine Frau schiebt einen kleinen Wagen mit einem Ständer voller Reagenzgläser herein. Als sie Julian Röhrchen um Röhrchen Blut abzapft, wird mir ganz flau. Dann verschwindet sie mit ihrer Beute durch die Tür.

Eine weitere Krankenschwester kommt mit einem durchsichtigen Plastikbeutel in den Raum. Sie befestigt ihn mit ein paar schnellen Handgriffen an einem Metallständer neben dem Bett. Dann verbindet sie den dünnen Schlauch, der von dem Beutel baumelt, mit der Nadel in Julians Handrücken.

Julian. *Jesus.* Er war schon immer dünn, aber jetzt ist er bis auf die Knochen abgemagert. Die Rippen stehen spitz hervor, und seine Haut ist so durchscheinend, dass man fast sein Herz schlagen sieht.

»Wird er wieder gesund?«, frage ich leise.

»Das wissen wir, sobald wir die Blutwerte haben.« Der Gesichtsausdruck des Arztes macht mir keine große Hoffnung. »Außerdem lasse ich eine Computertomographie und eine Kernspintomografie machen.«

»Eine Computertomografie? Warum –«

Bevor ich die Frage beenden kann, berührt mich eine Krankenschwester an der Schulter und bittet mich, ihr zu folgen. Im Wartesaal stehen drei Polizisten mit Walkie-Talkies. Einer von ihnen, ein breitschultriger, muskelbepackter Typ mit finsterer Miene, marschiert direkt auf mich zu.

Neunundvierzig // Adam

»Sind Sie ein echter Polizist?«, frage ich.

Er wirft mir einen wütenden Blick zu und hält mir seine Polizeimarke unter die Nase.

»Dann haben Sie nicht vor, sich die Uniform vom Leib zu reißen und zu tanzen?«

Ich habe keine Ahnung, warum ich das sage. Vielleicht habe ich einen Nervenzusammenbruch. Allerdings sieht Officer Clark – so steht es auf seinem Namensschild – wirklich aus wie ein Stripper. Vielleicht ist seine Uniform aber auch nur in der Wäsche eingelaufen. Ich weiß nicht, ob er schon vorher schlecht gelaunt war, aber jetzt ist er es definitiv.

Er drückt mich gegen die Wand und knurrt: »Klappe halten, Freundchen. Zeig mir deinen Ausweis.«

Ich ziehe meinen Führerschein aus dem Portemonnaie. Er studiert ihn aufmerksam, als wäre er ein wichtiges Beweisstück, und reicht ihn dann an seine Kollegen weiter.

»Du hast den Jungen also gefunden?«

»Ja.«

»Na, dann erzähl mal.«

Beim dritten Mal habe ich schon richtig Übung: Mein Bericht klingt gar nicht mehr wirr, allerdings immer noch total verrückt.

»Du bist also bei ihm eingebrochen.«

»Ja.«

»Weil du ein ›ungutes Gefühl‹ hattest?«

»Ja.«

»Und warum hattest du dieses ›ungute Gefühl‹?«

Ich erzähle, dass Julians Onkel ihn vor ein paar Monaten schon einmal verprügelt hat. Deshalb hatte ich ein »ungutes Gefühl«.

»Hast du seinen Onkel damals angezeigt?«

»Nein.«

Sein Gesichtsausdruck verändert sich nicht – er starrt mich immer noch genauso wütend an wie zuvor –, aber ich spüre seine Missbilligung. Natürlich hat er Recht. Ich hätte Russell anzeigen müssen. Das weiß ich jetzt.

Dann fragt er, wo Julians Eltern sind.

»Gestorben.«

»Hat er weitere Angehörige?«

»Nein.«

Diese Tatsache laut auszusprechen, hat etwas Bedrückendes. Julian hat keine Verwandten. Er hat keine Familie.

Anschließend stellt mir Clark eine Menge Fragen, auf die ich keine Antwort weiß.

»Wo arbeitet dieser Russell?«

»Keine Ahnung.«

»Wo ist er jetzt?«

»Das weiß ich auch nicht. Ich muss jetzt wirklich wieder rein –«

»Nein, du musst meine Fragen beantworten.«

Ich presse die Hände gegen meine Schläfen und widerstehe dem Drang, mir die Haare zu raufen.

»Ich *weiß* es nicht!«

Officer Clarks Gesicht verfinstert sich noch etwas mehr – erstaunlich, dass das überhaupt möglich ist.

»Warte hier und rühr dich nicht vom Fleck.«

Er und die beiden anderen Polizisten stecken die Köpfe zusammen wie Footballspieler und unterhalten sich so leise, dass ich kein Wort verstehe.

Vor meinem inneren Auge sehe ich Julian in dem Koffer liegen. Ganz verrenkt, als hätte ihn jemand von einem Hochhaus gestoßen. Der Koffer lag auf der Seite. Wie lange waren die Luftlöcher verdeckt gewesen?

Was, wenn ich den Koffer nicht umgedreht hätte? Was, wenn ich gar nicht erst bei Julian vorbeigefahren wäre?

Einer der Polizisten, eine jüngere, schlankere Version von Officer Clark, hebt den Kopf.

»Hast du irgendwelche Drogen genommen?«

»Wie bitte?«

Er stapft auf mich zu, drängt mich gegen die Wand und sieht mir in die Augen. Dann schnuppert er an mir.

»Warum tippst du die ganze Zeit mit dem Fuß?«

»Ich bin nervös! Ich habe ADHS.«

»Ganz ruhig. Schrei hier nicht so rum!«

»Tut mir leid. Ich hatte eine ziemlich schlimme Nacht, und ich will einfach nur zu meinem Freund.«

In seine dunklen Augen blitzt ein Anflug von Mitgefühl auf. »Warte noch kurz.«

Clark marschiert erhobenen Hauptes auf mich zu und klatscht mir meinen Führerschein in die Hand.

»Wir kommen später wieder, um mit dem Jungen zu sprechen.«

Großartig.

Als ich in den Untersuchungsraum gehe, wird Julian gerade herausgeschoben. Eine Krankenschwester sagt, sie bringe ihn in die Radiologie und das könne eine Weile dauern.

Ich stehe in dem leeren Untersuchungszimmer und starre auf die Stelle, wo gerade noch Julians Bett war. Meine Beine beginnen zu zittern. Mir fällt der Augusttag vor ein paar Jahren ein, als ich beim Joggen fast ohnmächtig geworden bin. Das Herz wummerte mir im Kopf, ich zitterte am ganzen Körper, und mir wurde schwarz vor Augen.

Auch jetzt sind meine Knie wie aus Gummi, und ich rutsche an der Wand hinunter, bis ich auf dem Boden sitze. Aus dieser Perspektive sind die Fliesen viel schmutziger, als ein Krankenhausboden sein dürfte. Vielleicht sollte ich jemandem Bescheid sagen.

Keine Ahnung, wie lange ich hier auf dem Boden gesessen habe. Irgendwann schaffe ich es, aufzustehen und eine Krankenschwester zu fragen, ob ich mal kurz ihr Telefon benutzen darf. Ich kenne nur eine einzige Nummer auswendig.

Ich habe nicht damit gerechnet, dass Emerald gleich nach unserem Telefonat alle anderen anrufen würde. Julian wäre der Trubel zu viel, aber ich habe ein komisches Brennen in der Kehle, als meine besten Freunde in Schlafanzügen oder hastig übergeworfenen Klamotten in den Wartesaal der Notaufnahme gestürmt kommen.

Emerald, Charlie, Allison, Jesse, Camila und Matt stehen mit aufgerissenen Augen im Halbkreis um mich herum, und ich muss zum vierten Mal erzählen, was passiert ist. Diesmal klingt mein Bericht schon total professionell: Stichpunktartig informiere ich sie über die wichtigsten Fakten.

Als ich eine Pause mache, um Luft zu holen, verstehen sie das offenbar als Aufforderung zum Weinen. Emerald und Allison laufen Tränen über die Wangen und – *Jesus* – selbst Charlies Augen schimmern verdächtig, bevor er eine Grimasse schneidet und sich hastig abwendet. Ich ziehe die Mundwinkel hoch, ringe mir ein hoffentlich beruhigendes Lächeln ab und versichere ihnen, dass Julian hier im Krankenhaus in guten Händen sei. Wirklich, sie könnten jetzt wieder nach Hause gehen. Sie starren mich entgeistert an, drehen sich wie auf Kommando um und verteilen sich auf die Bänke. Das

Brennen in meinem Hals verstärkt sich, während ich abgehackt nicke.

Ich verkünde, dass ich kurz mal nach Julian sehen und dann zurückkommen werde. Ein paar Minuten später bin ich wieder da, ohne irgendwelche Neuigkeiten. Meine Freunde machen Trauermienen, als wären sie auf einer Beerdigung. Emerald weint immer noch stumm. Sie sitzt auf einem Plastikstuhl, das Gesicht von roten Flecken übersät. Jesse, zur Abwechslung mal ohne Kopfhörer im Ohr, hat sich an einem Tisch gesetzt und klopft einen düsteren Beat auf die Tischplatte.

Camila und Matt sitzen nebeneinander und halten Händchen. Sie tragen identische rot karierte Schlafanzughosen und T-Shirts, und ich frage mich, ob sie sich zu Hause wohl immer noch gleich anziehen.

Auf der anderen Seite des Wartesaals läuft Charlie im Kreis herum wie ein angeketteter Hund. Allison steht wie ein blasser Schatten hinter ihm. Alle wirken traumatisiert, während ich von einem zum anderen laufe wie der Gastgeber der depressivsten Pyjama-Party der Welt. Ich küsse Emerald auf den Kopf, umarme Jesse und drücke Charlie einen Schokoriegel aus dem Automaten in die Hand, auch wenn ich nicht sicher bin, dass es irgendwem hilft.

Um vier Uhr morgens werfe ich zum tausendsten Mal einen Blick in Julians Untersuchungszimmer, und diesmal verkündet der Arzt, die Ergebnisse seien da.

Die meisten Werte sind in Ordnung. Kein Schädel-Hirn-Trauma. Kein Organversagen. Aber Julian ist entkräftet und dehydriert, er kann noch nicht selbstständig atmen, und sein Blutdruck ist viel zu niedrig. Er wird eine Weile im Krankenhaus bleiben müssen. Sie haben ihn in ein Zimmer verlegt, in dem er sich ausruhen kann.

Als ich diese Nachricht meinen Freunden überbringe, ist das einer dieser Momente im Leben, wo man aufspringen und erleichtert jubeln sollte, aber dazu sind wir viel zu müde und bedrückt.

Emerald nimmt meine Hand und zieht mich zum Ausgang, als erwarte sie, dass ich mit ihnen nach Hause fahre.

»Ich bleibe«, sage ich.

»Du musst auch mal schlafen.«

»Ich kann hier schlafen.«

»Adam …« Sie sieht aus, als wollte sie noch etwas hinzufügen, aber dann gibt sie mir nur einen Kuss und folgt den anderen nach draußen.

Ich sehe ihnen nach, als sie durch die Automatiktür hinaus in die Nacht treten.

In Julians neuem Zimmer ist es dunkel, bis auf eine Neonröhre hinter dem Bett. Mit seinen Prellungen und blutigen Striemen sieht er in dem fahlen Licht aus wie eine Geisterbahnfigur. Um den Zeige- und um den Ringfinger seiner rechten Hand hat er einen Verband. Er trägt eine Sauerstoffmaske und hängt an mindestens so vielen Maschinen wie zuvor. Außerdem riecht er leicht antiseptisch. Offenbar haben sie ihn gewaschen, bevor sie ihn in das Krankenhaushemd gesteckt haben.

Mit einem Mal überfällt mich Panik. Russell ist mittlerweile bestimmt nach Hause gekommen und hat bemerkt, dass Julian nicht mehr in dem Koffer ist.

Was, wenn er nach ihm sucht? Was, wenn er herkommt?

Ich zucke zusammen, als eine rundliche Krankenschwester mich an der Schulter berührt und sagt, sie werde sich bis zum Ende ihrer Schicht um sieben Uhr morgens um Julian kümmern.

»Was ist mit seinen Fingern?«, frage ich leise. Ich flüstere, obwohl Julian sich nicht gerührt hat, seit ich im Zimmer bin.

»Sie sind gebrochen.«

Ich muss genauso verstört aussehen, wie ich mich fühle, denn sie fügt schnell hinzu: »Aber er hat keine Schmerzen. Der Arzt hat ihm Morphin gegeben.«

Aus einem Lautsprecher über dem Bett ertönt eine scheppernde Musik, die wie die Erkennungsmelodie eines Eiswagens klingt.

»Oh, ein neues Baby.«

»Was?«

»Diese Melodie hört man überall im Krankenhaus, wenn ein Baby zur Welt gekommen ist.«

Sie lächelt gerührt, aber ich finde es irgendwie abartig. Ich meine, jeder, der hier im Krankenhaus liegt, kann die Melodie hören. Wirklich jeder. Soll ein Sterbender, der weiß, dass er bald tot sein wird, etwa über den ewigen Kreislauf des Lebens nachdenken?

Die Krankenschwester zeigt auf eine orangegelbe Couch unter dem Fenster. »Die kann man zu einem Bett ausziehen«, erklärt sie. »Ich hole dir eine Decke.«

»Danke.« In dem Raum ist es eiskalt, noch kälter als in der Schule. Das kann doch nicht gut sein, wenn man krank ist.

Wenig später liege ich unter einer dünnen Wolldecke auf der brettharten Klappcouch. Mit Julian in einem Zimmer zu schlafen, erinnert mich an früher. Mit einem Unterschied: Seine monotonen Atemzüge klingen, als würde er in ein Mikrofon schnaufen.

Ich bin todmüde, aber viel zu angespannt, um zu schlafen. Als Julian noch bei uns gewohnt hat, lag er abends manchmal lange wach. Ich weiß noch, dass ich einmal schon fast eingeschlafen war, als er plötzlich sagte: »Adam?«

»Ja?«

»Siehst du mich?«

Durch die Jalousien an unserem Fenster fiel gerade genug Licht.

»Ja, ich sehe dich.«

»Ich habe Angst.«

»Wovor?«

»Ich weiß nicht.«

»Versuch zu schlafen.«

»Ich kann nicht. Ich habe zu große Angst.«

»Denk an was Schönes. Das hat Mom immer zu mir gesagt, als ich klein war.«

»Du hattest früher auch Angst?«

»Manchmal.«

»Und woran hast du dann gedacht?«

Ich drehte mich auf die Seite und musterte ihn. Durch die Jalousien fiel ein Lichtstrahl quer über sein Gesicht. Es sah aus, als trüge er eine Maske.

»An Spiderman.«

Er machte ein skeptisches Gesicht. »Du hast dir vorgestellt, Spiderman zu treffen?«

»Nein, ich habe mir vorgestellt, Spiderman zu *sein.*«

»Und da hattest du keine Angst mehr?«

»Ich glaube nicht. Ich habe an die Filme gedacht und sie in meinem Kopf ablaufen lassen. Darüber bin ich dann eingeschlafen.«

»Aber Spiderman ist gruselig.«

»Nein. Er ist cool.«

»Ich mag den bösen Mann mit den Metallarmen nicht.«

»Dr. Octopus? Ja, der ist wirklich gruselig. Okay, dann denk nicht an Spiderman. Denk an etwas, was du magst.«

»Ich weiß nicht, was ich mag.«

»Doch, das weißt du bestimmt. Denk mal nach.«

»Elian Mariner?«

»Okay, denk an dein liebstes *Elian Mariner*-Buch.

Fünfzig // Adam

Ich wache von einem leisen Wimmern auf. Eine Krankenschwester mit der Statur einer Ringkämpferin stößt eine Nadel in Julians mageren Arm. Wieso zum Henker müssen sie ihm noch mehr Blut abzapfen?

Ich werfe einen schnellen Blick auf die Digitaluhr auf Julians Nachttisch. Halb acht. Offenbar bin ich doch irgendwann eingeschlafen, auch wenn ich nicht weiß, wie ich das geschafft habe. Bisher dachte ich, Krankenhäuser wären ein Ort der Stille und Ruhe. Stattdessen plärren zu jeder Tages- und Nachtzeit irgendwelche Maschinen los wie die Alarmanlage eines Autos, alle paar Minuten kommt eine Schwester ins Zimmer, und vom Flur hört man das Stöhnen der anderen Patienten.

Die Nacht auf der Klappcouch hat mir Rückenschmerzen beschert. Mühsam komme ich auf die Füße.

»Hey, Julian. Wie geht's dir?«

Seine Augen bleiben geschlossen, aber er wimmert wieder, als die Krankenschwester die Nadel rauszieht und sie ihm an einer anderen Stelle in den Arm rammt.

»Könnten Sie nicht etwas vorsichtiger sein?«

Die Schwester bedenkt mich mit einem finsteren Blick.

»Er hat dünne Venen.«

Sie packt seinen anderen Arm, knotet ein Gummiband darum und klopft ihm mit dem Handrücken auf die Armbeuge. Dann sticht sie wieder mit der Nadel zu. Ein paar Tränen rinnen unter Julians Lidern hervor und rollen zu den Ohren.

»Julian?«

Er ist immer noch nicht richtig bei Bewusstsein – wahrscheinlich ist er groggy von den Medikamenten –, doch er spürt ganz offensichtlich, was die Schwester da mit ihm anstellt. Es muss ein beängstigendes Gefühl sein, Schmerz zu empfinden, aber zu schwach zu sein, um etwas dagegen tun zu können.

Ich lege ihm eine Hand auf die Stirn.

»Ist gleich vorbei«, murmele ich, als sich das Röhrchen endlich mit seinem Blut füllt. Nachdem die Schwester fünf Röhrchen voll hat, schiebt sie ihren Rollwagen aus dem Raum. Julians Wangen sind immer noch nass, aber sein maschineller Atem geht wieder gleichmäßig. Ich setze mich auf die Klappcouch, die fast genauso hart ist wie der Boden, und lasse meinen Blick durch das Zimmer schweifen.

Gestern Nacht konnte ich nicht viel sehen, doch jetzt bei Tageslicht bemerke ich, dass wir auf der Kinderstation sind. Gegenüber von Julians Bett prangt ein großes Wandbild: Unter einem Regenbogen tummeln sich Tiere aus dem Dschungel und Bauernhoftiere, die in perfekter Harmonie zusammenzuleben scheinen. Das Motiv ist eher etwas für Vierjährige als für Vierzehnjährige. Das fröhliche Bild macht mich nur noch trauriger.

»Adam«?«

Mom steht in der Tür.

»Was machst du denn hier?«, frage ich.

Sie antwortet nicht, sondern starrt nur entsetzt auf Julian. Kurz sehe ich ihn durch ihre Augen. Die abgemagerten Arme und Beine. Die Blutergüsse. Die Drähte.

»Ich schaue immer bei dir rein, bevor ich zur Arbeit fahre.« Sie spricht mit mir, ohne den Blick von Julian zu wenden. »Es war nicht leicht für mich, als du den Führerschein gemacht hast und nicht mehr zur Schule gebracht werden musstest. Jetzt bin ich oft schon aus dem Haus, bevor du aufstehst.« Sie zieht die Mundwinkel nach oben. »Als du heute Morgen nicht in deinem Bett lagst, habe ich mir furchtbare Sorgen gemacht. Ich weiß, es ist dumm von mir, aber mein erster Gedanke war, dass du gekidnappt worden bist. Als du noch klein warst, war das meine größte Angst. Wenn wir im Supermarkt waren, saßest du im Einkaufswagen und hast den Leuten immer laut Hallo zugerufen. Du hast keinen Unterschied zwischen Bekannten und Fremden gemacht, du wolltest dich mit allen unterhalten. Ich habe mir solche Sorgen gemacht, und da du kein Telefon mehr hast, habe ich Charlie angerufen.«

Jetzt laufen ihr Tränen über die Wangen, und ich nehme sie in den Arm.

»Er wird wieder gesund«, sage ich.

Sie strafft die Schultern und setzt ein entschlossenes Gesicht auf.

»Ja. Das wird er.«

Julian kommt den ganzen Vormittag nicht zu Bewusstsein. In regelmäßigen Abständen beginnt er zu wimmern, dann spritzt ihm die Schwester ein Schmerzmittel durch die Kanüle in seinem Handrücken. Ich zapple auf einem Stuhl neben seinem Bett herum.

Ich habe gerade ein Tablett aus der Krankenhauskantine bekommen, als eine große Frau mit glatter dunkler Haut in den Raum kommt. Sie trägt eine lila Anzugjacke mit Schulterpolstern, einen passenden Rock und ein geblümtes Tuch um den Hals. Sie sieht aus wie eine Karrierefrau aus einer Achtzigerjahre-Fernsehserie. Interessanterweise ist sie trotz ihrer knallbunten Klamotten eine Respekt einflößende Erscheinung.

»Adam Blake?«, fragt sie und streckt mir eine perfekt manikürte Hand hin.

»Ja?«, sage ich misstrauisch.

»Man hat mich zu Julians Vormund bestellt.«

Einundfünfzig // Adam

Die Frau überreicht mir eine Visitenkarte, als wäre ich ein potenzieller Geschäftspartner. Auf der Karte steht: *DELORES CARTER, Sozialarbeiterin und Verfahrensbeistand.*

»Ich bin auf Anweisung eines Familienrichters vorübergehend Julians gesetzlicher Vormund«, erklärt sie. »In einem Fall wie diesem muss jemand die Entscheidungen treffen, bis ein langfristiger Vormund gefunden ist.«

Sie sieht sich im Zimmer um, und ihr Blick fällt auf die Wolldecke auf der Klappcouch.

»Bist du allein hier?«

»Ja.«

»Wo ist deine Mutter?«

»Ich bin achtzehn.«

Sie schnaubt kurz und wirkt wenig beeindruckt.

»Julian braucht keinen Vormund«, sage ich mit Nachdruck. »Ich habe vorhin mit meiner Mutter gesprochen und sie wird den Familienrichter kontaktieren. Sie war eine Zeit lang Julians Pflegemutter, und ich bin achtzehn, also können wir –«

»Ganz ruhig, ganz ruhig. Hol erst mal Luft.«

Ich befolge ihren Rat, atme durch und lege mir Gegenargumente zurecht für den Fall, dass sie mich vor die Tür setzen will.

»Ich kenne Julian noch nicht, aber ich habe nicht vor, seine Freunde von ihm fernzuhalten. Das wäre nicht gut für ihn.«

Ich stammele ein Dankeschön und sinke auf meinen Stuhl. Plötzlich fühle ich mich unendlich schwach.

Delores zieht sich einen zweiten Stuhl ans Bett.

»Früher war das leider üblich.«

Ihre Stimme ist freundlich, und sie wirkt wie ein Fels in der Brandung, wie jemand, der im Leben schon alles gesehen hat und den deshalb nichts aus der Ruhe bringen kann.

»Hm?« Ich versuche, mich auf das Gespräch zu konzentrieren. Ich will der Frau gegenüber verantwortungsbewusst wirken, aber ich bin fahrig und todmüde.

»Sie haben Patienten isoliert. Haben Väter nicht in den Kreißsaal gelassen und Eltern nicht zu ihren kranken Kindern. Heutzutage läuft das anders.«

»Warum?«

»Weil Kranke schneller gesund werden, wenn jemand, der sie liebt, bei ihnen ist.«

Mir schießen Tränen in die Augen, und ich bekomme Panik. *Jesus*, ich werde doch nicht –? Doch, ich heule schon wieder. Und eine Frau, die ich kaum kenne, tätschelt mir tröstend den Rücken, während ich das Gesicht in ihrem lila Schulterpolster vergrabe.

Gegen fünf Uhr nachmittags kommt Emerald zu Besuch. Sie trägt einen Übertopf mit irgendeinem exotischen Gewächs, das ich noch nie gesehen habe. Wie immer sieht sie perfekt aus, und ihr Haar ist zu einer komplizierten Frisur aufgetürmt.

Bei Julians Anblick bleibt sie stehen, genau wie meine Mutter heute Morgen, und starrt ihn stumm an. Ich nehme ihr den Blumentopf aus den zitternden Händen und stelle ihn auf einem Tisch in der Ecke ab. Dann bedeute ich ihr, mit mir hinaus auf den Flur zu gehen. Dort prangt ein weiteres Wandbild: eine Unterwasserwelt mit lächelnden Meerjungfrauen, Haien, Delfinen und Tausenden von Fischen.

»Ich hätte nicht gedacht, dass er so schlimm aussieht«, wispert sie. Ich nicke stumm. »Matt hat mich hergefahren. Er und Camila warten unten. Sie wollten mit mir hochkommen, aber sie wussten nicht, ob das in Ordnung ist.«

Ich verschränke die Arme und lehne mich an die Wand, neben den glücklichsten Oktopus der Welt.

»Nein, besser nicht. Dafür ist es noch zu früh.«

»Du siehst müde aus«, sagt sie. »Du solltest wirklich etwas schlafen.«

»Na, dann leg ich mich doch gleich mal hin«, sage ich sarkastisch.

Sie zuckt zusammen und sieht mich aus ihren blauen Augen verwirrt an, aber ich entschuldige mich nicht. Ihre Frisur ist makellos, und genau das stört mich aus irgendeinem Grund.

»Adam …«

»Ich muss nach Julian sehen.«

Sie nimmt meine Hand und drückt sie zum Abschied, aber ich erwidere den Druck nicht.

Zweiundfünfzig // Adam

Der zweite Tag im Krankenhaus läuft genauso ab wie der erste. Julian schläft. Ich tigere im Zimmer auf und ab, setze mich auf den Stuhl, stehe wieder auf, esse labberiges Essen aus der Kantine. Über lange Strecken passiert gar nichts. Zwischendurch schauen Delores und Mom vorbei. Ein paar Freunde von mir kommen zu Besuch, aber sie bleiben draußen auf dem Flur. Das Zimmer füllt sich mit Blumen, Luftballons und Stofftieren.

Ich sitze gerade an Julians Bett, als er so plötzlich aufwacht, dass ich vor Schreck fast vom Stuhl falle. Er schlägt um sich und versucht sich die Schläuche aus der Nase zu ziehen.

»Warte! Nicht rausziehen!« Ich halte seine Hände fest.

Er erstarrt und blinzelt, als hätte er einen Albtraum gehabt.

»Adam?« Das ist das Erste, was er sagt, seit ich ihn in die Notaufnahme getragen habe. Ist das wirklich erst anderthalb Tage her?

»Ja?« Ich halte ihn fest, bis ich sicher bin, dass er sich beruhigt hat. Dann ziehe ich meinen Stuhl mit dem Fuß heran.

»Wie geht's dir?«

Was für eine bescheuerte Frage. Seine Handgelenkknochen durchbohren fast seine Haut, über einen Schlauch läuft eine Nährlösung in seine Hand, eine Maschine pumpt ihm Sauerstoff in die Lunge und eine andere misst seinen Puls und Blutdruck.

Er ignoriert meine Frage und flüstert:

»Ist keine Schule mehr?« Seine Stimme klingt heiser, als hätte er eine Halsentzündung.

»Ich war heute nicht in der Schule.« Ich werfe einen schnellen Blick auf die Uhr.

»Sind …« Er starrt auf die runden weißen Aufkleber auf seiner Brust und betastet den Schlauch, der in seine Nase führt. Gerade will ich ihm sagen, er solle damit aufhören, als er den Arm kraftlos neben sich aufs Bett fallen lässt. »… die Sommerferien vorbei?«

»Nein. Die Sommerferien fangen erst in ein paar Wochen an.«

Er reißt verwirrt die Augen auf. Ich rechne fast damit, dass der Herzmonitor wild zu piepsen beginnt, wie im Film. »Ist denn schon nächstes Jahr?«

Ich verstehe die Frage nicht. Julian redet wirres Zeug. Mir fällt ein, wie er mir gesagt hat, ich solle den Koffer für die Sterne offen lassen. Das habe ich auch nicht verstanden.

»Nächstes Jahr?«

»Ich habe nächstes Jahr verpasst. Ich habe den Sommer verpasst.«

»Nein, wir sind noch in diesem Jahr. Die Sommerferien haben noch nicht angefangen.«

Julian sinkt ins Kissen und schließt die Augen.

»Das ist gut. Ich will den Sommer nicht schon wieder verpassen.«

Plötzlich reißt er die Augen auf. Sein Blick ist panisch, während meiner zu den Monitoren huscht.

»Das kann nicht sein. Ich war so lange da drin. Ich habe die Minuten gezählt. Aber irgendwann konnte ich nicht mehr weiterzählen. Ich war in der Muschel, und dann ist die Muschel verschwunden, und ich weiß nicht, wo ich dann war. Ich weiß nur, dass du nicht mehr da warst. Dass niemand da war.«

»In der *Muschel*? Julian, du warst in einem Koffer.«

»In einer Muschel. Ich war in einer Muschel. Ganz allein.«

Julians Zustand macht mir Angst, und am liebsten hätte ich eine Krankenschwester verständigt. Aber ich kann ihn nicht allein lassen. Ich versuche ruhig zu bleiben, damit er nicht merkt, dass ich mir Sorgen mache.

»Es war ein Koffer«, sage ich fest

Er schüttelt den Kopf wie in Zeitlupe. Dann fragt er leise: »Sicher?«

»Ganz sicher.«

»Wie lange war ich da drin?«

»Keine Ahnung. Seit deiner Abmeldung von der Schule sind neunzehn Tage vergangen.«

Er schließt die Augen. Seine Lider sind gerötet und fast durchsichtig.

»Adam?« Ich beuge mich näher heran, um ihm zu zeigen, dass ich zuhöre. »Es hat sich nicht wie … neunzehn Tage angefühlt. Es hat sich wie … tausend Jahre angefühlt. Länger als mein ganzes Leben. Warum?«

Ich versuche krampfhaft, mich zusammenzureißen, denn es passiert schon wieder: Meine Kehle brennt, ich bin den Tränen nah. Ich habe seit Jahren nicht geweint, und jetzt kann ich gar nicht mehr damit aufhören. Obwohl ich mir fest vorgenommen habe, meine Gefühle nicht nach außen dringen zu lassen, muss ich Tränen wegblinzeln. Aber es kommen immer neue. Es ist, als hätte jemand einen Wasserhahn aufgedreht. Ich atme tief durch und versuche, seine Frage zu beantworten.

»Für dich hat es sich eben wie eine Ewigkeit angefühlt.«

»Aber warum?«

»Weil es so schlimm war.«

»Warum können sich schöne Dinge nicht wie eine Ewigkeit anfühlen? Die Zeit vor dem Tod meiner Eltern … war so kurz. Ich wünschte, ich könnte die Zeit zurückdrehen und sie noch einmal langsamer ablaufen lassen. Warum ist das so? Warum vergeht die Zeit viel zu langsam, wenn man es gar nicht will, und rast einem davon, wenn man glücklich ist?«

Ich wische mir schon wieder über die Augen. »Ich weiß es nicht.«

Julian blickt zum Fenster, obwohl die Vorhänge zugezogen

sind und er nicht nach draußen sehen kann. Dann fällt sein Kopf ruckartig zur Seite, wie bei einem Roboter, dessen Batterie leer ist.

Dreiundfünfzig // Adam

Als Julian das nächste Mal aufwacht, sind meine Mom und Delores da. Ich finde, Delores geht ziemlich gut mit ihm um. Sie versucht ihn zum Essen zu überreden, drängt ihn aber nicht zu sehr. Trotzdem ist Julian schrecklich angespannt, bis sie ihn in Ruhe lässt. Dann geht sein Blick zu dem schwarzen Bildschirm an der Wand.

»Willst du fernsehen?«, frage ich und greife nach der Fernbedienung, die an einem Kabel an seinem Bett hängt und gleichzeitig der Alarmknopf ist. Er sagt nicht Nein, also schalte ich den Fernseher ein und zappe durch die Programme. Beim Disney Channel nickt er. Irgendeine Serie über ein Mädchen mit magischen Kräften, die ich seit Jahren nicht gesehen habe.

Julian starrt konzentriert auf den Bildschirm und ist ganz versunken, als Officer Clark und seine Kollegen durch die Tür treten. »Wir würden gern mit Julian Harlow sprechen.«

Delores steht auf. In ihrem pinken Businessanzug wirkt sie sehr imposant. Sie drückt Clark eine Visitenkarte in die Hand und sagt in einem Ton, der keinen Widerspruch duldet, dass sie bei dem Gespräch dabei sein wird. Er macht ein beeindrucktes Gesicht.

»Gut«, sagt er. »Alle anderen verlassen das Zimmer.«

Julian schrumpft in seinem Bett zusammen und reißt ängstlich die Augen auf.

Delores wächst noch einmal um zehn Zentimeter. »Es wäre besser für Julian, wenn sie bleiben«, sagt sie fest.

Delores und Clark streiten eine Weile, dann zeigt er mit dem Finger auf mich. »Na schön. Aber du hältst den Mund und stehst nicht im Weg rum. An die Wand!« Clark liebt es, mich an die Wand zu stellen. Mom runzelt die Stirn, sagt aber nichts.

»So, junger Mann«, sagt Clark zu Julian. »Dann erzähl uns mal, was passiert ist.«

In seinem Krankenhaushemd sieht Julian verdammt klein aus, umringt von drei Polizisten, die sich nicht mal hinsetzen. Officer Clark macht ein ungeduldiges Gesicht, als Julian schweigt und nur an dem Klebeband herumzupft, mit dem der Verband an seinen gebrochenen Fingern fixiert ist.

»Wir müssen dich befragen. Sonst kommen wir mit unseren Ermittlungen nicht weiter.«

Julian nickt abgehackt. Dann beginnt er langsam und mit zittriger Stimme zu erzählen, wie es war, in dem Koffer eingesperrt zu sein. Irgendwann kann ich ihn nicht mehr ansehen. Stattdessen starre ich auf die Wand und konzentriere mich auf ein glücklich lächelndes Schaf.

Als Julian geendet hat, ist mir schlecht.

»Weißt du, wo dein Onkel jetzt ist?« Clarks Tonfall ist vollkommen neutral, und das macht mich wütend.

»Vielleicht im Büro? Er arbeitet viel.«

»Dein Onkel ist seit über einem Jahr arbeitslos«, blafft ihn Clark an, als halte er Julian für einen Lügner.

Ich wende mich von dem glücklichen Schaf ab und sehe zu Julian. Er blinzelt verwirrt.

»Aber er fährt jeden Morgen zur Arbeit. Und er bleibt immer lange –«

»Wenn du irgendwas weißt«, herrscht ihn Clark an, »musst du es uns sagen.«

»Aber ich weiß nichts.«

»Finden Sie nicht, das reicht fürs Erste?«, werfe ich ein.

»Junger Mann …«, sagt Clark in einem unglaublich herablassenden Tonfall. »Ich muss dich bitten, draußen zu warten.«

Julian reißt die Augen auf.

»Aber er will nicht, dass ich gehe.« Ich zeige auf den verängstigten Jungen in dem Krankenhausbett.

»Soll das heißen, du weigerst dich, den Raum zu verlassen?« Clarks Tonfall klingt wie eine Herausforderung.

Delores steht auf, doch bevor sie eingreifen kann, hat sich Mom schon schützend vor mich gestellt.

Clark legt eine Hand auf seine Waffe. »Madam, bitte treten Sie zwei Schritte zurück.«

Plötzlich ist es, als spielten wir Stopptanz, allerdings in einer todernsten Variante.

»Klar, weil sie ja so eine Bedrohung ist«, rufe ich und verschränke wütend die Arme vor der Brust. Am liebsten hätte ich diesen Moment, an dem ich mich so völlig untypisch aufführe, gefilmt – als Erinnerung für später.

»Wenn du nicht auf der Stelle den Mund hältst«, knurrt Clark und kommt meinem Gesicht ganz nah, »verhafte ich dich.«

»Das dürfen Sie nicht«, protestiere ich. »Nur weil jemand etwas sagt, können Sie ihn doch nicht verhaften.«

Mit einer Hand zieht Clark Handschellen hervor und schüttelt sie vor meinem Gesicht. »Aber ich kann dich wegen Behinderung der Ermittlungen verhaften.«

Mom verstößt gegen die Zwei-Schritte-Regel und nimmt meinen Arm. »Adam, geh bitte raus auf den Flur.«

»Soll das ein Witz sein?«, schreie ich Clark an. »Sehen Sie Julian doch mal an, verdammt!«

Mom zieht mich am T-Shirt. »Komm schon, Adam.« Jetzt bin ich auch auf sie wütend. Wo ist die Rebellin geblieben, die sich mit allen anlegt? Julian liegt blass und zitternd in seinem Bett, und Clark grinst mich triumphierend an. Ich will widersprechen, aber Delores schüttelt den Kopf.

»Ich warte direkt vor der Tür, Julian.« Rasend vor Wut stürme ich hinaus auf den Flur.

Vierundfünfzig // Julian

Beim Aufwachen fällt mein Blick auf Adam, der auf einem Stuhl neben meinem Bett schläft. Sein Mund steht leicht offen, und auf seinem Schoß liegt ein Physikbuch. In diesem Moment kommt eine Krankenschwester ins Zimmer und schmettert mir eine fröhliche Begrüßung entgegen. Adam schreckt hoch und reibt sich das Gesicht. Das Physikbuch, sein Heft und ein Stift landen auf dem Boden.

»Ich habe gehört, du bist bereit für eine Dusche«, sagt die Krankenschwester und lächelt wie eine stolze Mutter. Sie trägt eine Plastikwanne mit diversen Utensilien: einem frischen Krankenhaushemd, einem kleinen Shampoo-Fläschchen und Duschgel.

»Ja.« Ich muss duschen. Ich stinke wie in dem Koffer.

Während die Krankenschwester mich vom Tropf abhängt, plaudert sie mit Adam über ihren Sohn. Offenbar führen die beiden ein Gespräch fort, das sie begonnen haben, während ich schlief. Die Nadel lässt die Schwester in meiner Hand. Sie wickelt nur Plastikfolie darum und sagt, ich solle darauf achten, dass der Zugang nicht nass wird. Dann beugt sie sich über mich und will mein Krankenhaushemd aufknoten.

»Was tun Sie da?« Ich zucke zurück. Sie sieht mich verwirrt an, als hätte sie keine Ahnung, was das Problem ist. »Das kann ich selbst.«

Ich laufe rot an, auch wenn das nur eine von hundert Peinlichkeiten ist, die ich hier im Krankenhaus erlebe. Die Ärzte und Pfleger stellen dir intime Fragen und berühren dich an intimen Stellen, und es ist ihnen egal, wer noch alles im Zimmer ist.

»Ich helfe ihm«, sagt Adam.

»Pass auf, dass er nicht hinfällt.«

»Keine Angst.«

In den ersten Tagen hatte ich einen Blasenkatheter, dann benutzte ich eine Urinflasche, und mittlerweile darf ich selbst zur Toilette gehen, wenn auch nur unter strenger Aufsicht.

Sobald die Schwester durch die Tür verschwunden ist, stelle ich die Füße auf den Boden.

»Ich kann allein laufen«, sage ich zu Adam.

»Ich weiß.« Trotzdem bleibt er neben mir, bis ich das Badezimmer betrete und die Tür schließe. Ich bin noch ziemlich wacklig auf den Beinen und halte mich an der silbernen Stange fest, die an die Wand montiert ist, während ich das Krankenhaushemd aufknote. Es erinnert mich an meinen Karateanzug, der hatte auch solche Bänder. Karate ist eine der Sachen, die ich schnell aufgegeben habe, weil ich nicht gut darin war. Jetzt bin ich in nichts mehr gut. Nicht im Knotenlösen. Nicht im Atmen. Nicht im Denken.

Über meinem Kopf flackert die Glühbirne. Sie knistert, als würde sie jeden Moment durchbrennen. Mein Atem geht schneller, ob vor Anstrengung oder Angst, weiß ich nicht. Der Raum ist zu klein, ich will hier raus, aber ich muss duschen. *Du stinkst*, höre ich Russells Stimme in meinem Kopf.

Niemand weiß, wo Russell jetzt ist. Die Polizei glaubt, dass er untergetaucht ist und sich versteckt, aber ich kann mir nicht vorstellen, dass Russell sich vor irgendwem versteckt. Wo auch immer er ist, er muss wütend sein. Schließlich bin ich aus dem Koffer geflohen.

Ich ziehe den Duschvorhang auf. Es gibt keine Duschwanne oder irgendeine Barriere auf dem Boden, und ich frage mich, ob man beim Duschen nicht das ganze Badezimmer unter Wasser setzt. Ich betrete die Dusche und stelle mich neben die Bank, die an der Wand befestigt ist. Als ich den Vorhang zuziehe, flackert die Glühbirne wieder, und plötzlich schrumpft der Raum zu einem schwarzen Punkt zusammen.

Ein Pochen in den Ohren. Schweiß in der Nase. Ich bekomme keine Luft.

Ich reiße den Vorhang auf.

Ich rüttle am Türgriff. Abgeschlossen.

Ich fummle an dem Riegel herum und schreie auf, als ich mit meinen gebrochenen Fingern gegen das Holz stoße. Endlich geht die Tür auf, und ich stolpere nach draußen.

»Was ist los?«, fragt Adam und kommt angelaufen. »Alles in Ordnung?«

Ich hebe den Kopf und suche verzweifelt nach den Sternen. Meine Knie versagen, Adam packt meinen Arm und stützt mich.

»Was ist passiert?«

»Ich weiß nicht.«

Er nickt, als wäre das eine Antwort. Er hält mich immer noch fest und reicht mir ein Handtuch.

»Willst du dich wieder hinlegen? Du musst nicht duschen.«

»Ich muss mich waschen.«

»Würde es helfen, wenn wir die Tür offen lassen?«

»Ich weiß nicht.«

Diesmal kommt Adam mit ins Badezimmer und lehnt sich an die Wand. »Geh ruhig duschen. Ich warte hier.«

Ich stelle mich wieder in die Dusche und ziehe den Vorhang zu. »Adam?«

»Ich bin hier.«

Ich drehe das Wasser auf. Es ist nicht eiskalt, aber es wird auch nicht richtig heiß. Ich wasche mich hastig, weil mir schwindelig und übel ist. Als meine Knie zu zittern beginnen, halte ich mich an der Metallstange in der Dusche fest. Ich denke an mein Fahrrad und daran, wie schnell ich damit immer durch die Stadt gefahren bin. Daran, dass ich nie müde wurde. Werde ich je wieder zu Kräften kommen?

Ich wickle mir das Handtuch um die Hüften, bevor ich aus

der Dusche trete. Adam reicht mir das saubere Krankenhaushemd, aber ich will etwas Richtiges anziehen. Ich stütze mich auf ihn und wanke zum Bett. Dort reicht er mir eine Unterhose und eine Schlafanzughose.

Dann drückt er auf die Klingel, um der Krankenschwester Bescheid zu geben, dass ich fertig bin und sie den Tropf und die Maschinen, die meinen Herzschlag und Blutdruck messen, wieder anhängen kann. Tränen brennen mir in den Augen. Ich möchte nicht, dass er die Schwester ruft. Ich möchte noch ein paar Minuten daliegen wie ein normaler Mensch, der nicht mit tausend Maschinen verbunden ist. Wie ein Mensch, der gehen kann, wohin er will. Ich will meinen Körper zurück.

Fünfundfünfzig // Adam

Ich habe jedes Gefühl dafür verloren, wie lange ich schon in diesem Zimmer bin. Einmal war ich kurz draußen. Ist das wirklich erst gestern gewesen? Julian war eingenickt, also joggte ich den Flur entlang, um mir aus der Angehörigenküche einen Pudding zu holen. Auf dem Rückweg hörte ich ihn weinen, weil er aufgewacht war und ich nicht da war. Seitdem habe ich das Zimmer nicht mehr verlassen.

Die Polizei hat Russell noch nicht gefunden. Ich habe kein gutes Gefühl bei der Sache.

Julian isst immer noch nichts, obwohl die Krankenschwester gestern Abend mit ihm geschimpft hat wie eine strenge Großmutter. Unter ihrem tadelnden Blick verkroch er sich in seinem Bett und murmelte: »Ich habe Bauchweh.«

»Aber du musst etwas essen«, beharrte sie. »Wir müssen dich wieder aufpäppeln.«

Schließlich ließ er sich dazu überreden, einen Proteinshake zu trinken, doch das feste Essen rührte er nicht an.

Jetzt ist es nach Mitternacht und er schläft tief und fest,

obwohl der Fernseher läuft. Gestern – war das wirklich gestern? – wollte ich den Fernseher stumm stellen, aber Julian wachte auf und sagte mit Panik in der Stimme, es wäre zu still im Zimmer. Deshalb läuft jetzt Tag und Nacht das Kinderprogramm von Nickelodeon oder dem Disney Channel.

Ich liege auf der Klappcouch unter dem Fenster und lese meine Nachrichten auf dem neuen Telefon, das Mom mir vor ein paar Stunden vorbeigebracht hat. Sie ist überzeugt, dass Julian und ich neulich Nacht hätten sterben können, und dann wäre es ihre Schuld gewesen, weil sie sich geweigert hatte, mir ein neues Telefon zu kaufen.

Ich habe eine Million Nachrichten, die meisten von Emerald und Charlie, aber auch ein paar von Leuten, die mir sonst nie schreiben. Ich weiß nicht, ob sie wirklich besorgt sind oder nur neugierig. Ich habe keine Lust zu antworten und schalte das Telefon wieder aus. Dann ziehe ich die dünne Wolldecke zum Kinn, schließe die Augen und versuche zu schlafen, trotz der bunten Bilder, der schrillen Kinderstimmen und des Gelächters aus der Konserve.

Ich wache in dem riesigen Pappkarton auf, der früher mal eine Kühlschrankverpackung war. Er sieht genauso aus wie in meiner Erinnerung, nur kleiner. Vielleicht bin ich aber auch größer. Die Pappwände sind mit Darrens Insektenfotos übersät. Die prähistorischen Körper sehen grotesk aus, aber irgendwie haben sie auch etwas Trauriges. Sie sind Zeugen der vielen Stunden, die Darren allein hier drin verbracht hat.

Mein Blick fällt auf das Foto eines kupferfarbenen Käfers mit langen Antennen, ledrigen schwarzen Flügeln und vielgliedrigen Beinen. Während ich es betrachte, zuckt plötzlich eine der Antennen.

Ich schrecke zurück und stoße mit dem Kopf gegen die Wand, aber die Pappe gibt nicht nach. Sie ist kalt und hart. Mein Atem geht schneller. Ich mustere das Bild von dem Käfer. Es ist nur ein Foto, kein echter Käfer. Plötzlich richten sich die Antennen neu aus, als könnte der Käfer mich sehen. Im nächsten Moment starren mich tausend schimmernde schwarze Augen an, und der Karton füllt sich mit gruseligen Geräuschen.

Zirpen, Summen, Sirren.

Millionen Insekten schwirren durch die Luft. Krabbeln die Wände hoch. Sie sind überall. Sie sind auf meinem Körper.

Adam.

Ich trete und boxe gegen die Wände, doch sie sind aus Metall. Ich schreie, aber niemand hört mich.

Adam.

Ich kann nicht raus, ich bin gefangen.

»Adam!«

Ich liege auf der Klappcouch in dem Krankenhauszimmer. Keine Insekten, kein Summen und Zirpen außer dem von Julians Maschinen. Ich setze mich verwirrt auf. Mein Herz rast.

Julian starrt mich an, der Fernseher wirft flackerndes Licht auf sein Gesicht.

»Du hattest einen Albtraum«, sagt er. »Ist alles in Ordnung?«

Nein, nichts ist in Ordnung. Ich habe Angst, und das Zimmer ist zu klein. »Ja. Tut mir leid, dass ich dich geweckt habe.«

»Was hast du geträumt?«

Ich strample die Decke weg. Mir ist heiß, obwohl es im Zimmer sehr kalt ist. Ich stehe auf und antworte: »Vom Abschlussball. Ich hatte drei Dates gleichzeitig, und die Mädchen wussten nichts voneinander.«

Julian lacht leise. Dieses Dilemma kam in mindestens vier oder fünf Teenager-Serien vor, die wir in den letzten Tagen auf Nikelodeon geschaut haben.

»Natürlich kamen die Mädchen mir auf die Schliche. Sie haben sich zusammengeschlossen und einen raffinierten Racheplan ausgeheckt.«

Julian lacht wieder und sieht unter der riesigen Decke aus wie ein kleiner Junge.

Ich werfe einen Blick auf die Uhr. »Es ist mitten in der Nacht. Du solltest jetzt wieder schlafen.«

Er nickt folgsam, aber er schließt erst die Augen, als ich mich wieder hingelegt und die Wolldecke über mich gebreitet habe.

Sechsundfünfzig // Adam

Julian schaut eine nervige Serie über zwei Zwillingsbrüder in einem Hotel, und ich versuche halbherzig, meine Matheaufgaben zu machen, als Charlie den Kopf zur Tür reinsteckt.

»Darf ich reinkommen?«

»Hey, Charlie.« Ich werfe Julian einen fragenden Blick zu, und er nickt. »Klar, komm rein.«

Charlie mustert die Blumen und Luftballons. In dem Zimmer mit den aufgemalten glücklichen Tieren an der Wand wirkt er noch größer als sonst und ziemlich fehl am Platz.

»Ich habe gar nichts mitgebracht.«

»Das ist auch nicht nötig«, sage ich.

Charlie steht verlegen in der Gegend rum, bis ich einen Stuhl in seine Richtung kicke. Ein paar Minuten lang sehen wir schweigend fern, dann kommt eine Krankenschwester und verkündet, Julian müsse zu einer Untersuchung. Sie hilft ihm in einen Rollstuhl und schiebt ihn davon.

Ohne den Blick vom Fernseher zu nehmen, murmelt Charlie: »Er sieht echt krass aus.«

»Du hättest ihn mal letzte Woche sehen sollen.«

»Ja.« Er macht ein schuldbewusstes Gesicht. »Das wollte ich auch. Aber ich wusste nicht … Ich war nicht sicher, ob –«

»Das ist total in Ordnung, Charlie.«

Wieder tritt Stille ein, nur unterbrochen vom Geplapper der Zwillingsbrüder auf dem Bildschirm. Dann sagt Charlie in einem Tonfall, als würde er eine schlimme Sünde beichten: »Ich war eine Zeit lang echt eifersüchtig auf ihn.«

»Ich weiß.«

»So richtig krass eifersüchtig.« Beschämt sieht er auf seine Hände hinunter. »Ich weiß gar nicht, warum, aber ich war so eifersüchtig, dass ich ihm meine Faust ins Gesicht hätte rammen können.«

»Aber das hast du nicht. Du hast noch nie jemanden wirklich geschlagen.«

Charlie starrt immer noch zu Boden, als die Eiswagenmelodie aus den Lautsprechern ertönt.

»Oh, ein neues Baby.«

»Was?«

»Die Musik. Sie bedeutet, dass ein neues Baby zur Welt gekommen ist.«

»Das muss mein kleiner Bruder sein«, sagt er mit einem schwachen Lächeln.

Ein paar Stunden später verlasse ich zum ersten Mal seit Tagen das Zimmer. Mom hat sich bereit erklärt, bei Julian zu bleiben.

Mir die Beine zu vertreten, ist ein so tolles Gefühl, dass ich den bunt bemalten Flur der Kinderstation entlangjogge, hinaus auf einen steril-weißen Flur.

In einem schwach beleuchteten Gang finde ich schließlich Charlie. Er hält ein winziges, in eine gelbe Decke gehülltes Etwas auf dem Arm. Charlies Hand ist größer als das gesamte Bündel. Er lächelt mich an – und diesmal ist es kein sarkastisches Grinsen, sondern ein echtes Lächeln, das von Herzen kommt. Charlie ist allein, also muss sein Dad mit den neun Millionen anderen Kindern nach Hause gefahren sein.

»Das ist also Shiv?«, frage ich.

Er schüttelt den Kopf. »Ich habe Mom überredet, ihn anders zu nennen.«

»Und wofür habt ihr euch entschieden?«

»Elian.«

»Elian?«

»Ja, wie in diesen Büchern, du weißt schon. Als Kind hab ich die geliebt.«

»Ich auch.«

Charlie sieht auf das winzige Gesicht hinab. »Er ist echt süß, findest du nicht?«

Das ist er wirklich. Ich meine, er sieht zwar aus wie einer dieser faltigen Hunde mit Knautschgesicht – nur ohne Fell –, aber er ist ein neues Menschenkind, das mit neuen Augen in die Welt hinausblickt, und … *Jesus*, es passiert schon wieder. Das Brennen im Hals, der Druck auf der Brust.

»Adam?« Verständlicherweise gerät Charlie in Panik. Er denkt wahrscheinlich, ich hätte eine tödliche Krankheit oder so. Ich wische mir die Tränen vom Gesicht, aber die Schleusen sind geöffnet.

Charlie legt das Baby in ein kleines Kinderbett auf Rollen. Dann hebt er die Arme wie Frankensteins Monster. Oder wie jemand, der mich umarmen will. Aber das kann nicht sein. Wenn Charlie Taylor mich umarmt, wäre das das Ende der Welt, wie wir sie kennen. Seine Monsterarme nähern sich meinen Schultern.

Und es ist das Ende der Welt, wie wir sie kennen.

Siebenundfünfzig // Adam

Julian sieht fern, und Mom sitzt an seinem Bett und lässt ihn nicht aus den Augen, als Emerald mit einer Papiertüte in der Hand in der Tür auftaucht.

»Deine Hausaufgaben«, sagt sie mit einem gezwungenen Lächeln. Ich folge ihr hinaus auf den Flur.

»Ich habe dir mehrmals getextet«, sagt sie, als wir vor der Unterwasserwelt stehen.

»Ja. Tut mir leid.«

»Ich weiß, dass das alles nicht leicht für dich ist.«

»Ja.« Mit einem Mal ist mir Emerald so fremd, als wären wir nicht mehr dieselben Menschen wie vor einer Woche. »Danke, dass du mir die Hausaufgaben vorbeigebracht hast.«

»Adam?« Ihr Gesicht ist bleich, ihre blauen Augen wirken riesig, das Haar fällt ihr offen über die Schultern. »Ach, schon gut«, sagt sie dann und wendet sich abrupt ab. »Bis bald.«

Später, als Julian schläft, fragt meine Mutter: »Ist mit dir und Emerald alles in Ordnung?«

»Ja. Warum?«

»Du verhältst dich so merkwürdig. Als wärst du sauer auf sie.«

Ich seufze tief. Im Moment habe ich wirklich andere Sorgen. »Warum sollte ich auf Emerald sauer sein?«

Mom antwortet nicht, sondern sieht mich nur an. Ich wünschte, die Leute würden einfach mal sagen, was sie denken. Ich wünschte, sie würden die Wahrheit sagen. Wenn ich damals die Wahrheit gesagt hätte … Aber das habe ich nicht. Stattdessen habe ich auf Emerald gehört.

Natürlich ist es streng genommen nicht ihre Schuld, aber ich werde den Gedanken nicht los, dass ich bei der Polizei angerufen hätte, wenn ich mit Julian an jenem Abend nicht zu ihr gefahren wäre. Und wenn ich bei der Polizei angerufen hätte, wären all die schlimmen Dinge nicht passiert. Allerdings kann man einen so schrecklichen Gedanken zwar denken, aber nicht laut aussprechen.

Achtundfünfzig // Adam

»Du musst wieder zur Schule gehen.« Es ist Sonntagabend, und Delores redet mir auf dem Flur vor Julians Zimmer ins Gewissen, neben einem grinsenden Hummer, der einen Stepptanz aufführt.

»Das geht nicht.« Sie weiß genau, dass Julian jedes Mal, wenn ich das Zimmer verlasse, in Panik ausbricht.

»Du hast schon eine ganze Woche verpasst. Was glaubst du, was der Richter sagt, wenn er dem Sohn der Frau, die gerade Julians Vormundschaft beantragt, eine Verwarnung wegen unentschuldigten Fernbleibens vom Unterricht erteilen muss?«

Wenn es nur das wäre … Aber nächste Woche habe ich auch noch Prüfungen, und wenn ich die verpasse, gehe ich ohne Abschluss von der Schule. »Warum wird Julian nicht endlich entlassen?«

»Er wird entlassen, sobald er wieder isst.«

»Er isst doch. Ein bisschen jedenfalls.«

»Ja, das habe ich gehört. Proteinshakes, aber kein richtiges Essen. So geht es nicht weiter.«

Natürlich sollte ich Julian eigentlich zum Essen überreden, nur weiß ich aus eigener Erfahrung, dass die Mahlzeiten aus der Krankenhauskantine wie der schlimmste Mikrowellenfraß schmecken. Wenn man sowieso keinen Appetit hat, ist das nicht gerade hilfreich.

»Aber was soll er ohne mich den ganzen Tag machen? Er kann nicht allein bleiben. Er muss –«

»Er wird nicht allein sein. Im Erdgeschoss gibt es eine Tagesklinik für Teenager. Das wird ihm guttun.«

»Er wird es hassen.«

»Aber er wird nicht allein sein.«

Später, als die anderen weg sind, sage ich zu Julian: »Du musst wieder anfangen zu essen.«

Überrascht und ein wenig trotzig erwidert er: »Ich habe aber keinen Hunger.«

»Sie lassen dich hier nicht raus, wenn du nichts isst.«

»Könntest du das Essen nicht …«

»Was?«

»… wegwerfen? Wir könnten einfach so tun, als hätte ich es gegessen.«

»Nein.«

Seine Schultern sinken herab. »Ich habe keinen Hunger«, wiederholt er und mustert das gummiartige Huhn, die schlaffen grünen Erbsen und das staubtrockene Brötchen auf seinem Tablett.

»Wie wär's mit einem von diesen Puddings? Die habe ich im

Kühlschrank der Angehörigenküche gefunden. Ich habe Schokolade und Vanille im Angebot.« Ich schwenke sie unter seiner Nase. »Welchen willst du?«

Er schüttelt angewidert den Kopf. »Keinen von beiden.«

»Also Vanille.« Ich reiße den Deckel ab und tauche den Löffel hinein.

Julian verschränkt die Arme vor der Brust und schmollt wie damals in der Grundschule, als ich ihn zum Lesen gezwungen habe. Wenn die Angelegenheit nicht so ernst wäre, hätte ich gelacht.

»Du isst das jetzt, Julian.«

Er dreht den Kopf beiseite wie ein störrischer Welpe und lässt sich auf das Kissen fallen.

Ich halte ihm den Löffel vor den Mund, und er öffnet widerwillig die Lippen. Ein Schauer durchläuft seinen Körper, und kurz fürchte ich, dass er sich übergibt. Doch dann isst er brav einen zweiten Löffel.

»Mach weiter so, dann bist du bald draußen. Das willst du doch, oder?«

Er zögert ein kleines bisschen zu lang. »Ja, klar.«

Neunundfünfzig // Julian

Längere Strecken kann ich noch nicht gehen, deshalb schiebt mich Adam im Rollstuhl. Delores läuft neben uns her. Im Flur ist es furchtbar hell, überall sind Leute, und mir ist immer noch übel von dem Frühstück, das Adam mir aufgezwungen hat.

Heute Morgen hat Delores vorgeschlagen, ich solle zu einem »Gruppentreffen« gehen. Die anderen Teilnehmer waren ursprünglich in der Kinder- und Jugendpsychiatrie im fünften Stock untergebracht, aber mittlerweile kommen sie nur noch tagsüber in die Klinik. Seltsamerweise scheint es Adam überhaupt nicht zu schockieren, dass ich mehrere Stunden am Tag mit psychisch kranken Jugendlichen verbringen soll.

Während wir den Fahrstuhl ins Erdgeschoss nehmen, unterhalten sich die beiden über meinen Kopf hinweg miteinander. Adam schiebt mich durch ein Labyrinth aus Fluren in einen weißen Raum mit großen Fenstern. Meine Augen schmerzen von dem grellen Sonnenlicht. Am anderen Ende des Raums sind ungefähr zwanzig Plastikstühle zu einem Kreis angeordnet. Auf der Hälfte der Stühle sitzen ältere Jugendliche. Ich bin der Einzige, der keine Straßenkleidung trägt, der Einzige in einem Schlafanzug und Krankenhaussocken mit Noppen an den Füßen.

Ein Mädchen mit kurz geschorenem Haar mustert mich mitleidig von Kopf bis Fuß. Ihr Blick bleibt an meinem Krankenhausarmband und dem Rollstuhl hängen. Zwei Jungen, einer davon mit mehr Piercings im Gesicht als nackter Haut, beginnen sich zu streiten. Sie springen auf und schreien sich an. Die anderen Jugendlichen versuchen sie zu beruhigen, dann schiebt sich eine Frau in einem weißen Kittel zwischen die beiden.

»Ich will hier nicht bleiben«, flüstere ich.

»Das wird schon«, sagt Delores.

Adam rollt mich durch den Raum mitten in den Kreis.

»Du bist neu hier«, sagt das Mädchen mit den raspelkurzen Haaren.

»Nein«, stoße ich hervor. »Ich bin schon wieder weg.« Ich bekomme keine Luft mehr. *»Adam.«*

Er wendet den Rollstuhl so schnell, dass mir schwindelig wird, und wir rasen zum andern Ende des Raums. Hinter einem Regal voller Bastelsachen hält er an.

Delores beugt sich vor. »Atme mit mir«, sagt sie und holt tief Luft. »Langsamer. Nicht aus der Brust, sondern aus dem Bauch.«

»Ich kann nicht. Es tut weh.«

Sie klopft mir auf die Brust. »Das sind flache, panische Atemzüge. Versuch, tiefer zu atmen.«

»Ich will nicht atmen. Ich will hier raus!«

»Julian.« Ihre Stimme klingt streng. »Adam muss heute zur Schule, und du wirst hierbleiben.«

»Ich kann nicht.« Hier drin ist es zu eng, und ich kann nicht atmen. »Es ist zu dunkel.«

»Kommen Sie, Delores«, sagt Adam. »Ich kann doch noch einen Tag länger bei ihm bleiben.« Er geht vor mir in die Hocke und wischt mir mit seinem Ärmel die Tränen vom Gesicht.

Delores hilft Adam hoch und beugt sich zu seinem Ohr. Der einzige vollständige Satz, den ich höre, ist: »Lass es uns nicht unnötig in die Länge ziehen.«

Er nickt langsam. »Du wirst sehen, das wird toll!«, ruft er gespielt fröhlich. Er nimmt einen Becher Knete aus dem Regal und hält ihn hoch wie ein Beweisstück. »Du magst Kunst doch gerne.«

»Nein, tue ich nicht.«

»Aber du hast gesagt –«

»Das war gelogen. Ich hasse Kunst.«

»Äh … Na dann … Aber du schreibst gern Geschichten. Da drüben sitzt ein Haufen Verrückter. Später wirst du mir eine Menge toller Geschichten über sie erzählen können.«

»Adam!« Ich weiß nicht, ob Delores wirklich wütend ist oder nur so tut. »Im Ernst, Julian. Alles, was in diesem Raum gesagt wird, ist vertraulich.«

Vertraulich. Ich hasse dieses Wort.

Sie nickt Adam abrupt zu.

Er setzt ein künstliches Lächeln auf. »Okay, los geht's.«

Adam schiebt mich zurück in den Stuhlkreis.

»Ich komme direkt nach der Schule wieder. Versprochen!«

Dann betätigt er die Handbremse, damit ich nicht wegrolle.

ADAM

Alles ist wie immer – die Mensa ist rappelvoll und es ist brütend heiß –, aber aus irgendeinem Grund nervt mich der Geräuschpegel heute. Ich bin todmüde und gleichzeitig total aufgedreht von zu viel Krankenhauskaffee. Ich quetsche mich zwischen Jesse und Matt an unseren Tisch, gegenüber von Charlie und Allison. Ein paar Leute, die ich am Vormittag noch nicht gesehen habe, kommen zu mir, umarmen mich und fragen, wie es Julian geht.

»Gut«, sage ich. Ich habe keine Lust, ins Detail zu gehen.

Ich tripple unaufhörlich mit dem Fuß, aber bisher hat noch niemand gesagt, ich solle damit aufhören. Mit halbem Ohr höre ich den Unterhaltungen meiner Freunde zu und denke gleichzeitig über mein Gespräch mit Dr. Whitlock nach. Direktor Pearce war auch dabei. Die beiden standen Schulter an

Schulter vor mir. Mr Pearce hielt den Knauf seines Gehstocks umklammert und machte ein grimmiges Gesicht.

Dann fragte Dr. Whitlock: »Wusstest du es?«

Ob ich gewusst hatte, was los war? Und trotzdem nichts gesagt hatte?

Ich sah von Dr. Whitlock zu Mr Pearce. »Ja.«

Für einen kurzen Moment blitzte in ihren Augen Wut auf. »Du hättest es mir sagen sollen.«

»Tut mir leid«, stammelte ich. Plötzlich hatte ich einen Kloß im Hals und das Zimmer verschwamm vor meinen Augen. Dr. Whitlock ging zur Tür und zog sie zu.

»Du isst ja gar nichts«, sagt Matt. Es dauert einen Moment, bis ich kapiere, dass er mich meint.

»Dann habe ich wohl keinen Hunger«, schnauze ich ihn an. Seine Augen weiten sich erstaunt, aber ich bin viel zu genervt, um mich zu entschuldigen.

»HOLY SHIT!«, brüllt Jesse über den ganzen Tisch. »Das müssen wir rot im Kalender anstreichen. Sechsundzwanzigster Mai! Adam Blake hat schlechte Laune.«

Charlie schüttelt den Kopf und sieht mit hochgezogenen Augenbrauen von Jesse zu Emerald zu mir. Jesse macht ein zerknirschtes Gesicht und wirft den anderen beiden einen entschuldigenden Blick zu. Offenbar haben sie in meiner Abwesenheit einen geheimen Code aus Blicken, Augenbewegungen und Kopfrucken entwickelt.

Jetzt sehen mich alle an, als wäre ich ein Psychiatriepatient, den man mit Samthandschuhen anfassen muss. Meine Arme und Beine beginnen wie verrückt zu kribbeln und zu jucken. Das muss am Koffein liegen. Wie auch immer, ich kann nicht länger sitzen bleiben. Ohne ein Wort stehe ich auf und gehe davon.

Der ganze Tag ist eine Qual. Ich warte ungeduldig auf das Ende jeder Unterrichtsstunde. Ich bin angespannt und kann mich kaum konzentrieren, weil mir tausend Gedanken durch den Kopf schwirren. Irgendwann frage ich mich, ob sich Julian immer so fühlt. Und wenn ja, wie er dann überhaupt zurechtkommt. Wie schafft er es, den Flur entlangzugehen, wenn jeden Moment der Boden unter seinen Füßen wegzubrechen droht? Ich finde, wenn man sich so fühlt, sollte man eine für alle sichtbare Wunde auf der Stirn tragen.

Ich bin gerade auf dem Weg zu siebten Stunde, als ich über ein nicht vorhandenes Hindernis stolpere und mit einem Typen zusammenstoße, den ich vom Sehen kenne. Er ist nicht in meiner Stufe – ich glaube, er ist in der zehnten –, aber er ist größer und breiter als ich, mit einem kantigen Kinn und einen Kiefer, der an einen Tyrannosaurus Rex erinnert.

»Pass auf, wo du hintrittst, Arschloch«, blafft er, als hätte ich ihn absichtlich angerempelt.

»Das war keine Absicht, *Arschloch.*«

Blitzschnell packt er mich am T-Shirt und schleudert mich in Richtung Wand. Meine Hüfte kracht gegen den Schalter des

Wasserspenders, während mein Oberkörper halb in der Luft hängt und ich mit den Armen fuchtle, um nicht das Gleichgewicht zu verlieren. Eine Sekunde später sind wir von einer Horde Schüler umringt. Es ist echt erschreckend, wie sensationslüsternd die Leute sind.

Der Typ funkelt mich an wie ein Profi-Wrestler. Er drückt mich weiter gegen den Wasserspender und bleckt die Zähne, sagt aber keinen Ton.

»Haust du mir jetzt eins in die Fresse oder kann ich gehen?«

Die Frage scheint ihn so sehr zu verblüffen, dass er seinen Griff lockert. Ich richte mich auf. Mein T-Shirt ist hinten klitschnass. Als der Schlägertyp beiseitetritt, um mir Platz zu machen, sehe ich die enttäuschten Gesichter der Schaulustigen.

Du hast dich geprügelt??

Manchmal ist es schwer, den Tonfall aus einer Nachricht herauszulesen, aber bei Charlie kann man eigentlich immer davon ausgehen, dass er einen anschreit.

Es war keine richtige Prügelei, texte ich zurück, während ich an den bunten Wänden der Kinderstation entlanggehe.

WTF?! Was ist passiert?

Charlie ist entweder besorgt oder beeindruckt. Was von beidem, ist mir momentan egal, also lasse ich das Telefon in meiner Hosentasche verschwinden.

Als ich das Zimmer betrete, sitzt Julian auf einem Stuhl am

Fenster und schreibt in ein Spiralheft. Delores sitzt neben ihm. Heute trägt sie ein quietschgelbes Kleid und einen orangen Hut und sieht aus wie der wandelnde Frühling. Sie begrüßt mich, tätschelt Julian die Schulter und sagt, sie müsse jetzt los.

»Und, wie war's?«, frage ich und lasse mich auf ihren Stuhl fallen.

»Muss ich da morgen wieder hin?«

»War's so schlimm?«

»Ja.«

»Warum?«

»Sie wollen, dass wir reden.«

»Worüber?«

»Über private Dinge. Zum Beispiel sollen wir aufschreiben, was wir gut an uns finden. Und dann müssen wir es laut vorlesen.«

Das muss für Julian die Hölle sein. »Und was hast du aufgeschrieben?« Ich greife nach seinem Notizheft, aber er zieht es weg.

»He, das ist vertraulich«, sagt er. Sein erster Witz. Und dann auch noch ein ziemlich guter!

»Du musst ja nur noch ein paar Tage hin. Bis zu deiner Entlassung.«

»Glaubst du, Russell …«

Mein Lächeln gerät ins Wanken. »Was?«

»Glaubst du, er will, dass ich wieder bei ihm wohne?«

»Es ist egal, was er will. Du gehst nicht zu ihm zurück.« Komischerweise sieht er nicht erleichtert aus, sondern so, als wäre ihm schlecht. »Oder willst du etwa wieder bei ihm wohnen?«

Julian schüttelt den Kopf.

»Warum fragst du dann?« In letzter Zeit bin ich dauernd verwirrt. Ich fühle mich wie jemand, der nur Englisch spricht und der mit dem Fallschirm über Russland abgeworfen worden ist.

»Wo soll ich denn sonst hin?«

Julian ist alles andere als dumm, aber manchmal ist er unglaublich schwer von Kapee.

»Du ziehst bei uns ein.« Ich dachte, das wäre längst klar. »Mom hat die Vormundschaft für dich beantragt. Gleich nach deiner Einlieferung ins Krankenhaus.«

»Wirklich? Aber …«

»Aber was?«

»Beim letzten Mal …«

»Welches letzte Mal?«

Er schüttelt den Kopf. Ich habe keine Ahnung, wovon er redet, und das nervt gewaltig.

»Als ich schon mal bei euch gewohnt habe.«

»Was war da?«

»Da habe ich Probleme gemacht. Du und Catherine kamt nicht mehr mit mir klar. Das weiß ich.«

»Wer hat gesagt, du hättest Probleme gemacht?«

Er schweigt.

»Russell?«

Er zuckt mit den Achseln und nickt dann.

»*Jesus*, Julian. Er hat dich angelogen. Wir wollten, dass du für immer bei uns bleibst. Russell hat dich uns weggenommen. Hast du eine Ahnung, wie sehr Mom gelitten hat, weil er uns verboten hat, dich zu besuchen?«

Julian macht ein misstrauisches Gesicht, und das bringt mich noch mehr auf die Palme.

»Hey!«, fahre ich ihn an, und er schreckt zurück. »Ich lüge nicht.« Julians Augen sind groß wie Untertassen. Er sieht mich schockiert und immer noch ein wenig skeptisch an. Meine Wut verraucht oder vielleicht geht sie auch nur auf andere Leute über. Auf Russell. Auf Emerald. Auf mich selbst.

»Ich lüge nicht.«

Sechzig // Julian

Ich sitze in dem Raum mit den vielen Fenstern im fast leeren Stuhlkreis und warte, dass es losgeht. Die anderen umarmen sich zur Begrüßung und unterhalten sich lebhaft. Die Stimmung erinnert mich an das Konzert, auf dem ich im Herbst mit Adam war. Seine Freunde sind auch so vertraut miteinander umgegangen. Diese Jugendlichen haben eine Weile im Krankenhaus zusammengelebt, und seitdem lieben und hassen sie einander wie Geschwister.

Annie, das pausbäckige Mädchen mit dem kurz geschorenen Haar, setzt sich auf den freien Stuhl neben mir und fragt ohne Vorwarnung: »Wer hat dich so krass verprügelt, dass du im Rollstuhl gelandet bist?«

In den letzten Tagen war sie die Einzige, die mit mir geredet hat – abgesehen von den Ärzten und Pflegern natürlich. Die anderen Jugendlichen sind alle sehr cool und geben sich tough, und das macht mir Angst. Aber Annie ist nett. Sie wirkt wie Shirley Temple, wenn Shirley ein Teenager wäre, der es im Leben nicht leicht gehabt hat.

»N-niemand«, stottere ich. »Ich bin nur … sehr schwach. Weil ich nicht esse.« Ich sehe ihr an, dass sie mir nicht glaubt, und ich kann sie gut verstehen. Mit meinen Prellungen, Wunden und gebrochenen Fingern muss ich schlimm aussehen. Ich schäme mich furchtbar.

Die Therapeutin, eine Frau mit kurzem braunen Haar und einem weißen Kittel, setzt sich zu uns in den Stuhlkreis. Wie immer beginnen wir damit, dass wir Ziele für den heutigen Tag festlegen. Dann machen wir eine Begrüßungsrunde. Ich hasse das. Es ist noch schlimmer als in der Schule, wo es den Lehrern im Grunde lieber ist, wenn man nichts sagt.

Nach einer Stunde dürfen wir endlich Tagebuch schreiben. Ich drehe die Räder meines Rollstuhls mit den Händen und rolle in eine Ecke des Raums.

In der Mittagspause bekommen wir Tabletts mit Essen aus der Kantine geliefert. Meins ist das einzige, an dem ein Zettel mit meinem Namen klebt, ich bekomme nämlich Schonkost. Ich werfe einen Blick auf die Hähnchenbrust, den Vollkornreis, die Möhrenscheiben und den Joghurt. Ich kann mir nicht vorstellen, irgendwas davon zu essen, aber ich weiß, dass Adam danach fragen wird, und ich schaffe es nicht, ihn anzulügen.

Ich ziehe die Folie von dem Naturjoghurt und probiere einen Löffel. Der Joghurt hat eine seltsame Konsistenz. Er ist nicht fest und nicht flüssig. Wie Zahnpasta … Ich muss würgen und spucke den Joghurt in die Serviette.

Als wir wieder im Stuhlkreis sitzen, spiele ich mit dem Saum meines T-Shirts herum. Die Schlafanzughose reicht mir bis zu den Knöcheln, doch wenn ich die Beine übereinanderschlage, rutscht sie ein Stück hoch. Auf meinen Waden sprießen schwarze Haare, ein sehr ungewohnter Anblick. An den Füßen trage ich Krankenhaussocken. Am liebsten hätte ich Straßenschuhe getragen wie alle anderen, aber meine Turnschuhe sind immer noch irgendwo in Russells Haus.

Die Therapeutin zieht eine Frage aus einer Plastikschüssel. *Was würdet ihr gern an eurem Leben ändern?* Niemand will zuerst antworten, also geht es reihum.

Die Therapeutin zieht eine weitere Frage. *Wenn du jemanden zur Rede stellen könntest, der dich verletzt hat, was würdest du zu ihm oder ihr sagen?* Wieder geht es reihum.

Als ich dran bin, schüttle ich den Kopf. Die Therapeutin macht ein enttäuschtes Gesicht und wendet sich dem Jungen mit den Piercings im Gesicht zu. Er sagt zum x-ten Mal, wie sehr er seine Mutter hasst und dass er sie am liebsten umbringen würde.

Als Nächstes ist Annie an der Reihe. Mit leiser Stimme erzählt sie, dass sie ihren Stiefbruder Chris zur Rede stellen würde. Sie und Chris hätten sich ständig gestritten und manchmal habe er sie auch geschlagen. Eines Tages war sie vor ihm weggerannt und hatte sich unter dem Auto des Nachbarn versteckt, das in der Einfahrt stand. Aber Chris fand sie, packte sie an den Knöcheln und wollte sie unter dem Wagen hervorziehen. Sie riss den Arm hoch, um sich am Fahrgestell festzuhalten. Allerdings hatte sie nicht bemerkt, dass der Motor noch heiß war.

Annie hebt den Arm und zeigt uns eine glänzende Brandnarbe. Sie erzählt, wie sie vor Schmerzen geschrien und Chris zugerufen habe, dass sie verletzt sei. Aber ihm war das völlig egal gewesen. Er kniete sich hin, packte sie an den Haaren und zog sie unter dem Auto hervor.

Annie starrt beschämt zu Boden. Ich stelle mir ihren Stiefbruder vor. Er muss viel größer und stärker sein als sie. Dann stelle ich mir Annie vor, wie sie in panischer Angst und mit einem verbrannten Arm unter dem Auto liegt.

»Ihr könnt euch nicht vorstellen, was bei uns zu Hause los war«, sagt Annie. »Er tut mir so leid. Ich habe ihn immer wieder provoziert …«

Sie redet weiter, macht sich selbst nieder, bemitleidet ihren Stiefbruder und rechtfertigt, was er getan hat. Als hätte er das Recht, ihr wehzutun.

Aber das hat er nicht.

Einundsechzig // Adam

Jetzt ist es offiziell – Mom wurde als Julians Pflegemutter anerkannt. Delores ist gekommen, um sich zu verabschieden, und ich folge ihr hinaus auf den Flur. Sie umarmt mich fest. »Du wirst mir fehlen, Adam.«

»Sie werden mir auch fehlen.«

»Sobald Julian entlassen ist, wollt ihr die letzten Wochen sicher ganz schnell vergessen, aber wenn ihr doch einmal an die Zeit im Krankenhaus zurückdenkt, kommt mich doch mal besuchen.«

»Machen wir.« Ich umarme sie noch einmal. »Ich hätte da noch eine Frage: Haben Sie irgendwelche Neuigkeiten über Russell?«

»Nein.« Sie seufzt. »Die Polizei hat die Ermittlungen eingestellt. Russell wurde vor einem Jahr entlassen, nach einem Vorfall mit einer Kollegin, und seitdem hat niemand mehr etwas von ihm gehört.«

»Es ist so seltsam, dass er arbeitslos war. Julian sagt, er war oft auf Geschäftsreise.«

»Den letzten Job, bei dem er reisen musste, hatte er vor vier Jahren. Auch dort wurde ihm gekündigt.«

»Wovon hat er dann gelebt?«

»Von Julians Geld.«

»Wie meinen Sie das?«

»Julians Eltern hatten beide eine Lebensversicherung auf seinen Namen abgeschlossen, die nach ihrem Tod ausgezahlt wurde. Das Geld sollte sicherstellen, dass es ihm an nichts fehlt.«

Ich muss an Julians abgetragene Klamotten und Schuhe denken und die Tatsache, dass er kein Handy hat. Dann denke ich an Russells teure Anzüge und sein protziges Auto.

»Was für ein Arschloch.«

»Da hast du Recht«, sagt Delores ernst. »Hör zu, Adam. Es ist besser, wenn du es von mir erfährst. Russell wird zwar mit einem Haftbefehl gesucht, aber darin steht nur etwas von Kindesmisshandlung. Ist dir klar, was das heißt?«

»D-das kann doch nicht sein«, stoße ich hervor. »Er wollte Julian *umbringen.*«

Delores nickt langsam.

»Sie glauben, dass er ungeschoren davonkommt?«

»Ich weiß es nicht. Das weiß man vorher nie. Dass er untergetaucht ist, spricht für seine Schuld, nur leider sucht die Polizei nicht wirklich nach ihm. Zum Glück scheint Russell das nicht zu wissen.«

Zweiundsechzig // Julian

Was hält dich gefangen?

Wir sitzen in der Gruppentherapie im Kreis, und die anderen reagieren wie immer. Sie verdrehen die Augen und weigern sich zu antworten, als wäre das eine dumme Frage.

Ich sitze nicht mehr im Rollstuhl, sondern auf einem richtigen Stuhl, und ich trage die neuen Turnschuhe, die Adam mir heute vorbeigebracht hat. Sie sind knallrot, und sie geben mir das Gefühl, schnell wie der Wind laufen zu können.

Niemand sagt etwas, aber es hängt eine nervöse Anspannung in der Luft, als würde ein nacktes Starkstromkabel durch die Luft peitschen. Ich kneife die Augen zusammen und spüre den Schmerz der Anwesenden. Er wabert wie Rauch aus ihnen heraus.

Die Therapeutin wiederholt die Frage: *Was hält dich gefangen? Wenn die Therapie zu Ende ist und ihr wieder in euren Alltag zurückkehrt, was schränkt euch dann ein? Was hält euch davon ab, euer Leben zu leben? Was verhindert, dass ihr euch frei fühlt?*

Und plötzlich sehe ich all die Dinge, die mich gefangen gehalten haben. Es lag nicht nur an Russell, es lag auch an mir. An meinen Ängsten.

Angst, mit anderen zu reden.

Angst, etwas auszuprobieren.

Angst, etwas zu wollen.

Angst zu träumen.

Angst vor Verlust, weil ich schon so viele Menschen verloren habe.

Die Therapeutin lässt nicht locker, bis ein paar Leute mit der Sprache herausrücken. Anfangs tun sie so, als wäre ihnen die Frage egal, aber das stimmt nicht. Wie ich kennen sie die Antwort genau. Irgendwann kommen die Antworten wie aus der Pistole geschossen. Drogen, Pillen, Eltern, Lehrer, er, sie, Freunde, ich, ich, *ich*.

Als die Sitzung zu Ende ist, gehe ich zurück in mein Zimmer, und zwar auf eigenen Beinen. Ich habe die Antworten immer noch im Kopf. Ich nehme mein Notizheft und erstelle eine Liste mit Dingen, die mich gefangen halten.

Dreiundsechzig // Adam

»Ich muss noch mal zurück in Russells Haus«, sagt Julian.

Heute ist er entlassen worden, und wir sind erst seit einer knappen Stunde zu Hause. Julians Blutergüsse sind verblasst, aber man sieht sie noch um seine Augen und den Mund schimmern. Die gebrochenen Finger stecken nach wie vor in einem Verband, und die Narben auf seinem Rücken wird er ein Leben lang mit sich herumtragen.

»Warum?«

»Da müssen noch ein paar Sachen von mir sein.«

»Hast du schon alle Kartons durchgesehen?« Vor ein paar Tagen war Delores mit der Polizei im Haus, und sie haben alles eingepackt, was sie in Julians altem Zimmer gefunden haben.

»Ja. Ein paar Dinge fehlen.«

»Wenn du was zum Anziehen brauchst, können wir einkaufen gehen.«

»Nein, darum geht es nicht. Es geht um … alles, was vorher in dem Koffer gewesen ist.«

Eine Minute lang schweigen wir. Wir müssen uns beide erst mal von dem Schock erholen, dass er das Wort laut ausgesprochen hat.

Obwohl ich Officer Clarks aufgeblasene Art nur schwer ertrage, sage ich: »Okay, aber wir müssen die Polizei anrufen und um Begleitschutz bitten.«

Schon bei der Hälfte des Satzes schüttelt er den Kopf.

»Ich gehe allein hin.«

»Auf gar keinen Fall.«

Er sinkt aufs Sofa und macht ein erschöpftes Gesicht. Julian tut mir wirklich leid. Endlich hat er gelernt, zu sagen, was er will, und jetzt holt er sich fast jedes Mal eine Abfuhr.

»Also gut«, lenke ich ein. »Keine Polizei, aber wir nehmen die anderen mit.« Ich hebe die Hand, bevor er protestieren kann. »Das ist die einzige Möglichkeit. Sie können draußen warten, okay? Nur zur Sicherheit.«

»Falls Russell nach Hause kommt?«

»Ja.«

»Du hast doch gesagt, es ist egal, was er will. Dass ich nie wieder bei ihm wohnen muss.«

»Das stimmt ja auch.«

»Warum müssen die anderen dann mit?«

Weil er dich umbringen wollte!, hätte ich am liebsten geschrien. Aber bei Julian hat man manchmal das Gefühl, mit einem Fünfjährigen zu reden, und gewisse Dinge kann man einem Fünfjährigen einfach nicht sagen.

»Vertrau mir, okay?«

»Das tue ich ja.«

Julian steht mit seinem Schlüssel in der Hand vor der Tür, macht aber keine Anstalten, ihn ins Schloss zu stecken. Wie schon gesagt, manchmal braucht Julian einen kleinen Stups, aber manchmal wartet man besser ab.

Ich drehe mich um und werfe Charlie, Jesse und Matt einen Blick zu. Heute war unser letzter Tag an der Highschool – für immer! – und normalerweise wären sie jetzt irgendwo feiern gegangen. Daher rechne ich es ihnen hoch an, dass sie mitgekommen sind. Sie lehnen nebeneinander an meinem Wagen wie Bodyguards.

Julian holt zittrig Luft, schließt die Tür auf, und wir gehen rein. Ich dachte, die Polizei hätte das Haus bei ihrer Durchsuchung auf den Kopf gestellt, aber ich sehe keine offenen Schubladen oder umgeworfenen Möbel. Das Wohnzimmer jedenfalls ist genauso penibel aufgeräumt wie bei meinem letzten Besuch. Julian stakst den Flur entlang, als müsse er sich vor Landminen in Acht nehmen, und bleibt vor der Tür zu seinem alten Zimmer stehen.

»Da ist nichts mehr«, sage ich und stelle mich zwischen ihn und die Tür. »Delores hat alles leer geräumt.« Ich weiß nicht, ob der Koffer noch in dem Zimmer ist, aber ich halte es für keine gute Idee, das zu überprüfen.

Julian nickt und macht auf dem Absatz kehrt. Wir durchqueren das Erdgeschoss, und er öffnet die Tür zur Garage. Es ist die ordentlichste Garage, die ich je gesehen habe. Alles ist in säuberlich gestapelten Plastikboxen verstaut, die mit ausgedruckten Etiketten beschriftet sind. Wir lesen die Etiketten und werfen einen Blick in ein paar Boxen, aber Julians Sachen sind nirgends zu sehen.

Julian beginnt zu zittern und sein Atem geht schneller.

»Willst du dich vielleicht kurz setzen?«

Er schüttelt den Kopf.

Wir gehen wieder ins Haus. Julian bleibt mit ängstlichem Gesicht vor einer weiteren verschlossenen Tür stehen. Nach längerem Zögern öffnet er sie schließlich. Wir betreten ein Zimmer, das offensichtlich Russells Schlafzimmer ist. In der Mitte steht ein antikes Holzbett mit hohen Bettpfosten. Es ist so groß, dass ich mich frage, wie Russell es durch die Tür bekommen hat. Außerdem gibt es zwei Nachttische und eine Kommode aus demselben Holz.

Irgendetwas ist merkwürdig, ich weiß nur nicht, was. Dann fällt es mir wie Schuppen von den Augen. Das Zimmer wirkt total unpersönlich, so als wäre Russell gerade erst eingezogen. Die Möbel sind geschmackvoll, aber es gibt kein Anzeichen dafür, dass hier wirklich jemand wohnt. Das Zimmer ist gruselig, doch ich versuche, mein ungutes Gefühl vor Julian zu verbergen. Niemand weiß, wo Russell ist. Was, wenn … wenn er sich hier im Haus versteckt?!

»Jesus!« Das Klingeln meines Telefons hat mich zu Tode er-

schreckt. »Schon gut«, sage ich zu Julian, der mich mit aufgerissenen Augen ansieht. »Es ist nur Charlie.« Ins Telefon sage ich: »Alles in Ordnung. Es wird noch eine Weile dauern.«

»Sollen wir nicht besser reinkommen?«, fragt Charlie.

»Danke, das ist nicht nötig.«

Ich beende das Gespräch und ziehe die Schubladen der Kommode auf. Penibel gefaltete Unterwäsche. Julian öffnet zögernd den Wandschrank, während ich einen Blick unters Bett werfe. Auf dem Boden liegt nichts herum, nicht mal das kleinste Körnchen Staub. Ganz so, als würde Russell beim Putzen unters Bett kriechen.

Ich richte mich wieder auf. Julian durchsucht den Kleiderschrank, seine Bewegungen werden immer schneller und panischer. »Sie sind nicht hier!«

»Wir werden deine Sachen schon finden. Wir haben ja noch gar nicht oben gesucht.«

Das Gästezimmer im oberen Stock ähnelt Russells Zimmer. Es ist möbliert, wirkt aber unbewohnt. Ich öffne ein paar Schubladen, die gespenstisch leer sind, und muss an eine Episode von *Twilight Zone* denken, in der ein Ehepaar in einer menschenleeren Stadt strandet und man nach und nach erfährt, dass alles – die Bäume, die Häuser, die Tiere – nur Teile der Modellbahnlandschaft eines außerirdischen Kindes sind.

Als ich Julian einen Blick zuwerfe, ist er totenbleich. Ich schlage ihm noch mal vor, er solle sich hinsetzen, aber er schüttelt wieder nur den Kopf.

»Im Ernst, Julian«, sage ich. »Du siehst aus, als würdest du gleich umkippen.«

Er setzt sich aufs Bett, während ich mich halbherzig weiter umsehe. Hier sind seine Sachen nicht, so viel ist klar.

»Ich glaube, er hat sie weggeworfen«, sagt Julian düster.

Allmählich glaube ich das auch. »Wo haben wir noch nicht gesucht?«

»In seinem Arbeitszimmer.«

»Kannst du aufstehen?«

»Ich wollte mich gar nicht hinsetzen.«

Ich zucke heftig zusammen, als mein Telefon schon wieder klingelt. Ich nehme ab und brülle: »Mann, Charlie. Es ist alles in Ordnung.«

»Das wollte ich ja nur hören«, sagt er.

Julian ist immer noch wachsbleich, aber er steht auf, und wir gehen den Flur entlang zu Russells Arbeitszimmer. Als ich die Tür öffne, ist Julian direkt hinter mir. Ich bleibe wie angewurzelt stehen.

»Ach, du Scheiße.«

Vierundsechzig // Adam

Ich werfe Julian einen raschen Blick zu – er sieht genauso geschockt aus wie ich – und sehe mich dann um. Das Arbeitszimmer ist das eines Messies. Der Raum ist komplett vollgerümpelt und so zugestellt, dass man kaum durchkommt.

Ich mache einen großen Schritt über einen Stapel Kartons hinweg und lasse den Blick schweifen. Dieselben Glasschränke wie im Wohnzimmer, allerdings kreuz und quer im Raum verteilt und nicht an den Wänden. Und während die Dinge unten im Wohnzimmer kunstvoll arrangiert sind wie in einem Schaufenster, liegen sie hier kreuz und quer auf den Regalen. Würde ich eine Glastür öffnen, würde ich wahrscheinlich wie in einem Cartoon unter dem ganzen Krempel verschüttet werden.

Ich weiche einem wackeligen Bücherstapel aus und sehe mich weiter im Zimmer um. In einem der Schränke befinden sich alte Taschenrechner oder Registrierkassen oder so was. In einem anderen stapeln sich Drahtfiguren, deren Glieder seltsam verbogen sind. Auch die Wände sind von komischem

Zeug übersät – Masken, einer Münzsammlung und einer weißen Leinwand, auf der Hunderte von aufgespießten Schmetterlingen pinnen. Ich muss an Emerald denken und ihre Leidenschaft für alles, was mit Schmetterlingen zu tun hat. Im Gegensatz zu ihr sammelt dieser Mann einfach *alles.* Es wird Stunden dauern, das Ganze durchzusehen.

»Dann lass uns mal anfangen«, sage ich.

Julian nickt zögernd und kniet sich vor einen Umzugskarton.

Das Zimmer ist so voll, dass ich den Schreibtisch, der an einer Wand steht, erst nach einer Weile bemerke. Ich ziehe eine der mittleren Schubladen auf. Normaler Bürokram. Merkwürdig ist nur, dass Russell alles doppelt und dreifach besitzt: fünf Tacker und acht Scheren. Die nächsten Schubladen sind mit ähnlichem Zeug gefüllt.

Ich ziehe an der untersten Schublade links. Abgeschlossen. Ich schnappe mir einen Brieföffner – auch davon hat Russell mehrere – und versuche sie aufzuhebeln, während Julian im Zimmer herumstreift und Kartons und Papierstapel beiseiteschiebt. Die Schublade gibt im selben Moment nach, als Julian ruft: »Da sind sie ja!«

Ich sehe hoch. Julian presst sich ein grünes Spiralheft an die Brust, und ich muss grinsen. Ich will gerade zu ihm gehen, als mein Blick auf ein zusammengefaltetes rotes T-Shirt mit einem Cartoon-Hund vorne drauf fällt, das in der Schublade liegt. Es handelt sich eindeutig um ein Kinder-T-Shirt.

»Ist das deins?«, frage ich. Als ich es herausnehme, fällt ein flacher schwarzer Gegenstand zu Boden – eine externe Festplatte.

Ich halte das kleine rote T-Shirt in die Höhe. Julian mustert es und sagt: »Ja. Ich erinnere mich an das T-Shirt. Aber ich habe es seit Jahren nicht gesehen.«

Warum bewahrt Russell ein altes T-Shirt von Julian in einer abgeschlossenen Schublade auf? Zusammen mit einer externen Festplatte? Julian wendet sich wieder dem Karton mit seinen Sachen zu, und ich schiebe die Festplatte in meine Hosentasche.

»Komm, wir verschwinden.«

Zu Hause im Wohnzimmer zeige ich Julian meinen Fund. Eigentlich hatte ich gar nicht geplant, ihm etwas von der Festplatte zu sagen, aber ohne richtig nachzudenken, frage ich: »Ist das deine?«

»Nein.«

»Sie war in Russells Büro.«

»Und du hast sie einfach mitgenommen?«

»Sie war in dein T-Shirt gewickelt.«

Julian sieht mich erstaunt an, wirkt aber nicht besonders beunruhigt.

»Ich würde gern nachsehen, was auf der Festplatte ist. Hast du was dagegen?

»Sie gehört mir ja nicht.«

Ich nehme das als Erlaubnis und stecke die Festplatte in den Computer. Als ich auf das Laufwerk klicke, öffnet sich ein Fenster mit mehreren Dateien – Videos. Ich scrolle nach unten und öffne die älteste Datei.

Auf dem Bildschirm erscheint Russells Wohnzimmer. Ein kleiner Junge steht zitternd mit dem Rücken zur Kamera. Dann kommt Russell ins Bild. Neben dem Jungen sieht er aus wie ein Riese. In der Hand hält er einen langen dünnen Stock.

Mein Magen beginnt zu brennen, als hätte ich Säure getrunken.

Zieh dein T-Shirt aus, sagt Russel.

Der Junge zieht das T-Shirt aus und umklammert seinen nackten Oberarm mit der anderen Hand.

Dreh dich um.

JULIAN

Das bin ich. Ich bin kleiner und jünger, vielleicht neun oder zehn Jahre alt, aber ich bin es eindeutig. Mein Gesicht ist angstverzerrt. Im nächsten Moment peitscht die Rute auf mich ein. Kurz flammt Schmerz in meinen Augen auf, dann kneife ich sie fest zu. Jetzt weiß ich, wie es aussieht, wenn ich weine. Und zum ersten Mal bekomme ich mit, wie Russell aussieht, wenn er mich schlägt. Ich konnte seinen Gesichtsausdruck nie sehen, weil ich mich immer umdrehen musste.

»Er hat das gefilmt?«, frage ich tonlos. »Warum hat er das gefilmt?«

»Julian.« Adam sagt meinen Namen und dann nichts mehr.

Der Junge beginnt zu schreien.

»Damit er es sich später noch einmal anschauen kann?«

Ich spüre Adams Blick auf mir, während ich den kleinen Julian ansehe.

»Warum?«

Die Schreie des Jungen werden lauter.

»Jesus.« Adam fummelt an der Maus herum und stoppt das Video. Die Schreie verstummen, und ein weißes Fenster mit vielen anderen Dateien erscheint auf dem Bildschirm.

»Lösch sie.«

»Das geht nicht«, sagt Adam. »Das sind Beweise. Ich kann sie nicht –«

»Bitte.«

»Wir müssen sie der Polizei zeigen.« Adam klickt auf das Symbol, mit dem man die externe Festplatte auswirft.

»Dann gib mir die Festplatte.«

»Nein.«

Adams unnachgiebiger Tonfall und die Tatsache, dass er etwas in der Hand hält, auf dem sich meine intimsten Geheimnisse befinden, treiben mir Tränen in die Augen.

»Aber du darfst die Aufnahmen niemandem zeigen.«

Ich stelle mir vor, wie Polizisten, Sozialarbeiter und Richter mich so sehen … Ich will nicht, dass sie mich so sehen.

»Ein paar der Videos sind noch schlimmer«, murmele ich.

»Was heißt das?«

»Auf einigen bin ich … bin ich … nackt.«

»Was? Du bist nackt? Was hat er dir angetan?«

Ich schäme mich wie noch nie in meinem Leben. Ich fühle mich noch nackter als nackt.

»Julian. Was hat er dir angetan?«

Ich schüttle den Kopf. Halte mir die Hand vor die Augen.

»Dasselbe«, murmele ich schließlich. »Dasselbe wie … das da … nur dass ich eben nackt bin. Bitte lösch die Filme.«

»Das geht nicht.« Adams Stimme bricht. »Ich verspreche dir, sie niemandem zu zeigen, aber ich kann sie nicht löschen. Noch nicht.«

Der Bildschirm ist jetzt schwarz, doch ich sehe immer noch Russells Gesicht und den Ausdruck, mit dem er mich ansah, als ich ihm den Rücken kehrte. Du weißt nie, was die Leute hinter deinem Rücken tun.

»Du willst sie dir anschauen.«

»*Jesus*, nein.« Adam verzieht das Gesicht, als wäre ihm übel. »Ich will nur nicht schon wieder einen Fehler machen. Und die Filme zu löschen, wäre ein Fehler. Ich muss sie aufbewahren. Zur Sicherheit.«

»Zur Sicherheit?«

»Falls Russell zurückkommt.«

Fünfundsechzig // Adam

»In welcher Farbe möchtest du die Wände streichen?«, fragt Mom Julian. Sie hat wieder mal ihr übertrieben fröhliches Gesicht aufgesetzt und versucht krampfhaft so zu tun, als wäre alles in bester Ordnung.

Das Gästezimmer – jetzt Julians Zimmer – ist total mädchenhaft, mit weißen Rattanmöbeln und aufgemalten Gänseblümchen an den Wänden. Strohhüte hängen an Nägeln, als wäre so was eine angemessene Deko. Aber am schlimmsten sind die gerahmten Fotos von Mittens – der Perserkatze, die wir früher hatten –, die überall herumstehen.

Julian sieht sich im Zimmer um. »Ich möchte nichts an den Wänden verändern.«

»Bist du sicher?«

»Sie sind in Ordnung. Ich meine, sie sind schön. Danke, Catherine.«

»Sie sind überhaupt nicht schön«, werfe ich ein. »Wie willst du ein Mädchen in dein Zimmer schmuggeln, wenn es so aussieht?«

»Adam«, sagt Mom mit gespielter Empörung.

Julian sieht mich entgeistert an. »Ich werde kein Mädchen in mein Zimmer schmuggeln.«

»Ein hoffnungsloser Fall«, sage ich. »Wir streichen.«

Gegen zweiundzwanzig Uhr sitzt Mom auf der Kante des weißen Rattanbetts und deckt Julian zu, als wäre er fünf. Ihn scheint es nicht zu stören. Oder er ist zu höflich, um zu protestieren. Auch wenn es noch nicht spät ist, bin ich todmüde und gehe ebenfalls schlafen. Ich schließe die Augen, aber ich kann den Ton nicht abstellen. Die Schreie aus dem Video hallen in meinem Kopf nach, und ich denke an all die merkwürdigen Dinge, die mir hätten auffallen müssen.

Zum Beispiel, dass Julian so oft krank war. Dass sein Onkel ihn zwang, sich die Beine zu rasieren. Ich dachte, der Typ wäre nur ein Hygienefanatiker, aber … Wollte er vielleicht, dass Julian weiblicher aussieht? Oder kindlicher? Bei beiden Antworten dreht sich mir der Magen um.

Verdammt, ich kann nicht einschlafen. Was habe ich früher immer gemacht, wenn ich nicht einschlafen konnte?

Denk an was Schönes.

Ich versuche es. Ich versuche es wirklich.

Sechsundsechzig // Adam

Ich hatte geglaubt, wenn Julian erst einmal aus dem Krankenhaus raus und bei uns zu Hause wäre, würde alles gut, aber das war ziemlich naiv. Als ich am ersten Morgen aufstand, wäre ich fast auf ihn draufgetreten – er hatte sich aus Kissen und Decken ein Schlaflager auf meinem Fußboden bereitet. Seitdem kommt er jede Nacht in mein Zimmer und schläft auf dem Boden vor meinem Bett.

Tagsüber ist es nicht besser. Julian folgt mir durchs Haus und weicht mir selbst dann nicht von der Seite, wenn ich nur kurz in die Küche oder aufs Klo will. Das wäre ja nicht mal schlimm, wenn ich ihn mir auf den Rücken binden könnte, aber er weigert sich hartnäckig, das Haus zu verlassen. Was bedeutet, dass auch ich nicht rauskann. Im Haus fühle ich mich zwar nicht so beengt wie in dem Krankenhauszimmer, trotzdem bin ich nach einer Woche mit den Nerven am Ende. Ich muss dringend mal raus. Ich muss an die frische Luft. Und ich muss fünf bis sieben Minuten im Bad verbringen können, ohne dass jemand vor der Tür herumlungert.

Als Charlie am Nachmittag spontan bei uns auftaucht, wäre ich ihm fast um den Hals gefallen. »Hast du Lust, was essen zu gehen?«, fragt er. »Julian, kommst du mit?«

Julian macht ein verschrecktes Gesicht und antwortet nicht.

»Ich glaube, wir bleiben besser hier«, sage ich schließlich.

Charlie zuckt mit den Achseln und hält ein paar Videospiele hoch. Kurz darauf sitzen er und ich auf dem Boden vor dem Fernseher. Julian sieht uns von der Couch aus zu. Als ich frage, ob er auch mal will, antwortet er: »Wir haben früher nie Videospiele gespielt.« Stimmt, er kann nichts tun, was er früher nicht auch mit seinen Eltern getan hat.

Eine Woche lang sieht so unser tägliches Ritual aus: Charlie kommt nach der Arbeit mit Videospielen vorbei. Wir spielen. Julian schaut uns zu. Bis mich Charlie irgendwann anblafft, mein Zucken und Trippeln mache ihn wahnsinnig.

»Du gehst jetzt eine Runde joggen«, befiehlt er.

»Nein, schon gut«, sage ich. »Mir geht's prima.«

»Dir geht's nicht prima. Du bist unerträglich. Wann warst du das letzte Mal draußen?«

Charlie lehnt sich zur Seite und versucht, sein Auto wieder auf die Rennbahn zu lenken. Er klickt wie wild auf seinem Controller herum, doch das Auto stürzt in den Abgrund. »Scheiße!«

Dann will er mir den Controller reichen, zieht ihn aber im letzten Moment zurück. »Ich spiele noch mal. Geh. Geh raus. Ich werde babysitten.«

Ich werfe Julian einen Blick zu. Er sieht nicht beleidigt aus, nur verängstigt.

»Wir kommen schon klar. Oder, Julian?«, sagt Charlie.

Julian nickt langsam und wirkt alles andere als überzeugt, aber die Aussicht, das Haus zu verlassen, ist so verlockend, dass ich mir einrede, er meine es ernst. Ich ziehe mir eine Sporthose und Turnschuhe an, rufe ins Wohnzimmer, ich sei gleich wieder da, und trabe nach draußen.

Die Sonne auf der Haut zu spüren, ist ein tolles Gefühl. Gott, ich hatte fast vergessen, wie gern ich früher joggen gegangen bin. Bis Mom mir das Auto geschenkt hat, war ich oft joggen. Ich muss Julian wirklich dazu bringen, das Haus zu verlassen. Es ist nicht gesund, nur drinnen herumzuhocken – der Körper braucht Vitamin D. Aber dazu müsste ich ihn wohl aus dem Haus tragen. Freiwillig kommt er niemals mit. Dafür, dass er so schüchtern ist, kann er verdammt stur sein.

Ich biege um eine Ecke und laufe schneller. Mein Körper fühlt sich mit einem Mal viel leichter an, und mein Kopf wird frei. Ich habe das Gefühl, von oben auf mein Leben zu blicken, wie bei einer Luftaufnahme. Das, was wir gerade durchmachen, ist nur eine Phase. Es ist eine schlimme Zeit, aber sie wird vorbeigehen. Irgendwann wird alles wieder so sein wie früher – besser sogar. Davon bin ich überzeugt.

Ich laufe noch ein paar Straßen weiter und beginne leicht zu schwitzen. Ich bin seit über einer Stunde unterwegs. Julian muss in heller Panik sein.

Als ich verschwitzt und außer Atem zurückkomme, sitzt Julian auf dem Boden neben Charlie und umklammert den Controller, während Charlie ihn anfeuert.

Siebenundsechzig // Adam

Um Mitternacht sitzt Mom vor dem Fernseher und sieht sich ohne großen Enthusiasmus eine Wiederholung von *Familien-Duell* an. Sie beschimpft nicht einmal die Kandidaten als Dummköpfe. Ich lasse mich neben sie auf die Couch fallen, und sie sagt unvermittelt: »Ich mache mir Sorgen um dich.«

»Warum?«, frage ich überrascht.

»Du bist zu gefasst.«

Ich muss lachen. »Wäre es dir lieber, wenn ich jeden Tag einen Heulkrampf kriegen würde?«

»Du redest nicht mehr mit Emerald und gehst nicht mehr vor die Tür. Stattdessen läufst du durchs Haus und tust so, als wärst du glücklich.«

»Moment mal. Machst du dir Sorgen, weil ich zu gefasst bin oder weil du glaubst, ich würde nur so tun?«

»Ich weiß es nicht.«

»Mir geht's gut!«

Julian lebt jetzt seit fast einem Monat bei uns, und ja, die erste Zeit war nicht leicht, und ja, er schläft immer noch auf dem Boden vor meinem Bett, und ja, er weigert sich immer noch, das Haus zu verlassen, aber er macht Fortschritte. Ich sehe, dass es ihm jeden Tag ein Stück besser geht.

»Ich meine das ernst, Adam.«

»Warum sparst du dir deine Sorge nicht für Julian auf?« Jetzt ist der neckische Ton aus meiner Stimme verschwunden, und Mom kapiert es.

»Wie meinst du das?«

»Du suchst immer nach einem Konflikt, in dem du vermitteln kannst, und siehst überall nur Probleme.«

Sie verzieht das Gesicht. »Findest du?«

»Du musst dir um mich keine Sorgen machen. Julian sind all diese schlimmen Dinge passiert, nicht mir.«

»Natürlich mache ich mir in erster Linie Sorgen um Julian. Aber das heißt nicht, dass ich mir nicht auch um *dich* Sorgen mache. Du ziehst bald aus, und ich möchte –«

»Ich ziehe nicht aus.«

»Was?!«

»Ich gehe nicht weg.«

»Du gehst nicht aufs College«, sagt sie monoton.

»Natürlich gehe ich aufs College. Ich ziehe nur nicht aus. Ich werde pendeln.«

»Das ist verrückt. Du kannst doch nicht –«

»Ich dachte, du freust dich. Du hast doch immer gesagt, wie sehr du mich vermissen wirst.«

»Das werde ich auch.« Mom seufzt. »Sehr sogar. Und trotzdem will ich, dass du gehst.«

»Ich gehe aber nicht.«

»Julian schafft das schon, Adam. Dich habe ich doch auch ganz gut hinbekommen oder nicht?«

»Geht so.«

Sie lacht und murmelt: »Punky Brewster.« Dann wird sie wieder ernst. Am liebsten hätte ich weiter mit ihr herumgefrotzelt. Meine letzten Wochen waren ernst genug. Ich bin für den Rest meines Lebens bedient.

»Ich weiß, dass du für Julian da sein willst. Das Ding ist nur … Jeder, der dir nahsteht, scheint dich so sehr zu brauchen.«

Ein paar Minuten lang schweigen wir und sehen uns leidenschaftslos das große Finale der Spielshow an. Dann sagt Mom: »Jemand wie du muss unter Leuten sein. Du kannst nicht immer nur allein sein.«

»Ich bin nicht allein.«

Sie runzelt die Stirn, als würde ich aus Prinzip Widerworte geben. »Wenn du schon nicht aus dem Haus gehst, dann lad dir wenigstens ein paar Leute hierher ein. Du wolltest doch eine Abschlussparty feiern. Warum holst du das nicht nach?«

»Dafür ist es jetzt wohl etwas spät.«

»Ist doch egal.«

Ich kapiere nicht, warum ihr das so wichtig ist.

»Ich weiß nicht.«

»Es muss ja keine Riesenparty sein. Aber es würde dir guttun. Und Julian auch.«

»Ja … Vielleicht lade ich wirklich ein paar Leute ein.«

»Emerald zum Bespiel?«

»Vielleicht.«

Achtundsechzig // Julian

Im Vergleich zu Emeralds Geburtstagsparty im Dezember ist es eine recht kleine Party. Es sind höchstens fünfzehn bis zwanzig Leute da, aber das Chaos und der Lärm sind mir trotzdem zu viel. Ich öffne die Hintertür, durchquere den Garten und setze mich unter eine große Weide, deren Äste herunterhängen wie ein Vorhang.

Das letzte Mal war ich draußen, als wir zu Russells Haus gefahren sind. Hinterher hat Adam in der Garage geparkt und wir sind durch die Verbindungstür direkt in die Küche gegangen.

Adam sagt immer wieder, ich solle raus an die frische Luft gehen und nicht nur wie eine depressive Hauskatze am Fenster sitzen. Ein wenig vermisse ich ja auch die Sonne auf der Haut und das Gefühl, auf meinem Fahrrad durch die Straßen zu fahren und in die Pedale zu treten, so schnell ich kann. Aber immer wenn ich mir vorstelle, aus dem Haus zu gehen, sehe ich den blauen Himmel, endlos wie das Meer, und nirgends sind schützende Mauern oder ein rettendes Ufer. Ich sehe, wie ich mich in Luft auflöse.

Als Adams Freunde angekommen sind, ist mir klar geworden, wie sehr sie ihn vermisst haben. Die meisten haben es ihm sogar zur Begrüßung gesagt, und viele Gäste sehen ihn schon den ganzen Abend lang an, als könnten sie nicht genug von ihm kriegen. Auch zu mir sind sie nett. Zur Begrüßung haben sie mir vorsichtig eine Hand auf die Schulter gelegt, mich aber nicht richtig umarmt, so als hätten sie Angst, mir wehzutun.

Ich hole tief Luft. Meine Lungen weiten sich, und es tut fast nicht mehr weh.

Die Luft ist lau und riecht nach Sommer. Vielleicht hat Adam ja doch Recht. Es ist schön, draußen zu sein. Ich greife mit beiden Händen ins Gras. Ich grabe tiefer, bis ich auf Erde stoße, und sehe meine Mutter auf der Veranda unseres alten Hauses stehen. Sie beschattet ihre Augen mit der Hand und sieht mich an.

Aus dem Haus weht Musik zu mir rüber, aber ich bin so weit weg, dass sie nur ein wortloses Wummern ist. Ich schließe die Augen.

»Julian?« Das ist die Stimme, die ich Millionen Male wie ein heiseres Echo in meinem Kopf gehört habe.

Ich reiße die Augen auf. Russell steht als dunkler Schatten neben dem offenen Gartentor, nur wenige Meter von mir entfernt. Er kommt auf mich zu. Ich will wegrennen oder schreien, aber ich bin wie gelähmt. Ich habe keine Kontrolle mehr über meinen Körper.

Als Russell an der Veranda vorbeigeht, löst er den Bewegungsmelder aus. Licht flammt auf. Jetzt sehe ich ihn deutlicher. Unrasiert, ungewaschen, unglücklich. Er starrt mich an, und mir wird klar, dass ich keine Kontrolle über meinen Körper habe, weil mein Körper mir nicht gehört.

Mein Blick huscht zur Hintertür. Russell scheint meine Gedanken zu lesen. Er macht einen Satz nach vorn und wirft sich auf mich. Mit vollem Gewicht. Schlingt mir einen Arm um den Bauch und zieht mich an seine Brust. Mit dem anderen Arm nimmt er mich in den Schwitzkasten. Ich spüre seinen Herzschlag an meinen Schulterblättern und sein Kinn auf meinem Kopf. Er riecht säuerlich, nach Schweiß und schmutziger Wäsche. Er hält mich mit beiden Armen fest umschlungen. So nah waren wir uns noch nie. In all den Jahren hat er mich kein einziges Mal umarmt.

»Warum bist du abgehauen?«, fragt er. »Du hast gesagt, ich soll dir noch eine letzte Chance geben, aber dann bist du einfach abgehauen.«

»Es ging nicht anders. Adam –«

Sein Unterarm drückt fester gegen meinen Hals. »Ich habe dich aufgenommen. *Ich.* Aber egal, was ich für dich tue, du hasst mich.«

Ich packe seinen Arm und winde mich in seinem Griff. Ich bekomme keine Luft.

Unvermittelt lässt er mich los. Ich schnappe nach Luft. Ein stechender Schmerz fährt mir in die Lunge. Dann drehe ich mich um und sehe ihn an.

»Ich … hasse dich nicht«, sage ich und meine es ernst. »Ich weiß, dass du nur unglücklich bist.«

Sein Blick ist zugleich verwirrt und erfreut. »Dann kommst du zu mir zurück?«

Ich muss an das Video denken. An den Ausdruck auf seinem Gesicht, als er mich geschlagen hat. An all die Male, als er mich unter irgendeinem Vorwand bestraft hat. Nicht weil er mein Bestes wollte, sondern weil es ihm Spaß gemacht hat.

»Nein. Du hast mich verletzt. Man darf andere nicht verletzen. Auch nicht, wenn man unglücklich ist.«

Sein Gesicht gefriert, dann bricht das Eis. »Ich habe dich nie angerührt«, brüllt er. »In all den Jahren habe ich nie Hand an dich gelegt.« Er kommt meinem Gesicht ganz nah. In seinen Augen brennt ein Feuer. »Oder?«

Ich schüttle den Kopf.

»Ich hätte es tun können, doch ich habe es nicht getan. Aber daran denkst du natürlich nicht. Du denkst nicht daran, was ich alles für dich getan habe.«

Das Licht der Veranda geht aus, und wir stehen im Dunkeln. Aber das ist egal. Ich war sowieso nie gut darin, seinen Gesichtsausdruck zu entschlüsseln.

Russell legt mir eine Hand um den Hals und drückt zu. Ich spüre einen diffusen Schmerz. Ich sollte Angst haben, doch ich fühle mich nur leer. Ich denke an die Hände meines Vaters. Die Hände meiner Mutter. Daran, wofür Hände eigentlich da sind.

Er packt mich noch fester und hebt mich fast von den Füßen. Als er mich wie eine Stoffpuppe zum Gartentor schleift, erwache ich aus meiner Erstarrung und reiße den Mund auf. Russell schlägt mir mit der freien Hand ins Gesicht. Ich trete und kralle mich an seinem Arm fest. Da spüre ich etwas Feuchtes an meinem Nacken. Zähne, die sich mir in die Haut bohren.

Russell zieht einen Gegenstand aus seinem Hosenbund. Ich erkenne den Revolver aus dem Wohnzimmerschrank, in dem er auch die Rute aufbewahrt.

»Diese Waffe hat meinem Vater gehört«, erklärt er.

»D-dass dein Vater so früh gestorben ist, tut mir leid. Ich vermisse meinen Vater auch.«

Er lacht und dreht den Kopf, so dass Mondlicht auf sein Gesicht fällt. Er hat sein gruseliges Clown-Grinsen aufgesetzt.

»Du glaubst, ich würde meinen Vater vermissen? Ich habe ihn gehasst!«

»Aber … ich …«

Russell lacht wieder und bietet mir den Revolver auf der flachen Hand dar wie ein Geschenk.

»Mein Vater hat ständig darüber geredet, was einen richtigen Mann ausmacht. Dass er den Revolver so sehr geliebt hat, fand ich immer erbärmlich. Ein echter Mann sollte sich auf seine Körperkraft verlassen und sich nicht hinter einer Waffe verstecken, mit der man jemanden feige aus dem Hinterhalt erschießen kann.« Er packt den Griff des Revolvers und zielt in die Dunkelheit. »Aber manchmal muss es eben schnell gehen. Findest du nicht?«

Ich versuche zu nicken.

»Adam scheint mir so ein Fall zu sein, bei dem es schnell gehen muss.«

Ich will etwas sagen, doch Russell packt mein Gesicht und drückt es so fest zusammen, dass ich mir auf die Wangen beiße und Blut schmecke.

»Du weißt ja, wie schnell so was gehen kann. In einem Moment ist die Welt noch in Ordnung und im nächsten …« Er schnippt mit den Fingern. »… ist jemand tot.« Mir bricht kalter Schweiß aus.

Er setzt sich in Bewegung, und ich hänge schlaff in seinem Arm. Meine Füße schleifen über den Boden, ich gehe nicht freiwillig mit, aber ich wehre mich auch nicht mehr. Russell zieht mich zum Gartentor. Wer weiß, was er mit mir vorhat …

ADAM

In letzter Zeit habe ich mich oft gefragt, was passieren wird, wenn ich das nächste Mal ein ungutes Gefühl habe. Werde ich jetzt immer, wenn ich mir Sorgen mache oder nervös bin, denken, das wäre ein böses Omen? Schließlich kann so ein Gefühl auch Einbildung sein. Aber manchmal ist es wirklich eine dunkle Vorahnung. Jedenfalls ist Julian nicht in seinem Zimmer, nicht in der Küche und auch sonst nirgends im Haus.

Ich öffne die Hintertür und das Verandalicht fällt auf Julian – und auf Russell. Er hat eine seiner Pranken um Julians Hals gelegt und zerrt ihn zum Gartentor.

Ich renne los und brülle: »Stopp!«

Russell erstarrt. Sein Gesichtsausdruck ist Furcht einflößend. Noch nie habe ich so geballten Hass gesehen, der auf mich gerichtet war. Dann hebt er langsam den Arm und sein Mund verzieht sich zu einem süffisanten Grinsen.

Ich habe immer gedacht, wenn jemand mal mit einer Waffe auf mich zielt, würde ich instinktiv das Richtige tun. Schließlich habe ich eine Million Superhelden-Filme gesehen und weiß deshalb, dass man nur einen coolen Spruch machen und dem Bösewicht die Knarre mit einem Karatekick aus der Hand treten muss.

Doch ich reagiere ganz anders. Meine Umgebung färbt sich weiß, ich kann vor Angst nicht mehr klar denken. Ich stammele irgendwelchen Unsinn und tue das, was dumme Leute in Filmen immer tun – ich versuche, den Typen mit der Knarre zur Vernunft zu bringen. Was natürlich nicht geht.

»Schon gut, Russell«, sagt Julian. »Ich komme mit. Ich *will* mitkommen.«

Hinter mir geht eine Tür auf. »Adam, bist du –?« Emerald. Sie schreit auf, dann höre ich mehrere Leute durcheinanderreden.

Meine Mutter fleht Russell an.

Jemand weint.

Jemand rennt durch den Garten.

Sie verhalten sich alle total falsch. So gerät er nur in Panik.

Russells Arm – wie er Julian die Luft nimmt.

Julian – wie er zu weinen beginnt.

Der Revolver – wie er näher und näher kommt. Der kalte Lauf berührt meine Stirn.

Ich sehe nichts mehr. Ich muss aber etwas sehen, wenn ich Russell aufhalten will. Alles verschwimmt, meine Augen sind voller Tränen. Ich kneife sie zusammen, aber die Tränen laufen mir übers Gesicht.

Ein lauter Knall ertönt, und es riecht wie bei einem Feuerwerk.

Neunundsechzig // Adam

Charlie und Russell wälzen sich im Gras. Charlie ist zwar größer, aber Russell mit seinem massigen Körper um einiges stärker. Charlie muss sich auf ihn geworfen haben, während ich die Augen zusammengekniffen habe. Und dabei hat sich der Schuss gelöst.

Wo ist die Waffe jetzt?

Julian kriecht rückwärts davon, während Charlie und Russell miteinander ringen.

Ich sehe den Revolver nicht.

Keine Ahnung, wie, aber Charlie gelingt es, die Oberhand zu gewinnen. Er bohrt Russell das Knie in die Brust, hebt eine Faust über den Kopf und donnert sie dem viel kräftigeren Mann mit voller Wucht ins Gesicht. Ich höre ein Knirschen, als Russells Nase bricht und ein Schwall Blut herausschießt.

Russell brüllt auf, verschränkt die Hände zu einem Rammbock und kracht sie Charlie gegen den Kopf. Charlie kippt zur Seite und landet nicht weit von Julian, der immer noch ganz benommen ist, im Gras.

Da sehe ich die Waffe.

Charlie, Russell und ich stürzen uns alle gleichzeitig darauf. Russell ist am schnellsten. Charlie wirft sich auf ihn wie ein Footballspieler, und wieder löst sich ein Schuss. Meine Ohren dröhnen, Charlie und Russell gehen zu Boden. Beide liegen reglos da, während sich ihre T-Shirts rot färben.

Zwei Arme umschlingen mich von hinten. Ich versuche mich loszureißen.

»Schon gut, Liebling. Es ist alles gut. Du bist in Sicherheit«, sagt Mom wieder und wieder. Ich bekomme halb mit, dass meine Freunde alle im Garten stehen. Viele weinen, andere sprechen aufgeregt in ihr Telefon.

Ich löse mich von meiner Mutter und sinke ins Gras: »Charlie?«

Er rührt sich nicht.

Julian sitzt völlig reglos da, wie ein Foto von einem Gemälde. Ein Abbild von einem Abbild von Julian.

»Charlie!«, brülle ich.

Er setzt sich mit einem Grunzen auf.

»Hast du mich erschreckt!« Ich atme auf. »Bist du verletzt?«

Er sieht an sich hinunter, berührt sein blutgetränktes T-Shirt und macht ein verwirrtes Gesicht.

»Ich glaube nicht«, murmelt er. »Es sei denn, ich stehe unter Schock. Stehe ich unter Schock?«

Ich stoße ein hysterisches Lachen aus. »Nein. Ich glaube, es ist sein Blut.«

Ich weise mit dem Kopf auf Russell, der mich aus sterbenden Augen hasserfüllt ansieht.

Mit halbem Ohr bekomme ich mit, wie meine Mutter mit Sozialarbeiterinnen-Stimme beruhigend auf die weinenden Jugendlichen einredet, sie zusammentreibt und zurück ins Haus scheucht. Emerald nimmt Julian bei der Hand und führt ihn davon wie ein Kleinkind.

»Ich habe … Es war ein Unfall«, stammelt Charlie. »Er wollte –« Er kriecht auf allen vieren von Russell weg, wischt sich die blutigen Hände im Gras ab und lehnt sich mit dem Rücken an den Zaun. »Er wollte Julian entführen. Er wollte dich töten.«

»Ich weiß.«

»Ich habe ihn aufgehalten.«

»Ich weiß.«

Siebzig // Adam

Keine Ahnung, wie Emerald mich hier draußen gefunden hat. Schließlich habe ich niemandem erzählt, wo ich hingehe. Ich bin einfach losgelaufen, immer weiter, bis ich am See stand. Emerald setzt sich neben mich ins nasse Gras. Ein paar Minuten lang starren wir stumm aufs blaugrüne Wasser hinaus.

Dann bricht sie das Schweigen. »Ich weiß noch, wie wir als Kinder oft hier waren. Hing da nicht ein Seil?« Sie zeigt über meinen Kopf hinweg zu einem großen Baum, dessen Äste über den See ragen.

»Das war kein Seil, das war ein alter Gartenschlauch«, erwidere ich. »Er wurde abgehängt, nachdem jemand ertrunken ist.«

Die Geschichte ist frei erfunden – in Wahrheit habe ich keine Ahnung, warum der Gartenschlauch, an dem man sich wie Tarzan an einer Liane ins Wasser schwingen konnte, verschwunden ist. Jetzt starrt Emerald düster auf den See, als könne sie dort das Phantom des Ertrunkenen sehen. Das fühlt sich irgendwie stimmig an.

»Wie geht es dir?«

Vor einer Woche saß ich mit Charlie in unserem Garten im Gras. Ich war dabei, als Russell starb. Ich sah ihm in die Augen, während Charlie zum Himmel starrte, und dann geschah etwas Unbegreifliches: In einem Moment waren Russells Augen voller Hass, und im nächsten ganz leer. Wie ein schwarzes Loch.

Nach den Geschehnissen jenes Abends hatte ich damit gerechnet, dass sich Julians Zustand verschlechtern würde. Stattdessen wirkt er stärker. Neuerdings spricht er sogar in normaler Lautstärke. Es ist, als hätte er vorher nur deshalb so leise gesprochen, weil er Angst hatte, Russell könnte ihn hören – egal, wo er war.

Als Kind war Julian sehr stur, und vielleicht hat ihn das gerettet. Offenbar konnten die schrecklichen Dinge, die Russell ihm angetan hat, seinen Willen nicht brechen. Aber ich, ich habe nur diesen einen Abend, diesen einen Moment der Schwäche, und mir geht es …

»Mir geht es gut.«

»Was habe ich denn getan?«, ruft Emerald aus und erschreckt mich und die Enten, die vor unseren Füßen im Wasser dümpeln.

»Nichts.«

»Warum redest du dann nicht mit mir?«

Weil ich ein Idiot bin. Ein genauso großer Idiot wie Brad – wenn Brad existieren würde. Ich habe ihr die Schuld daran gegeben, was Julian passiert ist, obwohl es eigentlich meine Schuld war.

»Weißt du eigentlich, was für eine Angst ich hatte?« Emerald hat zu weinen begonnen. Ihr Gesicht ist von roten Flecken übersät. »Ich dachte, dieser Mann würde dich umbringen. Und hinterher, als alles vorbei war, überkam mich eine solche Dankbarkeit. Ich nahm mir fest vor, nicht mehr alles im Leben für selbstverständlich zu halten. Ich dachte, du würdest genauso empfinden, aber so war es nicht. Ich liebe dich, und du redest nicht mal mit mir. Ich habe dir doch gesagt, dass ich leiden würde, falls das mit uns nichts wird.« Sie schluchzt.

Es ist, als stünden wir wieder im Zentrum des Labyrinths, und in mir wallen so viel Liebe und so viel Bedauern auf, dass es sich anfühlt wie ein Herzinfarkt.

»Es tut mir leid, Emerald. Ich kann dir nicht helfen. Ich kann grad niemandem helfen.«

»Aber du hilfst doch die ganze Zeit.« Sie wischt sich die Tränen von der Wange. »Du hast Julian geholfen. Du warst so mutig –«

»Mutig? Ich war nicht mutig. Als ich Russell gesehen habe, hätte ich etwas tun müssen. Ich hätte mich auf ihn stürzen müssen. Stattdessen stand ich da und fing an zu weinen. Charlie war derjenige, der ihn gestoppt hat, dabei mag er Julian nicht mal besonders.«

Wieder schweigen wir minutenlang. Nach einer Weile sagt Emerald leise: »Wenn du irgendwo bist, sehen dich alle an, und du bemerkst es nicht mal. Du bist … Wenn du in einen Raum kommst, ist es, als würde alles zu leuchten beginnen.«

Ich stoße ein bitteres Lachen aus. »Ja, ja … Leuchten ist meine Superkraft.«

»Und wenn du lächelst, strahlst du über das ganze Gesicht«, fährt sie unbeirrt fort. »Meine Oma sagt immer, wer so lächelt, hat eine große Seele. Sie sagt auch, manche Menschen haben eine so große Seele, dass sie sich ausdehnt und andere Menschen berührt. » Emerald wischt sich die Tränen von den Wangen. »Man kann Menschen auf verschiedene Weise helfen, Adam. Man kann auf verschiedene Weise Gutes tun.«

Peinlicherweise bin ich schon wieder den Tränen nahe. Das muss an dem Gefühlschaos der letzten Wochen liegen. Um meine Rührung zu überspielen, antworte ich flapsig: »Singst du jetzt gleich diesen Song? Dass man ein guter Mensch ist, wenn man nicht weiß, dass man ein guter Mensch ist? Ich glaube, das ertrage ich nicht.«

»Aber es ist so.« Ihre Stimme klingt unglaublich zärtlich, und ich sehe sie an. Mit einem Mal ist mir nicht mehr zum Scherzen zu Mute.

»Du bist ein guter Mensch«, sagt Emerald leise. Ihre Finger berühren mein Gesicht, ganz vorsichtig, als könnte ich sonst zerbrechen.

Einundsiebzig // Adam

Julian sitzt am Computer im Wohnzimmer, während ich fernsehe und mir mit Emerald Nachrichten hin- und herschicke. Plötzlich springt er auf und starrt auf den Fernseher. Es läuft irgendeine Reisesendung.

»Kann ich mir mal deinen Laptop ausleihen?«, fragt er, was merkwürdig ist, schließlich benutzt er seit Stunden den Computer.

»Äh … Ja klar!« Er nimmt ihn vom Couchtisch und verschwindet in seinem Zimmer. Gleich darauf höre ich einen lauten Knall und das Klirren von Glas.

Ich stecke den Kopf durch Julians Tür. Er hat eines der Fotos von Mittens gegen die Wand geschmettert. Überall auf dem Boden liegen Scherben. Ich steige darüber hinweg und versuche, einen Scherz zu machen: »Ich habe dir doch gesagt, wir müssen dringend was an der Deko ändern.«

Julian hört mich entweder nicht oder ignoriert mich. Er sitzt mitten auf dem Bett und wirkt total angespannt. Konzentriert beugt er sich über ein aufgeschlagenes Notizheft und fährt mit dem Finger über die Zeilen, als wären sie in Blindenschrift geschrieben.

»Julian?«

Er tippt aufgebracht mit dem Finger auf das Papier.

»Julian!«

Er hackt weiter auf das Heft ein und murmelt vor sich hin. Ich gehe zum Bett und packe sein Handgelenk. Julian erstarrt und sieht mich an. Seine Augen sind viel zu groß für sein Gesicht. Ich lasse seine Hand los und setze mich ans Fußende.

»Warum haben sie keinen Titel?«, fragt er und starrt auf das Notizheft.

»Was?«

»Keine der Listen hat einen Titel. Aber ich war immer sicher, dass sie eine Bedeutung haben müssen.«

Ich werfe einen Blick auf die aufgeschlagene Seite. In ordentlicher Schrift steht dort:

1. Alma, Colorado
2. Brian Head, Utah
3. Taos Ski Valley, New Mexico

»Wer hat das geschrieben?«

»Meine Mom. Das ganze Heft ist voller Listen. Ich war immer überzeugt, dass diese Städte, diese Listen wichtig sind. Sonst hätte Mom sie nicht aufgeschrieben. Aber warum sie das getan hat, kann ich nur raten. Weißt du?«

Ich nicke, obwohl ich natürlich nicht weiß, wie schmerzhaft es ist, einen Menschen nach dessen Tod verstehen zu wollen.

»Heute habe ich endlich herausgefunden, was diese Liste bedeutet.« Er zeigt auf meinen Laptop, der auf dem Nachtschrank steht. Ich sehe eine Webseite, auf der die höchsten Städte der USA aufgelistet sind. »Wahrscheinlich gibt es für alle Listen ganz banale Erklärungen. Die Filme sind Oscargewinner. Die Songs Nummer-eins-Hits aus verschiedenen Jahren.«

»Ist doch schön, dass du das herausgefunden hast, oder?«

»Schön?« Julians Gesicht verdüstert sich so sehr, dass ich mir Sorgen mache. »Es sind einfach nur irgendwelche willkürlichen Informationen. Sie sagen überhaupt nichts über meine Mom aus. Sie hat sie zwar alle aufgeschrieben, aber sie haben überhaupt keine Bedeutung!«

Unvermittelt beginnt er die Seiten aus dem Notizheft zu reißen.

»Nichts hat eine Bedeutung! Menschen sterben einfach. Sie bringen nichts zu Ende.« Er packt die herausgerissenen Seiten und zerpflückt sie zu kleinen Fetzen. »Wir erfüllen keine Aufgabe im Leben, wir sterben einfach.« Er reißt den grünen Pappumschlag von der Spiralbindung ab, bis nichts mehr von dem Heft übrig ist. »Und weißt du, warum ich das weiß?«

Ich schüttle den Kopf.

»Weil meine Eltern mich sonst nicht allein gelassen hätten. Ich kenne sie. Sie hatten ihre Aufgabe noch nicht erfüllt. Ihre Aufgabe war es nämlich, mich großzuziehen!«

Julian krümmt sich auf dem Bett zusammen. Inmitten der Papierfetzen beginnt er laut zu schluchzen. Der Anblick ist schwer zu ertragen. Hilflos stehe ich daneben.

Plötzlich verstummt er, als hätte jemand die Lautstärke abgestellt. Er nimmt einen Papierfetzen, hebt ihn hoch und ruft: »Oh, nein.«

Wieder beginnt er zu weinen. Er wirft sich auf die Matratze und vergräbt das Gesicht in der Decke.

Gleich darauf bäumt er sich auf, kniet auf dem Bett und umklammert seinen Körper.

Dann bricht er wieder zusammen.

Julian wirkt so verzweifelt wie ich damals, als ich die ADHS-Medikamente nahm, deren Nebenwirkungen ich nicht vertrug. Mir war kotzübel und ich hatte solche Schmerzen, dass ich nicht wusste, wohin mit mir. Sollte ich mich hinlegen? Auf die Seite drehen? Auf den Rücken? Es gab keine Position, in der mir nicht alles wehtat. Ich erinnere mich, wie schlimm es für meine Mom war, danebenzustehen und nichts tun zu können.

»Hör auf, Julian, sonst bekommst du Kopfschmerzen.«

Er hält inne und starrt mich verblüfft an. Sein Schluchzen ebbt ein wenig ab und klingt jetzt tiefer und weniger hysterisch. Meine Mom konnte mir damals nicht helfen, aber ich erinnere mich, dass sie mir über den Rücken strich, und Julian hat mir erzählt, dass sein Vater ihm früher die Stirn massierte.

Man kann Menschen auf verschiedene Weise helfen, Adam.

Ich tripple mit den Fingern über Julians Stirn, als würde ich Klavier spielen.

Er beruhigt sich langsam und starrt mit leerem Blick zur Wand.

»Ich weiß es einfach.« Er klingt unendlich müde. »Ich weiß, dass meine Eltern mich nicht allein gelassen hätten. Sie hätten dafür gesorgt, dass es mir gut geht und dass sich jemand um mich kümmert.«

Mit einem Herzschlag stürzen Tausende von Erinnerungen auf mich ein. Meine Vorahnungen. Die Tatsache, dass man mir zweimal die Aufgabe übertragen hat, mich um Julian zu kümmern.

»Vielleicht haben sie das ja«, sage ich leise.

Zweiundsiebzig // Julian

Emeralds Garten ist mit Lampions und Lichterketten geschmückt. Auf mehreren Tischen stehen Schüsseln voller Essen und ein riesiger Kuchen, dazwischen liegen Luftschlangen, Ballons, Partyhüte und haufenweise Geschenke.

Den letzten Geburtstagskuchen habe ich in dem Sommer bekommen, als ich neun wurde, dem Sommer, in dem mir meine Eltern den Schrankkoffer kauften und mir sagten, wie tapfer ich sei. Weil mein Geburtstag in die großen Ferien fiel, haben wir immer nur zu dritt gefeiert, es gab nie eine Party mit anderen Kindern. An meinem neunten Geburtstag trugen Mom, Dad und ich Partyhüte. Ich packte die Geschenke aus, und anschließend machten wir den Strandspaziergang, bei dem ich die Muschel fand.

Emeralds Garten ist voller Leute. Sie passen nicht alle an den Picknicktisch, an dessen Kopfende ich sitze. Meine Gäste singen *Happy Birthday* und sehen zu, wie ich die Geschenke auspacke. Adam hat mir einen Roman geschenkt und Emerald ein Tagebuch. Ich bin ganz überwältigt von der vielen Aufmerksamkeit, aber heute schäme ich mich nicht oder höchstens ein kleines bisschen.

Später sage ich zu Adam: »Fünfzehn klingt viel älter als vierzehn, findest du nicht?«

Er legt den Kopf schief und lacht. »Ja, irgendwie schon.«

Wir hören Musik und essen Kuchen. Die Sonne scheint und umgibt die anderen mit einem leuchtenden Schimmer. Adam und Emerald stecken die Köpfe zusammen und flüstern leise miteinander. Jesse holt seine Gitarre hervor und fragt mich, ob ich etwas singen will. Ich schüttle den Kopf. Heute will ich nur zuhören. Charlie verteilt selbst gemachtes Wassereis. Unsere Lippen färben sich rot und lila und grün. Der letzte Julitag geht langsam in den Abend über, aber niemand will nach Hause. Alle unterhalten sich und lachen, als könnten sie ewig hier sitzen bleiben.

Später am Abend klettere ich auf das Trampolin und lege mich auf den Rücken. Mit den Stimmen meiner Freunde im Hintergrund sehe ich hoch zu den Sternen. Es ist, als wären die hellen Punkte der Lampions und Lichterketten zum Himmel aufgestiegen und würden nun über uns schweben. Sie sind wunderschön, und es sind viel zu viele, um sie zu zählen.

Zehn Millionen Sterne.

Danksagung

Vor einer Weile sagte ich zu meinem Sohn, dass sich meine Brust vor lauter Liebe zu ihm manchmal anfühle, als würde sie bersten und ich dann tief durchatmen müsse. Er erwiderte: »Das hört sich an wie eine Krankheit.« Er kann unglaublich neunmalklug sein.

Jedenfalls habe ich jetzt ein ähnliches Gefühl: Ich empfinde für die Menschen in meinem Leben eine Liebe und Dankbarkeit, die mir die Brust zusammenschnürt und mir den Atem verschlägt. Dieses Gefühl ist so überwältigend, dass ich immer noch nicht weiß, wie ich es in Worte fassen soll, obwohl mein Verlag mir ein Jahr Zeit gegeben hat, diese Danksagung zu schreiben.

Hier ist sie nun.

Mein Dank gilt:

* Peter Steinberg. Den Agenten meiner Träume habe ich mir immer intelligent, engagiert und vor allem sehr, sehr nett vorgestellt. In Peter Steinberg habe ich ihn gefunden. Auch meinen Auslandsagenten bei Foundry Literary + Media (Jess Regel, Kirsten Neuhaus und Heidi Gall) bin ich sehr dankbar.

* Stephanie Lurie, meiner warmherzigen, klugen Lektorin, die unglaublich viel Einfühlungsvermögen und Geduld mit mir als Erstlings-Autorin gehabt und mich immer wieder angespornt hat, sowie allen anderen, die bei Hyperion arbeiten. Sie haben dafür gesorgt, dass diese Reise eine reine Freude war.

* Kate Hawkes, einer Freundin, die ins nächste Flugzeug springen würde, wenn man sie braucht, die nie vorschnell urteilt und die ungeheuer viel Liebe zu vergeben hat, sowie der gesamten Familie Hawkes, die ich inzwischen auch als meine Familie betrachte.

* Sandra Francis, die Verkörperung bedingungsloser Liebe, und all meinen Freunden in Dallas (Tracy, Jody, Dina, Daphney, Petra und die Liste geht noch weiter). Ihretwegen ist das Leben besser, als ich es mir je hätte vorstellen können.

* Joshua, der singend in unser Leben kam und uns zu einer Familie gemacht hat.

* Michael, meinem unglaublich liebenswerten, wilden, herumhüpfenden, starken Neffen mit den schönen braunen Augen.

* Und Joe. Ein paar Jahre lang litt ich an einer Krankheit, die mich sehr geschwächt hat. Zeitweise konnte ich nicht laufen. Zeitweise konnte ich nichts mehr sehen. In all dieser Zeit war Joe für mich da – zugewandt und fürsorglich und humorvoll und hilfsbereit, mit einer für sein Alter erstaunlichen Reife. Jeden Tag sagte er, dass es mir bald besser gehen würde, bis es mir tatsächlich besser ging.